CRIANÇAS DO ÉDEN

JOEY GRACEFFA

CRIANÇAS DO ÉDEN

Tradução de
Glenda D'Oliveira

1ª edição

— Galera —

RIO DE JANEIRO
2019

CIP-BRASIL. CATALOGAÇÃO NA PUBLICAÇÃO
SINDICATO NACIONAL DOS EDITORES DE LIVROS, RJ

G754f   Graceffa, Joey
Crianças do Éden / Joey Graceffa; tradução de Glenda D'Oliveira. – 1ª ed. – Rio de Janeiro: Galera, 2019.

Tradução de: Children of Eden
ISBN 978-85-01-11627-7

1. Ficção americana. I. D'Oliveira, Glenda. II. Título.

18-53752

CDD: 813
CDU: 82-3(73)

Meri Gleice Rodrigues de Souza – Bibliotecária – CRB-7/6439

Copyright © 2016 by Joey Graceffa

Publicado mediante acordo com a editora original, Keywords Press/Atria Books, um selo da Simon & Schuster, Inc.

Título original em inglês:
CHILDREN OF EDEN

Todos os direitos reservados. Proibida a reprodução, no todo ou em parte, através de quaisquer meios. Os direitos morais dos autores foram assegurados.

Texto revisado segundo o novo Acordo Ortográfico da Língua Portuguesa.

Direitos exclusivos desta edição reservados pela
EDITORA RECORD LTDA.
Rua Argentina, 171 – Rio de Janeiro, RJ – 20921-380 - Tel.: (21) 2585-2000.

Impresso no Brasil

ISBN 978-85-01-11627-7

Seja um leitor preferencial Record.
Cadastre-se no site www.record.com.br e receba informações sobre nossos lançamentos e nossas promoções.

Atendimento e venda direta ao leitor:
mdireto@record.com.br ou (21) 2585-2002.

Dedicado a todos aqueles cuja imaginação torna nosso mundo um lugar mais bonito: nunca parem de sonhar. E aos meus leitores, que transformam meus sonhos em realidade.

1

— Quero mais! — exijo, batendo o punho na mesa de jantar do pátio, feita de um metal reluzente. Acima, as estrelas piscam através da névoa de nanopartículas que nos protege da atmosfera destruída. Do outro lado da mesa, os olhos do meu irmão Ash brilham.

— Os padres dizem que foi assim que nossos ancestrais destruíram o planeta, Rowan. Mais, mais, sempre mais, até que a Terra não podia dar mais nada e morreu. — Ele sorri. Está me provocando, sei disso, mas noto o ligeiro arrepio que estremece seu corpo quando pensa na Ecofalha. Ele é um ávido frequentador do templo, e passa horas de joelhos em penitência pelos atos dos ancestrais. Não que adiante de muita coisa. A atmosfera nunca esteve tão destruída, o mundo está morto, e a única coisa que nos mantém vivos é o zeloso cuidado do EcoPanopticon. Rezar nunca fará uma árvore voltar a crescer neste mundo. A Terra está morta, mas nós sobrevivemos.

Claro, nunca estive no templo. Talvez, se tivesse estado, não fosse tão cínica. Na verdade, não fui a *lugar algum* nos últimos dezesseis anos. Pelos menos não oficialmente. Pois, veja bem, eu não existo.

Poderia também ser fruto da imaginação do meu irmão gêmeo. Se fosse o caso, acho que ele já teria entrado e ido dormir há muito tempo. Ilusões assim são mais fáceis de ser ignoradas do que eu. Ash sabe que nunca desisto. Por conta de um hábito antigo — e da insistência da mamãe —, ele está acostumado a devotar grande parte do dia às minhas perguntas insistentes.

Para uma garota que não existe, posso ser um pé no saco. Ou pelo menos é o que Ash me diz quase sempre.

Sorrio com malícia para meu irmão.

— Mais! — repito. Quando ele hesita, pulo em cima dele, derrubando-o de costas. A cadeira cai sobre o grosso tapete de musgo de que nossa mãe cuida com tanta dedicação. Ash tenta rolar para fora do meu alcance, mas temos o mesmo peso, e, para seu constrangimento, sou um pouco mais forte. — Mais! — grito, enquanto o seguro no chão. — Me conta mais! — Começo a fazer cócegas em Ash, que se contorce até estarmos gargalhando, quase histéricos.

— Já chega — diz a voz calma de mamãe, vinda da varanda. — Querem que os vizinhos escutem?

Isso nos silencia rapidamente. Embora seja quase nula a probabilidade de nossa risada atravessar as altas e grossas paredes de pedra que cercam nosso complexo residencial, seria desastroso se alguém descobrisse que moro aqui. Ah, mamãe poderia dizer que a risada feminina pertencia a uma das amigas do Ash — embora quase nunca tenhamos visitas. (Quando temos, preciso fugir para um dos muitos esconderijos e câmaras secretas que meus pais improvisaram nas paredes de toda a casa.) Mas há sempre a possibilidade de algum vizinho intrometido conferir os escâneres regionais e ligar os pontinhos. Seria o meu fim. Literalmente.

Ajudo Ash a se levantar e sento à sua frente. Com a voz mais decorosa, faço o de sempre: imploro que me conte mais sobre o mundo lá fora, do outro lado dos muros do complexo familiar. O que sinto não é apenas fome de vivenciar todas as experiências que estou perdendo, mas voracidade. Estou faminta. Esfomeada.

— O que foi que a Lark vestiu hoje depois de trocar o uniforme do colégio? — Lark é a garota de quem meu irmão gosta, e sou fascinada por ela. A maneira como ele a descreve a faz parecer tão real para mim, quase como se fosse minha amiga também. Quase como se eu fosse uma pessoa de verdade. Sei que se um dia nos conhecêssemos, logo ficaríamos próximas.

Todas as tardes, quando Ash volta para casa, eu o interrogo sobre cada detalhe do seu dia. Com os vídeos e datablocks, aprendo sozinha as partes acadêmicas. Mas estou mais interessada nas pessoas. Os mínimos detalhes me encantam. *Sua professora de história ambiental flertou com o diretor hoje? A funcionária do autoloop sorriu para você quando escaneou seus olhos a caminho do colégio? Brook estava comendo o bolo de alga com a boca aberta de novo?* Esses são os amigos que nunca terei, e amo todos eles.

Mas Ash nem sempre é bom em descrever os detalhes de que preciso. Quando pergunto o que Lark vestia, ele diz apenas:

— Er... alguma coisa amarela.

— Amarelão? Amarelo-claro? — pergunto, ansiosa. — Limão, girassol ou cor do sol? — Claro que ninguém vê um limão ou um girassol desde a Ecofalha.

— Não sei, meio que um amarelo médio, acho.

— Era um vestido?

— Hum...

Eu me atiro para trás na cadeira de forma dramática.

— Argh, você não tem jeito mesmo!

Ash, coitado, nunca consegue entender muito bem como todas aquelas coisas tão triviais para ele podem ter tanta importância para mim. Ele faz o que pode, de verdade. Mas nunca é o suficiente. Estamos os dois tentando construir a sombra de uma vida para uma garota-sombra. Tenho que estar pronta para o glorioso dia em que finalmente emergirei na luz. *Se* esse dia chegar. Mamãe e papai sempre me garantem que vai, sim, algum dia. Mas após 16 anos de garantias esse *algum dia* ainda não chegou.

Examino meu irmão enquanto ele se esforça para se lembrar dos detalhes do dia para que eu me sinta parte do mundo real. Ele é meu reflexo, quase idêntico a mim. Tem o mesmo cabelo escuro como a noite, o queixo forte suavizado por uma covinha, a pele clara bronzeada. Ele me disse que não gosta do próprio rosto, que as feições são delicadas demais para um garoto. Talvez, se eu conhecesse mais do mundo, viesse a pensar que meu rosto é forte demais para uma garota.

Nossa maior diferença está no maxilar, eu acho. Ambos temos queixos definidos e angulosos. Mas quando Ash fica preocupado, mexe a mandíbula como se estivesse mastigando o problema, como se fosse uma noz que tentasse quebrar. (Aprendi sobre nozes em um vídeo de história ambiental. Comida, crescendo em árvores — dá para imaginar?)

Já eu, quando estou chateada, fico com a mandíbula retesada e imóvel. Apenas trinco os dentes até que os músculos das bochechas doam. Ultimamente tenho trincado o maxilar com frequência.

Há duas outras diferenças óbvias entre nós, além do gênero, claro. Os olhos de Ash são de um azul acinzentado chapado que reflete a luz, como os de nossa mãe. Os meus são estranhos, mudam de cor alternando entre verde, azul e dourado, dependendo da iluminação. Quando chego perto do espelho, consigo ver uma constelação de âmbar no meio do azul, flocos e riscos, como meteoros atravessando um céu azul-celeste.

Meus olhos me entregariam na hora, se alguém tivesse um vislumbre deles. Logo depois que nascem, as crianças têm os olhos corrigidos com lentes implantadas. Isso acontece porque os olhos humanos evoluíram para tolerar a exposição a certos comprimentos de onda de luz. Agora que a atmosfera foi danificada, estamos expostos a uma faixa mais elevada de radiação ultravioleta de baixa frequência, que pode danificar olhos não tratados. A cirurgia insere um filtro que protege a visão de todos contra os raios. Demora muito tempo para que o estrago seja feito, mas se uma pessoa deixa de fazer a cirurgia, acaba ficando cega. Ainda não notei nenhum dano, mas me disseram que, por volta dos 30 anos, minha visão começará a diminuir. O filtro é codificado para identificar cada morador do Éden com uma rápida leitura ótica.

Eu, claro, não pude fazer a cirurgia, então meus olhos ainda conservam a cor natural. Às vezes, quando Ash me encara por muito tempo, o vejo piscar e balançar a cabeça, e percebo que meus olhos o incomodam. Meu pai, que tem olhos castanho-claros, mal consegue olhar para mim.

A outra diferença que existe entre mim e Ash não é aparente. Ele é mais velho do que eu. Por cerca de dez minutos, mas é o bastante. Significa que é o filho oficial, legal: o primogênito. Sou a vergonhosa segunda filha que jamais deveria ter chegado a este mundo.

Ash entra para terminar o dever de casa. Minhas aulas, pensadas e preparadas por mamãe e muito parecidas com o programa que Ash segue, terminaram horas antes de ele chegar em casa. Agora, com o cair da noite, começo a caminhar, inquieta, pelo pátio. Moramos em um dos círculos internos, logo na divisa com o Centro, porque meus pais trabalham para o governo. A casa é imensa, bem maior do que precisamos. Mas sempre que papai fala em vender, ou dividir em lotes para alugar, mamãe o interrompe. A casa é *dela*, herdada dos seus pais. Em contraste com a maioria das construções do Éden, a nossa é feita de pedra. Quando encosto as mãos nas paredes, posso quase sentir a Terra respirando. De algum jeito, está viva. Pelo menos mais viva do que as células solares, de metal e de cimento que compõem as outras construções daqui. Essas pedras chegaram um dia a tocar a terra, acho. Terra de verdade, com minhocas, raízes e vida. Nenhum de nós em Éden teve contato com essas circunstâncias naturais.

O musgo que recobre o pátio murado está vivo, mas não é uma planta de verdade. Não precisa de terra. Não tem raízes, apenas âncoras semelhantes a filamentos que ajudam os tufos a se agarrarem à rocha. Não tira nutrientes do solo, e sim do ar. Como tudo em Éden, é algo separado da Terra. Ainda assim, cresce, vive, e, quando meus pés fazem pressão sobre sua maciez de carpete, um odor fresco e aguçado sobe e alcança meu nariz. Se fechar os olhos, quase consigo imaginar que estou em uma das florestas que morreram há quase 200 anos.

Como arquivista-chefe da Divisão Central de Registros, mamãe tem acesso aos mais antigos documentos, anteriores até à Ecofalha. Minhas aulas de datablock mostram apenas ilustrações gráficas de como tudo costumava ser, mas mamãe me disse que nas câmaras secretas de arquivos há imagens — antigas e caindo aos pedaços — de tigres, ovelhas, palmeiras e campos cheios de flores silvestres. São tão antigas e valiosas que ficam guardadas em salas antiestáticas e só são manuseadas com luvas.

Ela me deu uma de presente. Poderia até ter sido presa por algo assim, mas o mais provável era que ninguém nunca fosse dar falta da imagem, e mamãe achou que eu merecia algo especial, pelos meus anos em cativeiro. Um dia, quando estava revisando documentos, encontrou uma fotografia não catalogada de um céu noturno acima de um grande precipício. Escondida atrás de outro documento, estava rotulada com uma data de pouco antes da Ecofalha.

As estrelas não se parecem com nada que eu já tenha visto. São milhares, nadando em um mar galáctico, e, abaixo delas, posso ver os contornos de árvores na superfície rochosa. É uma vastidão que mal consigo compreender. Éden é grande, mas posso atravessar a cidade inteira em um autoloop em metade de um dia.

A imagem antiga e dobrada que minha mãe me trouxe clandestinamente mostra um mundo. O Mundo, aliás. É meu bem mais precioso.

Justamente porque mamãe já teve a chance de ver coisas assim, ela valoriza os organismos vivos mais do que a maioria das pessoas. Ash me diz que a maior parte dos residentes da cidade se contenta com árvores de plástico e gramados verde-neon. Mas mamãe prefere se ater ao que é real, mesmo que não seja tão bonito. Além do musgo, temos pedras cobertas de líquen branco e rosa. Mofo e limo preto pegajoso sobem como hera por uma escultura abstrata. No centro do pátio temos uma piscina rasa onde lençóis de algas vermelhas e verdes rodopiam sem parar em uma corrente artificial.

Minha casa é luxuosa, grande e confortável. Mas uma prisão grande e confortável continua sendo uma prisão.

Sei que não devia pensar assim. A casa deveria ser considerada um santuário, e a outra possibilidade, não ter um lar, é horrível demais para sequer ser cogitada. Ainda assim, não consigo ignorar a sensação de que é um cativeiro.

Com tantas horas solitárias a serem preenchidas, aprendi a organizar meus dias de forma precisa. Tempo ocioso leva a devaneios, e devaneios são perigosos para alguém na minha situação. Tarefas escolares, arte e exercícios preenchem minha agenda, para que não me reste muito tempo para desejar o que não tenho.

Está escuro demais agora para desenhar ou pintar, e minha impressão é de que já li todos os livros na base de dados. Então corro.

Sob a luz fraca das estrelas, mal consigo divisar o trecho apagado onde corro quilômetros todos os dias. O musgo é resistente — por isso foi um dos poucos tipos de vegetação que sobreviveu à Ecofalha —, mas mesmo assim perde a elasticidade sob o ataque de meus pés.

Durante a corrida, o ritmo constante e hipnótico dos passos me relaxa. Posso sentir o sangue começar a se movimentar mais depressa pelas veias. Quando forço meu corpo ao limite, me sinto viva. Viva, quando quase todo o restante do mundo está morto. Mas que graça tem estar viva se continuo presa?

Frustrada, corro mais rápido, percorrendo o perímetro do pátio com intensidade suficiente para arrancar pedaços de musgo do chão. Mamãe vai ficar irritada, mas não me importo. Estou mais irritada ainda. Estou furiosa. Por conta de uma lei idiota sou obrigada a me esconder atrás de muros, uma pária que seria executada ou escravizada se descoberta.

Geralmente, o movimento faz com que me sinta melhor, mas esta noite é um tormento. Estou cansada de correr nesse mesmo retângulo, no sentido horário, depois anti-horário. Com um berro de frustração, começo a correr em zigue-zague, cada vez mais rápido, saltando por cima das pedras cobertas de líquen, das cadeiras, pulando sobre o tampo da mesa para depois voltar ao chão e acelerar outra vez.

De repente, sinto como se não pudesse respirar. Os muros altos parecem se fechar sobre mim, como uma boca gigante prestes a me esmagar com dentes de pedra. Disparo para um lado, depois para o outro, topando com as paredes, socando-as, quase rosnando em amarga frustração. Sei que estou perdendo o controle, mas não posso evitar.

Na maior parte do tempo, me mantenho sóbria, contida, resignada. Mas, às vezes, por motivos que estão acima da minha compreensão, fico enfurecida diante da situação.

É muito estranho, mas o que me deixou mais incomodada foi Ash não ter conseguido descrever a roupa de Lark. É tão idiota, tão fútil, mas fico atormentada por ele, com todos os privilégios e liberdade, não ter se dado ao trabalho de prestar atenção àquilo que tinha importância para mim. Por que aquele detalhe tão pequeno importa tanto? Não entendo. Ash faz o melhor que pode, e não deve ser fácil ter que abrir mão de grande parte de sua vida social para fazer o favor de atualizar a irmã secreta sobre os acontecimentos do mundo lá fora. Às vezes deve se ressentir de mim.

Hoje, porém, sou eu quem me ressinto dele, e isso me deixa culpada, e ainda mais irada. Comigo mesma. Com o Centro e suas leis que tiraram tudo de mim. Até mesmo com o EcoPan, que nos mantém vivos. Preciso me afastar destas paredes. Preciso me libertar!

Com um suspiro animalesco de alívio, começo a escalar o muro, cravando os dedos nos apoios de mão que conheço tão bem, enganchando os dedos dos pés nas fendas onde a pedra se esfarelou. Escalo o muro como parte do plano de condicionamento físico exigido pela minha mãe. Quase todas as noites, subo até o topo, a quase dez metros do chão, e espio sorrateiramente por cima dele.

Hoje isso não basta. Nem de longe.

Sem um segundo de hesitação, passo uma perna sobre as pedras ásperas e monto no muro, uma perna aprisionada, a outra livre. Ninguém vai me ver; ninguém vai olhar para cima. Sinto uma onda de impulsividade enquanto observo Éden estendida diante de mim, seus círculos concêntricos parecendo um estranho hieróglifo esculpido na terra.

No lugar de árvores, torres imensas de sintetizadores de proteína de alga elevam-se centenas de metros no ar, ultrapassando até mesmo a mais alta das construções. Os círculos vibrantes mais próximos do Centro estão acesos com bioluminescência que exibe o verde abundante encobrindo o chão da cidade. A maior parte da cidade se vale de fotossíntese artificial, desenvolvida para agir quase da mesma forma que as plantas de verdade e converter o dióxido de carbono que expiramos em oxigênio respirável. Parte disso é como o que mamãe cultiva em nosso pátio — musgos e fungos resistentes, algas decorativas rodopiando em meios líquidos. Mesmo na penumbra, é uma cidade verde.

Se eu fosse mais ingênua, poderia até erroneamente pensar que é um ecossistema próspero, e não uma redoma de sobrevivência artificial. O que não é verde reluz. Diferentemente de nossa casa de pedra, a maioria das construções é feita de polímeros e revestida de painéis fotoelétricos transparentes ou refletores que convertem luz do sol em energia para garantir eletricidade à cidade. À luz do dia, Éden brilha como uma esmeralda gigante. À noite, mais parece um enorme olho verde, com um brilho sombrio e vários segredos.

Para além dos anéis dos luxuosos círculos internos, temos os menos elegantes círculos externos. Aqui, mais para dentro, logo após o Centro, onde moramos, as casas são grandes e bonitas. No entanto, mais próximo à divisa, as casas ficam menores, menos espaçadas em relação umas às outras. Ninguém jamais morreria de fome em Éden — o EcoPanopticon se certifica disso —, mas, pelo que mamãe e Ash me disseram, a vida não é nem de longe tão confortável nas proximidades da divisa como é aqui.

Mesmo dessa altura, não consigo enxergar além da fronteira de Éden, mas sei pelas minhas aulas o que existe lá. O deserto, ardente e impiedoso. E, depois dele, uma desolação ainda pior.

Em comparação a meu pátio, Éden é infinito. É tão grande, e eu, tão pequena! A cidade fervilha de gente. Sou apenas uma partícula neste cosmos da humanidade. Só tive contato com três pessoas a minha vida inteira. E, para ser sincera, a ideia de conhecer alguém me deixa ainda mais apavorada do que a possibilidade de ser descoberta. Estranhos são como animais perigosos.

Mas, em um mundo sem vida, eu me arriscaria a ser despedaçada por presas temíveis em troca da chance de ver um tigre de perto. Daria tudo, até morreria, para poder experimentar o que sempre me foi negado.

Pensei em sair tantas vezes. Tem dias que não penso em outra coisa, quando os encantos da liberdade consomem meus pensamentos e não consigo desenhar, estudar nem correr. Agora, esta noite, mais do que nunca, enquanto reflito sobre aquele detalhe da roupa da Lark e em como Ash não sabia me responder, e eu também não sei e pode ser que nunca saiba, Éden parece me chamar com uma voz mais poderosa do que nunca e, embora esteja apavorada, passo a outra perna por cima do muro — o entusiasmo vencendo o medo.

2

Enquanto me equilibro no precipício entre segurança e liberdade, prestes a me atirar ao desconhecido, ouço um ruído baixo: a campainha melódica de três notas que anuncia alguém à porta da frente de casa. *Bikk!* Praguejo baixinho. Congelo, e de repente o ar parece frio. Será que alguém me viu? Será que os Camisas-Verdes vieram atrás de mim? Tento estabilizar a respiração. Deve ser apenas uma entrega, ou um mensageiro do hospital, vindo buscar meu pai para uma cirurgia de emergência.

Em seguida, Ash entra lentamente no pátio. Eu o vejo olhar ao redor, depressa, e quando não me avista de imediato, volta a sondar a área com mais calma. Assovio de leve, o canto de um pássaro que ouvi em um vídeo, e ele olha para cima.

— Você precisa se esconder! — sussurra ele, com urgência. — Ele está com o uniforme do Centro!

Meus olhos se arregalam e por um instante sinto como se estivesse pregada no muro, imóvel e impotente.

— Rápido! — diz Ash, e mesmo aqui do alto posso ver que ele está em pânico. E graças ao fato de que escalo essas paredes todos os dias consigo descer bem depressa. Ainda assim, nos últimos metros, dou um impulso para trás e me solto, aterrissando levemente agachada.

— Quem é? — pergunto, enquanto corremos para dentro de casa. Ele se limita a dar de ombros, e percebo um chiado quando respira. O nervosismo e essa corridinha leve já fazem seus pulmões reagirem mal.

— Você precisa buscar seu inalador — insisto, de repente mais preocupada com ele do que comigo mesma.

Ele desacelera, mas balança a cabeça.

— Preciso... Levar você para um lugar seguro — retruca, ofegante.

— Não! — digo, um pouco alto demais. — Ficarei bem. Mas se você tiver um surto, aí é que *não* vou ficar nada bem. Consegue subir a escada sozinho? — A respiração está entrecortada. Esses ataques, quase sempre motivados por estresse, são raros. Mas sempre que acontecem, tenho certeza de que vou perder meu irmão. Eu me obrigo a ficar calma, porque sei que qualquer preocupação adicional servirá apenas para deixá-lo pior.

Ele assente, sem querer desperdiçar o fôlego falando.

— Tudo bem, então. Vá, que eu vou usar o esconderijo na parede.

Há quatro desses refúgios em nossa ampla e espaçosa casa. O melhor de todos é um pequeno porão, cuja entrada é um alçapão que tem que ser fechado por fora e depois escondido sob um tapete e uma cadeira pesada. O segundo melhor é uma abertura secreta na parede atrás de uma estante de livros que parece imóvel, mas que se abre deslizando por trilhos. Infelizmente, esse mecanismo tem uma falha estrutural que faz com que tenha que ser operado pelo lado de fora. Assim, essas duas opções dependem de alguém para me ajudar a me trancar (e depois a me liberar).

Isso significa que preciso ir para o sótão — espaçoso e confortável, mas também um dos primeiros lugares que alguém pensaria em investigar —, ou para um espaço terrivelmente apertado entre duas paredes. O vão, com cerca de meio metro de largura, costumava abrigar uma espécie de sistema de ventilação que foi modernizado e removido em algum momento desde a construção da casa. Agora apenas a antiga saída de ar permanece ali, e serve de acesso a um lugar tão desconfortável que faz a tortura parecer divertido.

Ash está ofegante. Tomo seu braço e o guio até a base da escada que leva a seu quarto. *Nosso* quarto, na verdade. Bem, até tenho um quarto, mas não há nada que me pertença nele. É um quarto de hóspedes que arrumo todas as manhãs como se fizesse semanas que ninguém dormia lá. Se alguém quisesse inspecionar a casa qualquer dia desses, não encontraria nada além de um quarto genérico, pronto para receber visitas.

Para qualquer outra atividade que não seja dormir, eu e Ash meio que sempre dividimos o mesmo quarto, desde a infância. Na verdade, dividimos *tudo*. Todos os meus objetos pessoais ficam lá, escondidos entre as coisas dele. E todos parecem algo que um menino teria. Não posso ter muitas coisas pessoais de verdade. Imagine se alguém entrasse e encontrasse um cômodo cheio de vestidos e pôsteres holográficos de estrelas do pop sem camisa e todas as outras coisas que garotas devem ter em seus quartos. Isso nos entregaria na mesma hora. Eu e Ash compartilhamos até mesmo a maior parte das roupas.

Não quero deixar que Ash vá. Ele sente quando aperto seu braço com mais força, vê o medo em meus olhos, não consigo disfarçar. Mal lembro do nosso visitante inesperado.

— Vá se esconder — diz ele em um sussurro rouco. — Consigo subir sozinho.

Não tenho certeza de que está certo, mas não tenho tempo. Ouço o rangido distante da porta da frente se abrindo, depois o murmúrio de vozes desconhecidas. Com um último olhar de preocupação na direção de Ash, se arrastando escada acima, giro e corro para o santuário mais próximo, torcendo que consiga me esconder a tempo.

Preciso rastejar para passar pela portinhola baixa do acesso à ventilação até entrar naquele espacinho inacreditavelmente apertado. Se avançar, não poderei mais fechar a porta sozinha. Tenho mais ou menos dois centímetros e meio para cada lado. Assim que fecho a porta, lembro que estava correndo sobre o musgo, escalando pedras, apenas poucos instantes atrás. Será que deixei um rastro no chão, apontando para o esconderijo? Tarde demais para conferir. Vou rastejando para os fundos sobre os cotovelos e os dedos dos pés, um centímetro por vez, ao longo de vários metros, até alcançar uma abertura grande o suficiente para poder me levantar.

Um pouco melhor aqui, mas não muito. Diferente dos meus outros esconderijos, este não oferece qualquer tipo de conforto. É um verdadeiro buraco, para situações de emergência. Fazemos simulações periódicas, mamãe sempre marcando meu tempo, para termos certeza de que consigo acessar rapidamente os quatro esconderijos. Mas nunca precisei usar este aqui antes. É o último recurso.

Tenho espaço para ficar de pé, mas somente isso. Cada vez que respiro, meu peito e minhas costas encostam no gesso da parede. Sinto um cheiro estranho aqui, de ar viciado. Acabei me acostumando a ter uma vida limitada, mas isto já é um pouco radical demais. Meu campo de visão termina a 10 centímetros dos meus olhos.

Mas estou em segurança, escondida. Bem a tempo. Ouço uma voz desconhecida se aproximar. Fico surpresa de ouvi-la tão claramente. As paredes devem ser mais finas do que imaginava. Por um segundo de loucura, penso em bater no gesso, enviar uma mensagem misteriosa, como se fosse um espírito invisível. Mamãe me contou histórias de fantasmas, obtidas dos documentos arquivados. Nos dias de ignorância, as pessoas acreditavam em todo tipo de coisa. Não levo a sério essas lendas, embora sempre tenha gostado de ouvi-las. Mas se Ash está mesmo certo, este é um funcionário do Centro. São conhecidos por terem paciência zero com superstições ou qualquer elemento que tenha a ver com o modo como vivíamos antes da Ecofalha. Sem mencionar, claro, a verdadeira ameaça de morte caso seja descoberta.

Então permaneço imóvel, quase como se estivesse batendo continência, em minha estreita fresta de segurança, ereta e alerta como um Camisa-Verde recruta, e aguardo a liberação.

Quando ouço os sons característicos de pessoas se acomodando na sala de estar, imagino que a liberação demorará a vir. Suspiro, e minha respiração ricocheteia na parede e volta para mim, aquecendo meu rosto.

Não sei o que devo esperar do visitante desconhecido. Provavelmente algo sucinto e oficial. Mas também é possível que tenham vindo por conta de alguma emergência fora do horário comercial, ou algo que se disfarce como emergência. Talvez mamãe precise assinar uma autorização para darem início à duplicação e à distribuição de algum artefato pré-falha, ou papai tenha que autorizar um dos medicamentos restritos para algum oficial do alto escalão do Centro. Em geral, costumam mandar avisar antes, seja através de uma ligação pelo unicom, ou de um dos *bots* mensageiros anunciando a vinda, e me dando tempo para me esconder. O que poderia ser tão urgente a ponto de justificar uma visita surpresa?

Seja lá o que estivesse esperando, certamente não era ouvir mamãe chorando. Parece que está bem do outro lado desta parede, e dou um passo à frente, batendo com o dedão. Será que ouviram? Não, acho que não, pois o desconhecido está falando. Ouço-o com clareza através da parede.

— Uma semana — diz ele. Franzo a testa, confusa. O que vai acontecer daqui a uma semana para fazer mamãe chorar?

— Cedo assim? — pergunta ela, a voz desesperada.

Papai interfere no mesmo instante.

— Já faz quase dezessete anos que estamos esperando — diz, áspero. — Já estava mais do que na hora, na minha opinião.

Quase dezessete anos? Estão falando sobre mim? Só pode ser. Sobre mim, ou Ash.

— Vocês sabem que encontramos algumas dificuldades pelo caminho — diz o desconhecido, acalmando os ânimos, embora eu identifique uma ponta de irritação em sua voz. — Comprar as lentes no mercado negro é apenas o começo. Metade dos criminosos de Éden sabe onde arranjar lentes falsas que mostrem a identidade de outra pessoa em uma leitura básica. O problema é criar uma identidade nova.

— Pagamos o suficiente — rebate papai. — Esta história já tinha que ter sido resolvida há muito tempo.

— Fale baixo — diz mamãe a ele. Ela funga com força, e sei que está se esforçando para se controlar. — Pode continuar, Sr. Hill. Por favor, termine de nos contar o resto.

— Não importa como ele conseguiu, contanto que tenha feito. — Ouço meu pai dizer, baixinho. Posso imaginar seu rosto, impaciente e irritado como sempre, olhando de relance, irrequieto. — Uma semana? Por que não antes?

Ouço a campainha tocar e mamãe se assustar ao mesmo tempo, então fico sem saber se foi o toque inesperado ou o que papai disse que a chocou.

— Está esperando alguém? — pergunta o desconhecido, evidentemente alarmado.

Continuo apertada em meu recanto estreito na parede, cega e sufocada, mas, mentalmente, consigo imaginar com clareza mamãe e papai trocando um olhar rápido. O relacionamento dos dois nem sempre é perfeito, eu sei, mas eles têm aquela habilidade de se comunicar em silêncio. Com frequência me pergunto se outros casais conseguem fazê-lo, ter rápidos diálogos apenas com o olhar, e chegar a uma conclusão sem uma única palavra. Pergunto-me agora se um dia conhecerei alguém tão bem assim.

Ouço movimentos rápidos através da parede e um som de sobressalto feito pelo desconhecido. Percebo que está sendo levado às pressas lá para cima, para o esconderijo do sótão. Quem quer que seja, pelo menos estará mais confortável do que eu.

Mamãe desce correndo logo depois, e quando fala em tom apressado e baixo, me dou conta de que papai ainda não foi atender a porta.

— Vão conseguir encontrá-lo? — pergunta ela.

— Como vou saber? — estoura ele. — Não sei quem são ou o que querem. Deve ser só alguém do trabalho.

Mamãe suspira de frustração diante do otimismo dele.

— Mas por que logo agora? Temos que tirá-lo de casa.

— Ele é um funcionário do Centro — argumenta papai. — Por que não deveria estar aqui? Podia ser um amigo meu.

— Não, eles podem estar de olho nele. Se estiver envolvido com o mercado negro, não podemos correr o risco de sermos associados a ele. Não agora que estamos tão perto. Vão desconfiar.

— Vão ficar mais desconfiados ainda se não formos abrir a porta logo — rebate papai, com razão.

— Cadê a Rowan? Ela chegou ao porão?

— Não sei, mas é sensata o bastante para saber que tem que ficar fora de vista até que um de nós a encontre. Pegue alguma bebida e junte-se a nós daqui a alguns minutos. Se alguém olhar para você agora, vai saber que tem algo de errado.

Ouço seus passos pesados até a porta. A sala de estar está completamente silenciosa, e posso ouvir o som da minha respiração mais uma vez. Por um instante, sem conseguir distinguir o passo mais leve de mamãe, acho que ela saiu dali. Mas então escuto um sutil ruído de arranhão na parede do lado de fora do meu esconderijo. Ela sabe que estou aqui. Ou acha que estou.

Com todo o cuidado, respondo da mesma forma, arranhando uma, duas vezes. Percebo quando deixa escapar um breve suspiro do outro lado, e sinto um sentimento de amor tão forte que teria me sentado se houvesse espaço. Papai fez o necessário para me manter segura, mas é mamãe quem sempre fez questão de deixar claro para mim que tudo que fez, tudo que sacrificou por mim, foi feito em nome do amor, não de uma obrigação, ou por medo, ou necessidade.

Ela se afasta com um passo propositalmente pesado para que eu saiba que está indo embora. Ainda assim, naquele instante, graças a seu amor, não me sinto sozinha. Não me sinto enclausurada. Eu me sinto segura.

Mas não demora muito para que a sensação se evapore completamente. Ouço o pisar pesado de muitos pares de botas e, embora não possa ter certeza, apostaria que são Camisas-Verdes, a polícia de Éden.

Ash sempre faz piada com os Camisas-Verdes, dizendo que eles perseguem garotos que usam o sistema público de iluminação para escrever palavras grosseiras como *teezak* ou *koh faz*, ou que invadem os jardins de liquens à noite com as namoradas. Talvez os Camisas-Verdes sejam benevolentes quando se trata de garotos criando confusões infantis. Mas sei que, na verdade, são um esquadrão letal de defesa cujo único objetivo é eliminar qualquer coisa que vá contra os mandamentos de sobrevivência do EcoPanopticon. E sou a definição básica disso.

Os Camisas-Verdes patrulham as ruas e investigam qualquer crime que aconteça em Éden. Ficam mais concentrados nos círculos periféricos, longe do Centro, onde as pessoas são mais pobres e mais desesperadas. Mas também estão aqui nos círculos internos. Já os avistei algumas vezes do alto do muro, marchando em duplas com suas botas pretas pelas avenidas. Sempre me abaixo depressa e, em geral, não arrisco novas aparições por alguns dias depois disso. Mas nunca fui avistada, nem por eles, nem por ninguém. As pessoas nunca olham para cima, e me limito à luz incerta do crepúsculo e da alvorada.

Agora tenho quase certeza de que há Camisas-Verdes na minha sala de estar. E se estiverem aqui por minha causa? Será que, enfim, alguém avistou minha cabeça curiosa e levantou suspeitas? Será que Ash foi descuidado e deixou a pessoa errada ouvir algo? Se descobriram minha existência, agora estou terrível e irreparavelmente encurralada. Este esconderijo tem apenas uma saída, e me espremer por ela já seria uma luta. Não teria chance de fuga. Posso imaginar as botas pretas esperando diante da grade de ventilação, quase sentindo suas mãos me agarrando e me levando para um destino horrível e desconhecido...

Estão acompanhados por algum tipo de *bot*. Ouço o zumbido e o apito de um dos modelos menores. Será um *bot* de segurança tentando me farejar? O que está fazendo aqui? *Bots* são barulhentos; podem dar trabalho.

E então ouço uma voz sedosa trocando gentilezas sociais, o sotaque peculiar do alto escalão do Centro identificando-o como alguém da elite de Éden. A voz soa familiar, mas não consigo identificá-la até papai dirigir-se a ele pelo cargo.

— Por favor, sente-se, chanceler — diz meu pai, a voz mais educada e respeitosa do que nunca. Como médico-chefe, ele é um ministro de alto escalão, e está acima da grande maioria de Éden.

O robô rola pelo chão, aproximando-se do meu esconderijo.

Já ouvi a voz do chanceler Cornwall no noticiário, e também o vi em vídeos. Lembro que, sempre que aparece, está acompanhado por uma tropa de Camisas-Verdes fazendo sua escolta.

O que o chefe de governo está fazendo em nossa casa?

Parte de mim está apavorada. Outra parte está quase aliviada. Um segundo filho secreto deve ser algo sério, até mesmo crime passível de pena de morte. Mas certamente não justificaria uma visita do líder de Éden.

Ele teria simplesmente enviado uma equipe tática de Camisas-Verdes a fim de me capturar. Não estaria sentado em minha sala de estar, enquanto papai ordena que o *bot*-mordomo lhe traga *fakechai*, a bebida aromatizada feita de alga geneticamente modificada para ter o mesmo gosto do chá pré-falha. Deve estar aqui por algo muito terrível ou muito incrível.

No fim, acho que as duas opções estão certas.

Ouço, maravilhada, enquanto o chanceler Cornwall diz a meu pai que o atual vice-chanceler está deixando o cargo por motivos médicos.

— Seria um prazer examiná-lo e oferecer uma segunda opinião — oferece papai, mas o chanceler o ignora.

— Acredito que você serviria bem a Éden como o próximo vice--chanceler.

A sala cai em absoluto silêncio. Meu pai, que veio de um círculo periférico da Cidade Interna, subiu nos escalões do governo para se tornar médico-chefe. Tudo graças a seu talento como cirurgião, ou assim eu imaginava. Mas parece que papai tem desempenhado um papel político mais profundo do que eu supunha. Por que outro motivo o chanceler teria reparado nele? Meu pai faz pronunciamentos ocasionais sobre saúde, monitora as políticas públicas das cirurgias obrigatórias de esterilidade e vacinações, e, de vez em quando, atende pacientes que são membros do alto escalão do governo e suas famílias.

Aquilo me surpreendeu. Talvez ao papai também. Parece tentar chamar o mínimo de atenção possível para si, levando em consideração sua posição. Quando digo "posição", é a mim que me refiro, seu segredo vergonhoso. Mantém a cabeça baixa e não socializa nem forja conexões e contatos como as outras pessoas do governo. Não é como se pudesse abrir a casa e dar festas enquanto me escondo no porão, não é mesmo?

Mas, de algum jeito, atraiu atenção.

O silêncio dura tempo demais. Enfim, meu pai diz:

— Ficarei honrado em servir Éden em qualquer posição. — Sua voz está um pouco engasgada, e me pergunto se seria por humildade ou nervosismo.

Discutem os pormenores durante algum tempo, e fico prestando tanta atenção que quase me esqueço do primeiro visitante, me perguntando como isso tudo afetará a família? Papai terá que se mudar para o Centro, como todos os outros oficiais do alto escalão? Nós também? Impossível. Minha segurança depende completamente dessa casa.

E então ouço o pequeno robô atravessar a sala, vindo parar bem ao lado da saída da ventilação. Prendo a respiração. Será que captou algo suspeito, algum indício de minha existência? Não sei que tipo de *bot* é, mas se for um modelo que possua boa acuidade visual, pode ser capaz de me ver se escanear a parede ou a pequena grade de ventilação. Ele se aproxima e apita. Se um *bot* puder expressar dúvida, é o que este faz.

O chanceler diz:

— Não vou tomar mais o tempo de vocês. Me avise da sua decisão até amanhã de manhã. — Os Camisas-Verdes se posicionam. O chanceler estala os dedos, o *bot* desliza atrás dele, e a sala fica silenciosa. Embora minhas pernas estejam rígidas, e o ar estagnado com minha respiração, não me atrevo a sair até receber o sinal verde. Demora tanto que começo a achar que se esqueceram de mim.

Quando cambaleio para fora, coberta em uma leve camada de gesso, mamãe está esperando por mim na sala de estar. Sozinha.

Tenho tantas perguntas, sobre o primeiro visitante do Centro, sobre o chanceler, que nem sei por onde começar. Mas, antes de tudo, indago sobre Ash.

— Ele estava tendo um ataque. Ficou tudo bem? — Trinco o maxilar, tensa, enquanto espero a resposta. Ela demora muito tempo. Começo a achar que estou prester a receber notícias terríveis.

— Acabei de checar, e ele está descansando — responde. Suspiro de alívio. Por algum motivo, o restante não tem mais tanta importância. O sentimento não dura mais do que 30 segundos.

Mamãe me encara em silêncio por um longo instante.

— O que vai acontecer? — pergunto, enfim. É uma pergunta genérica, que engloba tudo.

A resposta me deixa estarrecida. É como se todos os meus sonhos e pesadelos se tornassem realidade ao mesmo tempo.

— Eles fizeram lentes com uma nova identidade, Rowan. — Espero pelo sorriso dela. Ele não vem, e fico tensa. Mamãe volta a hesitar e, então, diz com muita suavidade: — E encontraram uma família que está disposta a recebê-la. Você vai embora daqui a uma semana.

Minhas pernas cedem, e caio no chão, as costas pressionando a mesma parede que me abrigou poucos minutos antes.

3

— Não — protesto, sem forças. Passei a vida inteira esperando por minha liberdade, e agora... — Não! — grito, dando um soco na parede. Tristeza e raiva crescem dentro de mim, lutando pelo controle. Decido deixar a raiva vencer, para variar.

— Eu não vou! — grito. — Você não pode me obrigar a largar esta família. *Minha* família! — Fico de pé em um pulo, e não sei se abraço mamãe, soco a parede, corro até Ash, ou desabo no chão outra vez.

A possibilidade sempre existiu. Sei disso há anos. Mas sempre acreditei que haveria outra saída.

Sempre acreditei que meus pais não me deixariam ir embora. Jamais.

Mas há apenas dois destinos para um segundo filho. Uma vida escondida... Ou uma vida com uma nova identidade.

Bem, há uma terceira, a padrão. A interrupção após a concepção — ou após o nascimento. Ou em qualquer idade após a descoberta da criança.

Quando a Terra morreu, há pouco mais de dois séculos, a humanidade foi condenada, assim como qualquer espécie animal superior habitando o planeta. Qualquer ser maior do que um paramécio foi extinto — e a vida também não deve ter sido tão boa assim para os paramécios. Claro, nós, os seres humanos, éramos os únicos que merecíamos esse fim. Foi nossa culpa.

Éramos os únicos animais com cérebros inteligentes e dedos ágeis o bastante para criar energia nuclear, para ferrar a Terra e envenenar os oceanos e espalhar resíduos tóxicos que destruiriam a atmosfera. Nós, seres humanos inteligentes que somos, alteramos o DNA das plantações para criar uma variação de soja aperfeiçoada que seria capaz de sobreviver a qualquer coisa e continuar alimentando o mundo — até nosso experimento provar-se tão forte e agressivo que tomou conta das florestas tropicais. Criamos e mantivemos seres vivos em cativeiro para mais tarde tornarem-se alimento, forçando-os a viver prisioneiros, caminhando sobre as próprias fezes. Nós os enchemos de antibióticos — e fizemos o mesmo com nossas crianças — e depois ficamos surpresos quando as bactérias sofreram mutações e se transformaram em superbactérias.

Matamos o mundo e a nós mesmos no processo. O planeta começou a definhar. A temperatura da Terra saltou dez graus em uma década, quando os gases do efeito estufa começaram a capturar o calor do sol e dificultar sua liberação, transformando nosso planeta em um forno. Uma equipe de cientistas teve a brilhante ideia de injetar um novo produto revolucionário na atmosfera para solucionar nossos problemas.

Consegue adivinhar o que aconteceu?

Isso mesmo: a Terra se resfriou. Mas quando a radiação solar entrou em contato com a nova atmosfera criada artificialmente, criou uma reação em cadeia que eliminou quase todas as plantas e animais no planeta.

À exceção de uns poucos de nós. Está lembrado dos nossos supercérebros e mãos ágeis? A melhor coisa que os seres humanos já fizeram com esses atributos foi criar algo mais inteligente — e gentil — do que nós. Quando ficou evidente que a Terra estava para bater as botas, um visionário deu vida ao EcoPanopticon, o guardião onisciente da natureza.

O EcoPanopcticon é deus, mãe, médico e rei para nós agora. Demos a essa estrutura poder absoluto sobre nós, pois já não tínhamos mais credibilidade nem capacidade para nos governar. Mas não nos ressentimos de sermos governados, pois, como uma mãe, o EcoPan tem apenas um objetivo: manter-nos vivos.

Com os corpos falíveis e frágeis, feitos de carne e sangue, não tínhamos a menor chance de sobrevivência neste mundo destroçado e inclemente. Mas todas as nossas criações continuaram existindo muito bem sem nós. O homem que idealizou o EcoPan, Aaron Al-Baz, projetou uma inteligência artificial que teria a capacidade de se ligar a todo e qualquer pedacinho de tecnologia, internet e meios de comunicação deixados para trás. Ela agregou e tomou total controle sobre todos os sistemas já criados — as usinas, reatores e fábricas que haviam destruído a Terra — e as usou como recurso para salvar o planeta. O EcoPan colocou as tais fábricas para produzir robôs — todos, sem exceção, conectados ao olho-que-tudo-vê. Os robôs, então, construíram este santuário, chamado Éden, para os poucos humanos sobreviventes. Ao mesmo tempo, deram início aos trabalhos para reparar a devastação que causamos ao planeta. No entanto, consertar o mundo até que seja seguro vivermos nele levaria centenas de anos. Nesse meio-tempo, moraríamos neste paraíso criado pelo EcoPan.

Mas, claro, como em qualquer paraíso, há algumas regras. E quebrá-las leva à expulsão.

Somos um sistema fechado, e nossos recursos são extremamente limitados. Sem plantas ou animais para nos servir de alimento, subsistimos daquilo que foi resistente o bastante para sobreviver à Ecofalha, como algas, fungos e liquens, bem como algumas proteínas sintéticas. Tudo (e com isso quero dizer *tudo* mesmo) é reciclado, reutilizado e reconsumido. Estamos em Éden há quase dois séculos, um pouquinho menos, e teremos que continuar aqui por pelo menos mais mil anos antes que a Terra volte ao normal. De modo que precisamos ser cuidadosos.

É engraçado. Os seres humanos foram quase extintos, mas, ainda assim, um número grande demais de pessoas sobreviveu. Grande demais para que fosse possível manter todos vivos em Éden por um milênio inteiro. O EcoPan calculou qual seria a população sustentável ideal, o número exato de indivíduos necessários para garantir nossa continuidade e existência até o dia em que poderemos deixar Éden. Até chegarmos a esse patamar, nossos números precisam ir decrescendo de forma gradativa.

O EcoPan, em sua sabedoria, decretou que poderia nascer apenas uma criança para cada casal em idade fértil, até que alcancemos a população ideal. Mais do que isso, nossos recursos ficarão escassos, e o pouco que resta da raça humana será dizimado de maneira definitiva.

Uma forma mais prática de inteligência artificial teria feito a seleção desde o início, criando uma população perfeita e depois só precisaria ir regulando. Mas o EcoPan nos ama como uma mãe, então decidiu nos salvar com o máximo de compaixão possível.

E por isso eu e qualquer outro segundo filho (se é que *há* outros) somos verdadeiros monstros que acabariam dizimando a espécie humana, apenas por nossa existência. Sempre me sinto culpada quando me permito pensar nessas questões. A comida que consumo, o ar que respiro, o lixo que produzo, tudo isso pode ser parte do efeito borboleta que finalmente levará Éden ao fracasso. Sou um excedente.

Mas estou feliz por estar viva, e farei o necessário para continuar vivendo, com coragem e egoísmo, se o EcoPan ou qualquer outra pessoa tentarem tirar esse direito de mim.

Agora começo a compreender toda a implicação da minha existência nessa sociedade. Mamãe toma minha mão e me puxa gentilmente para o sofá. Seu toque me acalma. Lembro que, quando era bem mais nova e ficava doente, era papai quem me curava, mas era sempre minha mãe quem fazia com que me sentisse melhor. O toque das suas mãos, o olhar de ternura e bondade, esses gestos são melhores do que qualquer remédio.

E agora é um lembrete alarmante do que vou perder ao ganhar minha liberdade. Não vale o custo.

— Todos os filhos crescem — diz ela, com doçura. Posso ver o lábio inferior tremendo de leve. — Todo mundo sai de casa um dia.

— Mas não assim — retruco, com os dentes cerrados. — Não para sempre.

Ela suspira.

— É perigoso demais para você aqui.

— Por quê? — pergunto. — Se vocês já conseguiram as lentes com essa nova identidade para mim, por que não posso passar a ser essa tal pessoa e continuar morando aqui?

— Você viveu uma vida abrigada aqui dentro, Rowan — começa, e eu bufo. O eufemismo do ano. — Não faz ideia de como são as coisas lá fora. — Gesticula na direção da ampla cidade, invisível atrás de nossos muros altos. — Tem *sempre* alguém vigiando. Os Camisas-Verdes, funcionários do Centro, até mesmo o bot de limpeza mais inofensivo, fazendo sua ronda pela cidade em busca de lixo e qualquer resíduo. Eles estão todos à procura de algo que lhes pareça minimamente fora do comum. Com a posição de destaque do seu pai, que, pelo visto, só vai passar a ser mais reforçada ainda daqui para a frente... — Ela faz uma expressão que não consigo decifrar muito bem — ...Estaremos sob vigilância constante. Você vai tomar a identidade de uma estranha. Seria quase impossível arquitetarmos um cenário em que uma estranha pudesse morar conosco. Você seria investigada, e todos os nossos esforços desses anos teriam sido em vão.

— Mas, mãe — começo.

— Isso é uma questão de vida ou morte, amor — interrompe ela, me puxando para perto. — De morte se falharmos, se qualquer coisa, por menor que seja, der errado, ou se alguém quiser levantar qualquer suspeita. E de vida, para você... Uma vida de verdade, com amigos e um emprego, e a família que você vai começar um dia... Se tudo der certo. — Está sussurrando, com a bochecha apertada contra a minha. Sinto como se já fosse uma despedida.

— Não quero ficar longe de você e do Ash — digo, com desalento. Minha raiva ainda é dominante, com a tristeza rastejando escondida nos limites da fúria.

— Você merece ser um membro desse mundo, ser quem é — argumenta mamãe. E parte de mim acha que ela tem razão. Mas sinto como se fosse uma garota esfomeada a quem oferecem um bocado de comida envenenada. Quero agarrar a oferta e engoli-la, pois preciso de cada fibra em meu ser. E no entanto...

— Não mereço nada especial — protesto.

— Merece, sim — retruca mamãe, afastando-se. — Mais do que imagina.

Algo em seu tom de voz me faz parar.

— Como assim? — pergunto, com cautela.

Ela morde o lábio.

— Deixa para lá.

— Mãe. — Olho com seriedade para ela. — Me fala.

E ela obedece. Preferiria que não tivesse dito nada.

Meu mundo vira de cabeça para baixo quando ela conta a história do meu nascimento.

Quando mamãe descobriu que estava grávida, tinha acabado de ser nomeada arquivista-chefe e estava no meio de tantos projetos que ela e papai decidiram que seria ele o médico acompanhando a gravidez. Desta forma, durante os primeiros meses da gestação, mamãe não precisou perder qualquer reunião de trabalho, e papai tratou de seu monitoramento nutricional e todos os ultrassons em casa mesmo. Desde que não fosse uma gravidez complicada, não teriam problema algum. Eles a colocariam sob os cuidados de um especialista quando se aproximasse a data do parto.

Tudo correu bem até o terceiro mês, quando meu pai identificou dois batimentos cardíacos.

O que a mamãe deveria ter feito — aquilo que as leis de Éden a obrigavam — era ter na mesma hora notificado o Centro a respeito de sua situação e deixado a decisão acerca de qual seria o destino dos fetos nas mãos de um conselho. Na maior parte das vezes, um dos bebês teria sua gestação encerrada de forma imediata. O conselho poderia também tomar a decisão de qual deles deveria viver — caso um fosse claramente mais saudável do que o outro, ou se fosse necessário escolher uma menina ou um menino para manter balanceadas as proporções de gênero da presente geração. Mas, outras vezes, era aleatório. Um feto viveria, o outro morreria antes de nascer.

— Não conseguimos. Simplesmente não conseguimos — dissera ela, com lágrimas nos olhos diante da lembrança. — Vocês não tinham mais do que sete centímetros, nem nos conhecíamos ainda, mas já amávamos os dois demais, e foi ali mesmo que decidimos que faríamos de tudo para criar vocês dois.

Ela diz "nós", mas sei pelo jeito como meu pai me trata, pela frieza em seu olhar, que não houve "nós". Mamãe tomou a decisão, e papai concordou por amor a ela. Pois seus olhos nunca são frios quando estão virados para *ela*.

— Escondemos isso e, quando entrei em trabalho de parto, continuamos escondendo tudo. Dissemos para todo mundo que aconteceu tudo muito depressa, que nem tivemos tempo de pensar em ir ao hospital, mas, na verdade, o parto durou mais de um dia. Dei à luz aqui nessa casa, às escondidas. Quando você nasceu primeiro, Rowan, e vi os seus olhinhos perfeitos, soube que tudo tinha valido a pena. Todos os segredos e as dificuldades, tudo por que passei e por que ainda teria que passar no futuro... Tudo valia a pena. Nós lhe mostraríamos o mundo e esconderíamos o segredo do nosso segundo filho. Mas amaríamos os dois.

Eu era a primeira filha! Encaro um ponto além da minha mãe, tendo um vislumbre do passado, de uma história alternativa, na qual sou eu a filha legítima, a que pode viver livremente no mundo, que pode ir à escola e ter amigos e um quarto só meu, com coisas que me pertencem lá dentro. Na qual sou eu quem ri e conversa com Lark e os outros, enquanto Ash...

Não. Posso até desejar que aquela fosse minha realidade, mas não posso desejá-la à custa *dele*.

— E, aí, o Ash nasceu, todo pequenino e quase azul. Ficou sem respirar durante o primeiro minuto de vida e, quando conseguiu, ficou claro que havia algo de errado. Seu pai o diagnosticou imediatamente com uma doença pulmonar crônica grave.

A mamãe assente ao ver que compreendo o que está dizendo.

— Fomos *obrigados* a registrá-lo como o primeiro filho, Rowan. Não tivemos escolha. Se não tivesse passado aqueles primeiros meses de vida na UTI, não teria sobrevivido. Ele não teria conseguido viver se o tivéssemos escondido.

O que fica subentendido naquele momento de silêncio é a outra verdade amarga: não importa qual fosse nossa ordem de nascimento, se tivesse sido uma decisão do conselho do Centro, os representantes teriam me escolhido para viver e determinado a morte de Ash, mesmo depois de nascido. Eu era forte e saudável, um acréscimo a Éden. Ele, não. É até provável que só tenham permitido que continuasse vivo porque nossos pais fazem parte do alto escalão. Se fosse uma pessoa pobre, da periferia de Éden, de um dos círculos externos, uma criança doente teria sido eliminada, os pais incentivados a tentar outra vez.

Meu cérebro está em polvorosa. Pensamentos raivosos e terríveis parecem assaltar minha cabeça, pensamentos amargos que não fazem jus a mim. Nem ao amor e à proteção que recebi minha vida inteira. Mas não consigo afastá-los. *Era para ter sido eu.*

Mal escuto enquanto mamãe me conta quais serão os próximos passos. Em breve, irei a um centro cirúrgico clandestino e terei minhas lentes implantadas permanentemente. Depois, serei entregue, na surdina, a minha nova família. Não entendo bem como isso é possível. Se minha própria família não pode inventar uma história para ficar comigo, como um estranho pode?

Ash desce a escada, com as mãos erguidas, próximas à parede, mas sem chegar a tocá-las, como se não confiasse nas pernas para mantê-lo de pé. Ele abre um sorriso fraco para mim.

Olho de relance para mamãe, e ela balança a cabeça. *Ash não sabe.*

Quero lhe contar a verdade aos berros. *Vá se esconder no buraco, segundo filho! Me deixe ser livre, como era meu direito desde o início.*

Eu me odeio por ter pensado isso.

Não posso mais ficar nesta casa.

4

Mamãe deve ter imaginado que preciso de um instante sozinha para processar tudo o que acabou de me dizer, então não me segue quando corro para o pátio. Ash também não. Acho que ela deve tê-lo impedido. Sozinha? Como podem achar que quero ficar sozinha, quando passei a vida isolada? Meu mundo é formado por três pessoas, e elas passam o dia inteiro fora, cuidando das próprias vidas. Já eu existo em estado de solidão constante. Sozinha? Solidão é a última coisa de que preciso.

O que preciso, decido num rompante, é de tudo que me foi negado. Sinto raiva, ressentimento, inquietação. Ao longo de quase 17 anos, deixei meu destino a cargo dos meus pais e de quaisquer que tenham sido as maquinações e chantagens que arquitetaram para poderem se livrar de mim. Chegou a hora de tomar as rédeas da minha vida. Posso não ser uma pessoa real, oficial, aos olhos dos outros poucos seres humanos que ainda restam na Terra, mas talvez possa estar no comando do meu destino. Pelo menos por uma noite.

Aos poucos, de forma cruel, me dou conta de que terei que me conformar com o que quer que meus pais tenham arranjado para mim. Receberei implantes de lentes que me marcarão como outra pessoa e, de um algum jeito, outra família que se encaixa nessa identidade. Mas, neste instante, quero ter um gostinho de tudo que não tive esses anos todos. Tudo que era meu por direito e nunca soube até poucos minutos atrás.

Escalo novamente o muro alto do pátio. Éden reluz ao meu redor, uma mistura das luzes azul-esverdeadas da bioluminescência dos microrganismos modificados que permeiam a cidade à noite, criando um tapete de luz, e o brilho elétrico que se acende sempre que um indivíduo se move. Posso ver um diorama vivo em flashes luminosos em toda a volta, as pessoas surgindo aqui e ali como sombras contrastantes. À frente, ao fim do quarteirão, um vizinho que nunca conheci, nem nunca conhecerei, abre a porta da frente e sai para a noite. Por uma fração de segundo, a cidade parece examiná-lo. E então, como se a própria rua tivesse decidido aceitá--lo, ela se acende sob seus pés. O homem vai na direção do distrito de entretenimento, e as luzes o guiam, seguindo seus passos tempo o suficiente para que ele saiba que não foi esquecido. Observo a luz personalizada ir diminuindo a distância, um fogo-fátuo saído dos antigos contos de mamãe, que parece me chamar.

Da altura em que estou, posso ver as luzes de diversas pessoas da vizinhança, todas seguindo na direção de outro círculo, onde irão a festas, clubes, restaurantes, teatros. Se ao menos eu tivesse um lugar aonde ir, alguém esperando minha chegada. Eu me imagino chegando a uma festa, meus amigos todos chamando meu nome, me querendo perto. Alguém me entrega um drinque, outra pessoa faz uma piada sobre algo que todos tenhamos compartilhado. Sou bem-vinda. Sou aceita.

Mais uma vez, jogo uma das pernas por sobre o topo do muro, para o lado de fora, mas, dessa vez, começo a descer.

Mamãe às vezes usa uma expressão: *conheço isso como a palma de minha mão*. Conforme vou fazendo a escalada para baixo, como se em uma extenuante câmera lenta, percebo que isso define minha vida inteira até este momento.

Nos primeiros segundos da minha primeira aventura fora de casa, sou tomada por espanto diante da *diferença*. Desde meu nascimento, conheço cada centímetro do meu mundo particular com precisão minuciosa. Se eu perdesse a visão, eu mal notaria — seria capaz de navegar meu pequeno reino sem qualquer um dos sentidos. O lado de dentro do muro é meu amigo, com fendas que parecem me estender as mãos calorosas para me ajudar. Desse lado, o muro quase parece querer me derrubar.

Eu me agarro à parede, congelada, a apenas meio metro do topo. Com força de vontade, recupero o prumo e me concentro, tentando sentir a memória da Terra dentro das pedras. Ajuda um pouco, e desço o corpo mais alguns centímetros. Respiro calmamente, e a pedra parece respirar comigo, pressionando-se de forma ritmada no meu peito. Abro um leve sorriso para mim mesma e continuo com a descida.

Consigo descer mais um pouco. Coloco as mãos e os pés em uma fenda que pensei ser estável e se esfarela de repente sob meus dedos do pé. Minhas mãos se enrijeceram, e meu pé arranha a parede, buscando em desespero um apoio. E encontro, por pouco. A ponta do meu sapato mal toca o minúsculo afloramento. Para piorar, minhas mãos estão escorregando.

O lado de dentro do muro foi negligenciado, o que lhe deu personalidade e, mais importante para mim, irregularidades e fendas que posso usar para escalar. A fachada externa, que encara o mundo, é bem-cuidada para que o reboco entre as pedras seja sempre relativamente novo, e as pedras permaneçam lisas. Os apoios para as mãos são muito mais estreitos do que estou acostumada.

Escolho a pior pegada e solto, percorrendo os dedos pelo muro como uma aranha extinta há muito tempo, procurando. Achei! Mudo de posição, tentando lembrar que não devo abraçar a parede. Se tentar pressionar meu corpo com muita força no muro, acabarei na verdade dando impulso para longe da pedra.

Ouço vozes ao longe, mas preciso concentrar toda a atenção na tarefa de não cair. Ainda estou a 6 metros do chão. Sobreviveria à queda — provavelmente. Pelo menos o esforço da escalada me distraiu um pouco da raiva, mágoa e confusão que vinha sentindo. É difícil pensar em emoções quando a vida, ou pelo menos sua segurança, está em jogo.

Acabei de descer mais meio metro quando reparo que as vozes estão se aproximando. Com cuidado, para não perder o pouco equilíbrio que tenho, viro a cabeça para identificar a fonte do som. *Bikk!* No limite do meu campo visão, a várias quadras de distância, vejo um grupo de Camisas-Verdes em patrulha. Estão iluminados por uma órbita brilhante, e os raios de suas lanternas emanam do Centro, dando a impressão de que são uma criatura aquática com múltiplos braços. Os Camisas-Verdes estão fazendo a ronda pela área em busca de qualquer indício de atividades suspeitas.

Se me virem, vão achar que sou uma punk do círculo externo, doidona de cibersintético, procurando grana para financiar a próxima dose. O que seria mais suspeito do que uma garota escalando um muro residencial numa vizinhança chique de um dos círculos internos?

Bem, uma segunda filha sem implantes de lentes, claro. Não sou uma criminosa qualquer. Eu poderia ser a mais obediente às leis e não faria qualquer diferença. A minha vida por si só é uma das maiores infrações imagináveis.

Está na hora dessa garota ilegal e inexistente voltar para casa. Minha urgência para ver o mundo de repente se evapora diante da possibilidade de captura. Não me viram — as lanternas estão voltadas para o outro lado —, mas estão na rua, e perto demais para arriscar.

Dou impulso para conseguir alcançar uma fenda logo acima de minha cabeça. Quando meus dedos se enganchen nela, porém, sinto uma sensação estranha de tontura. O mundo parece estremecer levemente, e o bloco inteiro se solta na minha mão. Fui ambiciosa demais e, com uma guinada nauseante, caio, meu corpo se arranhando inteiro na parede de pedra na tentativa de desacelerar a queda. Depois do que parece uma eternidade — embora não tenha chegado a escorregar nem 1 metro —, meus dedos conseguem se fincar em algo, e fico lá balançando, pendurada por um único braço dolorido, ainda a 3 metros do chão.

A pedra caiu lá embaixo com um baque ensurdecedor, e espero ver os Camisas-Verdes correndo para cá. Mas eles não reagem. Estou ofegante, chorando diante da minha burrice, me perguntando por que fui tão tola a ponto de achar que podia sair para ver o mundo por conta própria. Não estou preparada para isso. Ora, não consigo nem mesmo sair de casa em segurança! O que achei que ia fazer? Ir a uma festa? Fazer amigos? Mais provável que não saiba andar pelas ruas nem manter um diálogo com alguém que não seja meu parente e não me conheça desde que nasci!

Fazia apenas um instante que estava em pânico querendo fugir. Agora estou desesperada para voltar para casa, onde tudo é previsível e seguro. Tenho que ir embora dentro de três dias. Preciso aproveitar o pouco tempo que me resta. Ou pelo menos é do que tento me convencer. Parte de mim ainda anseia andar pela cidade, desafiar o destino que me manteve prisioneira a vida inteira.

Mas não importa o quanto me estique e contorça, não consigo achar um único apoio de mão acima mim. Deslizei para uma armadilha, e não há para onde ir senão para baixo.

Tento imaginar o rosto de mamãe quando eu tocar a campainha e ela abrir a porta para me encontrar, envergonhada, do lado errado. Vai ficar tão decepcionada.

Levo mais alguns minutos para descer o suficiente para me sentir confiante de que não vou me machucar se saltar. Empurro o corpo para longe da parede e pulo com leveza. Então congelo, espantada.

Meus pés estão em solo que não pertence ao perímetro de casa. Pela primeira vez na vida, estou do lado de fora. Olho para baixo, balançando sobre os calcanhares, levantando os dedos dos pés para poder ver a novidade sob eles. Não há nada de especial a respeito do chão aqui, sendo muito franca. É apenas aquela mesma superfície fotorreceptora lisa, limpa e brilhante que recobre a maior parte das paredes e pisos da cidade, captando energia solar. Mas é diferente de tudo que conheço.

É o lado *de fora*! Estou *livre*!

Minha sensação é de que o próprio chão envia centelhas elétricas pelos meus pés acima, ordenando que se mexam independentemente da minha vontade. Dou um passo... E não é na direção da porta, mas sim para *longe* dela. Para longe do familiar. Para longe da prisão segura. Rumo à perigosa liberdade.

Dou mais um passo. Meu corpo quer correr, festejar e saltar como faço em meus mais exuberantes momentos de empolgação no pátio. Mas não posso chamar atenção. Dou um terceiro passo e piso na calçada. Entre ela e a rua vejo as árvores artificiais. Sei que sua aparência é idêntica à das árvores verdadeiras, vivas, que um dia cobriram este mundo, abundantes e prósperas mesmo nas cidades mais populosas, antes da Ecofalha. Mas essas são tão falsas quanto minha nova identidade será. São apenas fábricas de fotossíntese em forma de árvore, produzindo oxigênio para que todos em Éden possam respirar.

Toco uma delas, e é fria e morta.

Como se estivesse em uma espécie de sonho, sigo caminhando pela calçada da nossa rua que faz uma leve curva adiante. A apenas três anéis do Centro, nossa rua é um círculo relativamente pequeno. As casas são baixas, de no máximo dois ou três andares. O regulamento de Éden exige que as construções sejam baixas para que o Centro fique sempre em destaque. Olho de relance para aquela estrutura, um enorme domo verde-esmeralda, que se eleva no coração de Éden como um olho gigante multifacetado. Embora saiba que é ali que ficam os escritórios dos membros do alto escalão da cidade, como os dos meus pais, às vezes tenho a impressão de que o Centro é quase como o próprio olho do EcoPanopticon, zelando por Éden.

Hoje, sinto como se estivesse me encarando, maligno, na escuridão.

Viro as costas para o Centro, endireito a postura e ando lentamente por Éden.

É noite, mas ainda há pessoas na rua, conversando com os vizinhos, ou voltando dos restaurantes para casa. Reconheço algumas delas, embora só as tenha visto pela manhã ou ao entardecer, quando me arrisco a espiar por cima do muro, do meu poleiro. Um brilho suave os ilumina por onde quer que andem ou se demorem, acendendo-se diante deles e apagando quando passam. Mas nenhuma luz brilha para mim enquanto caminho. É como se Éden estivesse fechando os olhos para mim, me rejeitando.

Minha vida inteira, sempre achei que atrairia todos os olhares indesejados se um dia ousasse colocar os pés para fora de casa. Mas, estranhamente, as poucas pessoas que ainda estão na rua não parecem dar a mínima para mim. Sinto alívio, claro, mas há também uma pontada de decepção.

Então, de forma inesperada, um homem surge à porta de sua casa, atrapalhando-se para se acertar com seu cartão de acesso. Vê a minha sombra, projetada pela luz emanada de dentro da casa, e olha para mim por uma fração de segundo, fazendo um breve aceno de cabeça e sorrindo antes de voltar a atenção para a tranca. Quando ele sai para a direção oposta, já me afastei da entrada da casa.

Estou eufórica e trêmula. Meu primeiro contato!

Mas se não for cuidadosa, alguém notará minha diferença. Puxo a boina para baixo a fim de esconder meus olhos de caleidoscópio e aperto a jaqueta dourado-clara mais ao redor do corpo, tensionando um pouco os ombros ao andar. Por que o chão não se acende para mim? Podem não me olhar diretamente nos olhos e ver que estou sem lentes, mas em algum momento alguém vai perceber que sou a única que se movimenta no escuro. Tenho duas opções: ir a uma parte mais movimentada de Éden, onde minha escuridão não será evidente em meio à luz dos outros, ou voltar para casa.

Sei que devia voltar. Será que mamãe já deu pela minha falta? Talvez pense que estou emburrada na cama e por isso tenha decidido me deixar em paz. Talvez saiba o que fiz e esteja surtando.

Devia voltar, mas viro na direção do círculo de entretenimento mais próximo.

As ruas radiais que saem do Centro costumam ser as mais cheias de vida, em grande parte tomada por comércio, não residências. Caminho por uma que é exclusiva para pedestres, apenas neste trecho, com um canal passando pelo meio e calçadões nas laterais. Muitas das lojas aqui — em sua maioria de roupas, joias e decoração para casa — já estão fechadas, mas um barqueiro transporta um casal apaixonado pelo canal.

A água diante do barco parece mercúrio, prateada e imóvel, até a proa abrir caminho por ela. Então ela dança como se estivesse tomada por peixinhos agitados, deixando um rastro sinuoso como o de uma cobra. Mesmo com as lojas fechadas, há mais pessoas aqui do que havia na minha rua. Todo o movimento segue em uma só direção — para o círculo de entretenimento. Aqui, perto do Centro, onde os círculos são menores, só se encontram restaurantes, boates, bares, teatros e coisas do tipo. Um pouco mais distante, nos círculos externos, não há locais dedicados puramente ao entretenimento. Por lá, os espaços são amplos demais. Os residentes mais pobres não têm recursos para poderem ir ao teatro ou comer fora com frequência. Ainda assim, ouvi mamãe dizer que há bares por lá.

Eu me misturo à multidão, me aproveitando da iluminação para que ninguém veja que não tenho a minha própria. Percebo que estou sorrindo como uma idiota, de empolgação e nervosismo. Mas, mesmo assim, ninguém me nota. Deduzem que estou na mesma situação que eles, indo procurar minha diversão, meus amigos.

Por toda parte, vejo coisas que só tinha tido a chance de vislumbrar de longe, do alto do muro. À esquerda, uma das torres de cultivo. Seu tamanho supera o do mais alto dos prédios de Éden, para tornar possível a captação da luz do sol. Lá dentro, sei que há uma espécie de pasta líquida de algas geneticamente modificadas movendo-se por tubos sinuosos, absorvendo a luz do sol para então se transmutar em uma substância que supre todas as necessidades nutricionais humanas. Em seguida, ela é enviada para as fábricas, onde é transformada em comida sintética que (me disseram) tem a mesma aparência e o mesmo gosto de todos os vegetais e frutas reais, plantados na terra, que os seres humanos consumiam antes da falha. Por exemplo, já comi morangos, mais ou menos, ainda que o último morango legítimo de verdade tenha apodrecido há dois séculos.

A espiral de cultivo pode ser funcional, mas hoje me parece linda. Os tubos helicoidais contorcidos lembram uma escultura, feita apenas para agradar aos olhos. Paro de repente, olhando deslumbrada para a gigantesca estrutura, e alguém acaba esbarrando em mim por trás.

— Ah, oi — diz um garoto mais ou menos da idade do Ash, e penso ver um lampejo rápido de reconhecimento cruzar seus olhos. Abaixo a cabeça e me viro. Com o canto dos olhos, eu o vejo dar de ombros e ir embora.

O breve encontro me assusta. Não sei se consigo seguir em frente. Um estranho diz "oi", e sinto vontade de fugir, tentar socá-lo, ou me encolher em posição fetal. Qual seria a reação certa? Sinto o coração batendo forte, e minha respiração está acelerada e superficial. A multidão aumenta à medida que me aproximo do círculo de entretenimento. *Por favor*, imploro em silêncio. *Não olhem para mim. Apenas me deixem observá-los, fingir que sou parte da multidão.* Tenho a sensação de que se alguém mais tentar falar comigo, vou surtar completamente.

Mas, apesar da minha crescente ansiedade, meus pés continuam me levando adiante.

As luzes em meu círculo natal são sutis e belas à noite, em tons de verde-claro e mercúrio, rodopiando gentilmente a fim de manter uma aura de tranquilidade e segurança no distrito residencial da elite. Aqui, no entanto, luz é um ornamento, uma mensagem afirmativa; é toda feita de cor brilhante, vibrante.

Já vi vídeos animados de eco-história mostrando campos de flores silvestres brilhantes, florestas pintadas de vermelho e dourado no outono, vívidos oceanos azuis cobertos por ondas brancas de espuma. A cor do círculo de entretenimento mais luxuoso de Éden supera tudo isso. Os designers da cidade criaram um panorama de cores que faz meus olhos doerem. Eu me pergunto se têm o mesmo efeito sobre as outras pessoas. Talvez estejam acostumadas. Talvez nem reparem mais.

É bonito, mas um tipo de beleza fria. As luzes me fazem pensar nos esplendores naturais que nunca vimos nem veremos. Acho que este é o cenário natural, silvestre de Éden, o universo humano até que o mundo se recupere.

Agora cheguei ao coração do distrito. Vejo uma boate à direita. Música estranha e animada sai lá de dentro, assim como pulsos de luz em um arco-íris de cores. Sigo adiante, espiando discretamente para dentro, onde vejo pessoas rodopiando, braços levantados acima da cabeça, enquanto dançam. O estabelecimento seguinte é um teatro mais sóbrio com sua marquise que promete uma comédia sofisticada. Meu corpo se retrai quando vejo o funcionário uniformizado à porta. Mas, não, o uniforme dele é de um tom diferente de verde, mais intenso, com botões cor de cobre, só lembra superficialmente a farda dos Camisas-Verdes.

Ouço vozes elevadas e, por um segundo, quase começo a correr. Mas é apenas um grupo de jovens no meio de uma discussão acalorada. Estão aos berros, mas sorrindo, e fico lá parada, encarando. Até me lembrar dos meus olhos estranhos. E viro o rosto.

Preciso de um tempo, apenas um breve descanso depois desse bombardeio de estímulos diferentes. Será que conseguiria encontrar um lugar de onde possa ver o mundo sem ser vista?

Avisto um beco estreito entre dois prédios. Ash me disse que são passagens para o *bots* de limpeza e entrega, robôs de metal onipresentes que percorrem Éden, zunindo de um lado a outro. Agora mesmo acabo de avistar um *bot* de limpeza na rua, um bloco atarracado de metal rolante que aspira tudo, desde lixo e fios de cabelo a células epiteliais mortas. Tudo será levado para um centro de triagem e depois reutilizado de alguma forma. Um robô prateado menos robusto assovia a fim de anunciar sua passagem aos pedestres, carregando uma entrega de um restaurante chamado New Leaf Savory Chapati, o delivery mais popular da cidade, de acordo com Ash. Mas até agora nenhum deles quis usar meu beco como rota, e estou segura nas sombras. Por enquanto.

Éden é tão grande, tão avassaladora! Mas aqui neste meu cantinho, posso experimentá-la em doses homeopáticas, o que facilita. As pessoas passam e, por uma fração de segundo, espiono suas vidas. É o suficiente para mim, um gostinho.

Vejo um casal de braços dados, as cabeças quase coladas. Ele sussurra algo para ela e, assim que saem do meu campo de visão, ela ri. Em seguida, passa um grupo maior, homens vestindo camisas iguais, uniforme de algum time esportivo. Sinto o aroma do estranho odor masculino que emana de seus corpos, e me vejo dando um meio passo para a frente antes de recuar novamente, me colando à parede. Atrás deles vem um grupinho risonho de garotas. Ouço-as comentarem sobre os homens à frente delas.

— *Teezak* de respeito — comenta uma delas, olhando de relance. Outra assovia baixo, em tom de aprovação.

Nenhum deles sequer olha na minha direção, o que me deixa agradecida e triste ao mesmo tempo.

5

Qual o sentido de estar aqui, me questiono em tom repreensivo, se é para ficar o tempo todo escondida em um beco? Vá para as luzes e cores. Vale mesmo a pena arriscar sua segurança, talvez sua vida, nesta aventura, para ficar acovardada nas sombras?

Talvez, respondo a mim mesma. Estou dividida, querendo seguir em duas direções opostas, tímida e ousada ao mesmo tempo. Quero, desesperadamente, interagir com as pessoas. Mas, por outro lado, estou nervosa e incapaz de falar, e certa de que passarei vergonha.

O que há de errado comigo para estar mais preocupada com a possibilidade de ser humilhada socialmente do que com a de ser pega pelas autoridades?

Mas a raiva vence o medo — sempre. Ainda estou furiosa com a injustiça que sofri, sendo de fato a primeira filha, e mesmo assim ter acabado condenada. Vá, se mostre, ordeno a mim mesma. Tome o que é seu por direito.

Viro a esquina... E topo com força no peito largo de um Camisa--Verde.

Sei, mesmo enquanto reajo, que estou fazendo a coisa errada. Aja naturalmente. Mas não sei o que significa. Levanto o rosto para ele, ofegante, apavorada, com os olhos arregalados fitando os dele, me entregando no mesmo segundo.

É um recruta novo, acho, porque por muito tempo apenas me encara. É muito mais alto e corpulento do que eu, mas parece tão novinho, não pode ter mais do que vinte e poucos anos, a franja curta de cabelos claros e finos na testa escapando por baixo do capacete. Tem o nome bordado no peito: Rook. Respira fundo e abre a boca como se fosse dizer algo. Minha impressão é de que não consegue acreditar no que seus olhos estão vendo quando olha nos meus. Foi treinado para uma situação como esta, quase consigo ouvi-lo pensando. Mas nunca pensou que de fato daria de cara com um segundo filho.

A mão dele vacila na direção do microfone do rádio preso ao ombro, mas ele não pressiona o botão para chamar reforços. Em vez disso, diz:

— Não se mexa. — A voz dele é muito baixa.

Até parece que não vou me mexer! A raiva ainda é a grande vencedora em meio à confusão de sentimentos, e olho para ele, incrédula.

— Sério? — pergunto. — É *isso* mesmo que eu devia fazer?

E, mal posso acreditar, lhe dou um empurrão com toda a força, com as duas mãos, bem no meio do peito, fazendo com que cambaleie para trás. Eu me viro para correr... E me vejo cara a cara com um *bot* de segurança.

Diferente dos robôs ajudantes de limpeza e entregas, pequenos e inofensivos, os *bots* de segurança são altos, articulados, angulares e com movimentos e posturas ligeiramente primatas. Não parecem seres humanos — são todos de metal e circuitos, sem pele ou expressão. Mas, ainda assim, há uma sinistra humanidade neles. Como se uma máquina tentasse criar um ser humano e tudo tivesse dado muito errado.

Esses são os *bots* que passeiam diligentemente por Éden, procurando qualquer tipo de violação das normas do EcoPan. Na maior parte do tempo, policiam coisas como a produção de lixo, ou vícios que possam corromper o *pool* genético, ou depredação de bens públicos. Mas também estão sempre atentos a ameaças mais sérias, buscando identificar a presença de membros de gangues criminosas ou das supostas seitas dos hereges que acreditam no folclore antigo que diz que os seres humanos deveriam ter domínio sobre todas as criaturas terrestres.

E, tenho certeza, a de segundos filhos também.
Desta vez, ajo de forma mais razoável. Desvio rapidamente para o lado quando o *bot* de segurança começa a me escanear. Talvez tenha sido ágil o suficiente para que não fizesse uma varredura completa. Talvez não tenha conseguido capturar uma imagem de meu rosto. Mas com certeza o jovem Camisa-Verde conseguiu.

— Pare! — grita ele, e salta em um ataque que erra o alvo quando desvio. Acaba se chocando com o *bot*, e os dois caem em uma confusão de metal e carne humana. Não paro um segundo sequer para agradecer meu anjo da guarda e disparo pela multidão. Um show acabou de terminar ali perto, e logo me perco em meio à massa de pessoas saindo do estabelecimento.

Passei a vida inteira em cativeiro, mas nunca fui caçada. Sem a prática ou o instinto natural, preciso refletir a respeito da minha fuga. No início é fácil, e desvio pela multidão que se abre, com boa vontade, diante de mim. Todos me dão a vez e são educados, porque, até o momento, ainda acham que sou uma deles. Vejo sorrisos e uma mulher mais velha grita para mim:

— Calma, mocinha, a festa vai esperar por você!

Mas a qualquer momento o Camisa-Verde terá se levantado para me perseguir e o *bot* de segurança terá resgatado quaisquer informações que tenha sido capaz de registrar de mim para enviá-las para Éden inteira. A caçada terá começado. E, então, cada cidadão será meu inimigo.

Acho que me afastei o suficiente para poder diminuir um pouco a velocidade. Minha corrida está atraindo atenção demais. A melhor saída agora é tentar me misturar à multidão. Metade das pessoas tem a minha idade, adolescentes ou jovens de vinte e poucos anos, e muitos estão vestidos mais ou menos como eu, com o uniforme estudantil que é o símbolo desta faixa etária, dentro ou fora da sala de aula. Cada escola tem a própria cor, e as roupas — calça folgada, camisa elegante e justa ao corpo, mas ainda assim confortável, e, numa noite fria como hoje, uma jaqueta com ombros estruturados — marcam instantaneamente o bairro e os amigos de cada jovem. Agora, eles se misturam como peixes de cores exuberantes. Os trajes de Ash (que estou vestindo agora) são sutis e bonitos, de um dourado cintilante como a cor da areia no deserto, para combinar com o nome de sua escola: Kalahari. Já os Araras trajam escarlate, os estudantes da Íris usam roxo-azulado vibrante e os Flores de Cerejeira exibem um rosa intenso, mas ainda assim delicado. O uniforme de Ash é um dos mais discretos... Mas fico grata por estar vestida de acordo com o restante do público.

Cautelosa, lanço um olhar discreto para trás. Para minha surpresa, não vejo nada fora do comum. Nenhum sinal de perseguição, nenhuma comoção. Não há gritos ou luzes piscando. A esta altura, o jovem Camisa-Verde com certeza alertou os companheiros.

Continuo em frente, meu ritmo rápido, e constante, seguindo pelo círculo de entretenimento. O mais aconselhável seria talvez sair deste bairro, pegar uma das ruas radiais que leve a outro círculo. Mas me parece perigoso demais voltar para casa agora. Sem lentes implantadas para serem escaneadas, não podem saber quem sou, qual é minha família. Não me atrevo a correr o risco de levar as autoridades diretamente para minha casa.

Também tenho a opção de me afastar, ir mais para fora, para longe do Centro, rumo aos círculos externos. Já estudei os mapas de Éden e estou muito segura de que posso transitar pelos anéis e raios que formam esta imensa cidade. Mas só de estar no meio dessa multidão já estou tremendo de nervosismo — e essas são pessoas altamente civilizadas dos círculos internos, bem formadas, ricas e educadas. Distanciando-se do Centro, porém, as residências bem-cuidadas e lojas iluminadas vão gradualmente dando lugar a edifícios lotados onde vive a população de classe média, e calçadas apinhadas, onde os pedestres se atropelam uns aos outros para conseguirem chegar ao trabalho na hora. Ou, pelo menos, foi o que Ash me contou, e ele só chegou a visitar, em raras ocasiões, uns poucos círculos longe de casa.

Não me atreveria a me aventurar para além dessa região e entrar nos círculos mais afastados, perto do desolamento do deserto.

Então decido ficar no distrito de entretenimento, caminhando pela periferia, primeiro acompanhando discretamente um grupo de pessoas, depois outro, tentando parecer uma integrante deste mundo. Seria possível que não houvesse perseguição? Talvez eu tenha me retraído e driblado o *bot* de segurança com agilidade o suficiente para que não fizesse uma leitura precisa, ou talvez o robô tenha sofrido algum dano quando aquele Camisa-Verde desajeitado o derrubou? Talvez o recruta tenha batido com a cabeça e não conseguido disparar o alarme.

Estou cansada da correria de mais cedo, do estresse e, acho que, em especial, da raiva. A fúria, acabo de descobrir, é muito desgastante.

Ao longo da calçada ligeiramente curva avisto um banco de dois lugares com formato de um tigre, projetado de modo que o belo animal laranja e preto pareça dobrar o corpo listrado como se quisesse proteger as pessoas sentadas. Eu me acomodo em uma das pontas, pensando no lugar vazio a meu lado. Tento agir como se estivesse aguardando alguém, como se não estivesse absolutamente só nesse mar de gente. O sorriso que forço parece tenso, mas observo a multidão como se estivesse procurando um amigo em especial. E se alguém encontrar meu olhar e retribuir o sorriso? E se essa pessoa resolver se separar do seu grupo — pois todos parecem andar em bando — e se juntar a mim? Talvez ela se sente e me cumprimente, encare meus olhos...

Pisco e abaixo a cabeça, olhando para minhas mãos cerradas sobre o colo. Agora não é hora de fazer amigos.

Porque estou com a cabeça baixa, não percebo o perigo se aproximando. E talvez seja melhor assim. Se tivesse visto qualquer coisa, teria entrado em pânico e saído correndo. Agora, porém, estão praticamente em cima de mim antes que eu possa notá-los, e não há nada que eu possa fazer a não ser permanecer imóvel e me fazer de inofensiva.

Dois Camisas-Verdes caminham lentamente pela calçada na minha direção. Volto a abaixar os olhos depressa, mas não sem antes fazer um breve contato visual com um deles. É o mesmo de antes. Meu coração acelera e não consigo me mexer. Sei o que acontecerá em seguida. Ele vai gritar um sinal de alerta, os dois vão se atirar sobre mim e me arrastar para o Centro, e então...

Mas nada acontece.

Continuam caminhando sem pressa na minha direção.

Arrisco mais uma olhada. Agora, o jovem Camisa-Verde de franja loira desvia o olhar do meu. Ele *tem* que ter me visto! O que está acontecendo?

— Aquele alerta do *bot* deu em alguma coisa, Rook? — pergunta o outro homem, parando bem na minha frente. Este é mais velho e tem listras douradas nas mangas do uniforme.

— Não, senhor — responde o jovem. — Eu estava parado bem do lado dele e não vi nada fora do comum.

Não posso acreditar. Por que o Camisa-Verde está mentindo? Por que não relata o que viu?

— Deve ter sido uma falha, então — conclui o sargento. — Não há nenhum registro de leitura. Não deve ter sido nada, mas fique alerta mesmo assim. Observe as pessoas de perto. Não deixe nem que os menores detalhes lhe escapem. — Começa a observar a multidão. Estão tão perto que, se eu quisesse, poderia estender a mão e tocar seus equipamentos. Como armas letais foram banidas desde a fundação de Éden, os oficiais portam armamento não letal cuja munição é feita de plasma eletrificada, com uma corrente forte o bastante para deixar o alvo humano de joelhos.

Os olhos do homem mais novo parecem viajar até mim e desviar rapidamente, mas não tenho certeza. Minha sensação é de que vou desmaiar. O sargento começa a se virar na minha direção.

— Hum! — exclama Rook de repente, como se quisesse chamar a atenção dele. — Uma falha, mesmo? É o EcoPan quem controla os *bots* de segurança. Não achei que o EcoPan pudesse ter falhas.

Fico chocada quando o superior o acerta, um soco forte no plexo solar que faz com que Rook dobre o corpo para a frente.

— Se ouvir esse tipo de absurdo de você mais uma vez, será expulso da força. — Em seguida, faz um sinal que já vi em vídeos de educação cívica: um punho fechado que sobe pelo centro do corpo, abrindo a palma da mão, virada para dentro, ao alcançar o rosto. É o símbolo de uma semente brotando. O sargento faz uma leve reverência ao fazer o gesto.

— Perdoe-me, senhor — resmunga o jovem Camisa-Verde, e a dupla vai embora.

Meu coração parece afundar no peito e acho que vou vomitar. O que diabos acaba de acontecer? Por que aquele Camisa-Verde, Rook, não me entregou? Os Camisas-Verdes são a primeira — e mais cruel — linha de defesa contra qualquer ameaça a Éden. Sua obrigação era ter me agarrado no segundo em que me viu, me derrubado no chão, me levado presa...

E quando o sargento estava prestes a olhar para mim, ele deliberadamente blasfemou contra o EcoPan, atraindo a fúria do seu superior e o distraindo para que não se virasse na minha direção.

Fico sentada, paralisada por um minuto, talvez mais, achando que minhas pernas não vão funcionar. Vejo pessoas passando, pássaros voando com suas penas brilhosas. Nenhum deles sabe o que sou. E também não sabem *quem* sou. Estou segura, mas sozinha. E sempre estarei sozinha — até ter minha nova identidade e deixar de ser *eu*.

Ouço um chiado a minha esquerda, e me viro para ver um *bot* de metal zunindo na minha direção. Estão, sim, atrás de mim, afinal! Fico de pé num pulo, mas, surpresa!, minhas pernas estão trêmulas, e antes que possa fugir, o *bot* colide com minha canela. Dou um grito, primeiro de dor, depois de alívio. Ah, Terra amada! Não é um *bot* de segurança, só mais um dos *bots* de entrega carregando outro pedido. Ele solta um bipe irritante e contorna meu corpo para poder seguir com sua missão.

Os *bots* são conhecidos pelas reações rápidas. Aliás, li em um dos livros de educação cívica e estudos sociais de Ash que os *bots* foram projetados para serem o menos intrusivos possível, percorrendo a cidade com autonomia, servindo às pessoas sem jamais causar qualquer inconveniência. Eu me recordo de uma parte que mencionava que, não importa a velocidade com que um *bot* se mova, é impossível que venha a se chocar com um ser humano. Jamais.

Mas aquele *bot* de entrega topou comigo como se não tivesse me visto no caminho dele.

Penso na maneira como as luzes da cidade se iluminam ao redor de todas as outras pessoas, sempre que dão um passo para fora da porta de casa ou caminham pelas ruas, acendendo para elas e se apagando imediatamente após sua passagem para economizar a preciosa energia. O mundo não se iluminou para mim. Meu caminho permaneceu escuro.

Será mesmo possível? A cidade não me enxerga?

O pensamento me dá um frio na barriga. Sempre soube que eu era um segredo. Mas... Invisível? É como se não tivesse a menor importância. Claro, sorte a minha. Mas ainda assim dói. Sinto uma vontade louca de gritar: "Olhem para mim!"

Algumas pessoas notaram o acidente com o *bot*, e vários pares de olhos curiosos me observam. Uma senhora me pergunta:

— Está tudo bem, meu jovem? — Quero olhar para ela, a primeira pessoa no mundo real a me mostrar um pinguinho de gentileza. Mas, mesmo quando ergo a cabeça, mantenho os olhos baixos. Se tiver um vislumbre das minhas íris caleidoscópicas bizarras, saberá que nunca fiz o implante das lentes. Saberá que sou uma segunda filha.

Puxo a aba da boina dourada da escola mais para baixo, encobrindo meu rosto, e resmungo algo que ela não consegue escutar.

— Não é de se espantar — comenta outra voz com desdém. — Esses *teezaks* da Kalahari não sabem beber *akvavit*. — Nunca nem cheguei a experimentar *akvavit*, a forte e apimentada bebida alcoólica.

Levanto com esforço e arrisco uma olhada de relance. É aquele grupo de garotos com uniformes atléticos, claramente um time rival da escola Kalahari, onde Ash estuda.

— Deixa de ser babaca — diz outro garoto a ele. — Ei, moleque, se é a festa da Kalahari que você está procurando, é lá na boate Floresta Tropical, na próxima rua.

Agora estou lembrada de ouvir Ash mencionar essa festa. Quase todos os alunos do seu ano estariam lá, celebrando o término das provas do semestre. Todos, exceto ele. Parte do motivo é que nossa família precisa manter certa discrição. Ash não é do tipo que faria algo para ser preso, mas se um dia resolvesse sair com o pessoal errado e qualquer coisinha chamasse atenção para nossa família, ou levasse a uma busca por nossa casa, seria um desastre. Então ele quase sempre evita as festas.

Acho que também faz isso por mim. Acha que eu ficaria com inveja se ele passasse a noite se divertindo, enquanto fico trancafiada em casa. Não faz ideia de como fico apavorada só de pensar em uma festa. Uma multidão de pessoas, todas olhando para mim, falando comigo...

Mas agora não tenho escolha. Os pedestres estão começando a perder interesse na interrupção momentânea de suas vidas noturnas, mas os que ainda me observam acham que sou da Kalahari, que estou indo para a festa. De maneira que a única coisa que posso fazer é ir embora de cabeça baixa. Seguirei na direção da Floresta Tropical até estar fora de vista, e depois voltarei para casa. É a melhor opção para não atrair atenção indesejada.

Enquanto caminho sem que ninguém me incomode, penso no que a senhora disse para mim: meu jovem. Com calça e jaqueta folgadas, os cabelos presos sob a boina da escola, devo mesmo parecer um menino. Na verdade, devo estar igual a meu irmão, Ash. Essa conclusão me dá um pouco de confiança. Posso não me sentir à vontade neste mundo, mas ele se sente. Se fingir que sou Ash, ganharei um pouco mais de ousadia, assertividade.

Mas, ainda assim, corro perigo. Além dos meus olhos, qualquer outro detalhezinho poderia me revelar como uma segunda filha. Tento acompanhar o ritmo dos outros transeuntes, para que ninguém repare que a calçada não se ilumina para mim. Mas, para a maioria das pessoas, com meu uniforme escolar dourado ligeiramente cintilante, pareço apenas um dos vários estudantes perambulando pela rua. Chego à boate Floresta Tropical em questão de poucos minutos. É difícil andar até a porta. A música pulsa e, lá dentro, posso ver corpos se contorcendo, dançando, ouço vozes gritando para conseguirem ser ouvidas. Não é lugar para mim. Mordo o lábio e me viro para poder ir embora...

E avisto um Camisa-Verde virando a esquina no final da quadra. *Bikk!* Sem pensar, me lanço para dentro da boate e sou envolvida no mesmo instante pela luz ofuscante e pelo som alto, esmagada entre outros corpos. A decoração foi feita para simular uma floresta tropical, há muito extintas, mas as árvores são todas sintéticas, e os pássaros, sapos e jaguatiricas, robóticos. Posso ouvir sons e assovios estridentes, discordantes, em meio à música, e acho que devem ser o ruído de insetos artificiais espalhados pelas copas das árvores de mentirinha.

Minha respiração está acelerada. Fecho os olhos, por quase todo o caminho, me concentrando em uma faixa estreita de chão, e começo a andar para os fundos, fazendo o possível para me afastar da confusão que ataca todos os meus sentidos. Estou atordoada.

Esbarro em alguém — parece que a maioria dos meus contatos sociais até o momento aconteceram na forma de colisões acidentais — e olho de relance para a pessoa. O que vejo é alarmante: um homem, acho, mas não exatamente. Não mais. À primeira vista, penso não passar de tinta, mas olhando com mais atenção, compreendo que é como se sua pele tivesse sido esculpida com algum tipo de implante subcutâneo para criar uma textura estranha. Cores tatuadas destacam ainda mais o efeito, fazendo com que toda a pele exposta pareça recoberta por elaboradas escamas de cobra. Chocada, cometo o engano de encará-lo nos olhos e vejo que são dourados com listras verticais pretas no lugar de pupilas. Chegam a fazer meus olhos parecerem quase normais! Devem ser lentes de contato. Ele me surpreende me fitando fixamente — meus olhos estão ocultos sob a boina — e mostra a língua para mim. É bifurcada, como as das cobras que vi nos vídeos de eco-história. Em seguida, ele desaparece com movimentos sinuosos dentro da multidão.

Ouvi dizer que alguns fanáticos levam sua conexão espiritual com os animais extintos da Terra tão a sério que sentem a necessidade de se transformar em um deles. Ash nunca me contou muito a respeito deles. Não são muito comuns nos círculos internos. Mas, longe do Centro, fiquei sabendo que as pessoas gastam fortunas para adquirirem a aparência de um animal, ou algo próximo. Ash diz que alguns creem que nasceram no corpo errado, que deveriam ter nascido em forma animal, em vez de humana. Eles se autodenominam Bestiais.

Nunca imaginei que veria um deles. É quase como ver uma cobra de verdade. Observo-o dançando, os braços acima da cabeça, os quadris finos e maleáveis se contorcendo.

O ambiente está repleto de estranheza. Muitos jovens estão vestidos em uniformes escolares monocromáticos vibrantes. Vários com o dourado cintilante da escola de Ash, a Kalahari. Alguns dos mais velhos, que já passaram da idade escolar, estão vestidos em homenagem a animais extintos. Uma mulher está coberta de penas de plástico, embora não se pareça com nenhum pássaro que eu já tenha visto nos vídeos de eco-história. Outra, desenhou pintas no corpo e penteou os cabelos curtos para cima para criar a ilusão de serem orelhas de gato. Mas parecem artificiais em comparação ao homem-cobra. Quando a noite acabar, vão arrancar as penas, lavar as pintas e voltarão ao estado humano de novo. Então, na próxima noite, serão um peixe, ou um lobo.

Finalmente, alcanço o outro lado da pista de dança. Vejo um corredor escuro que se bifurca em duas direções — uma leva à cozinha, sei pelo aroma salgado, e a outra, aos banheiros. Escolho seguir pela segunda opção, pensando que assim chamarei menos atenção e torcendo para que haja uma porta de fundos.

E há! Corro para ela. Consegui abri-la quase pela metade e já consigo até vislumbrar a abençoada solidão silenciosa do beco, quando ouço uma voz atrás de mim.

— Ash, é você?

Viro e, nas sombras, vejo Lark. Ash me mostrou fotos dela tantas vezes que memorizei seu rosto.

O vestido dela é amarelo-esverdeado das folhas novas na primavera.

6

Sinto como se as nuvens que estiveram encobrindo o céu da minha vida este tempo todo tivessem enfim se afastado e aberto caminho para permitir que o sol brilhasse, glorioso, diretamente sobre mim. Ao encarar Lark, sou tomada por uma estranha sensação de saudosismo. Não entendo metade das coisas que sinto. É como se a conhecesse a vida inteira e já estivéssemos em perfeita sintonia. É como se tivesse passado uma eternidade em uma corrida interminável e ela fosse a linha de chegada.

— Ash, o que foi? — pergunta ela, a voz doce como o mel de uma abelha há muito extinta. Nunca ouvi tamanha doçura.

O corredor é escuro, e me dou conta de que ela não consegue me ver com clareza o bastante para notar meus olhos estranhos. Nesta luz, não há nada que me diferencie do meu irmão. Meus cabelos estão escondidos sob a boina, e a jaqueta deve disfarçar minhas curvas. Embora não sejamos exatamente idênticos, nossos traços são tão parecidos, que, estando vestida com o uniforme da escola, é natural que Lark tenha deduzido que eu sou Ash.

Até abrir minha boca.

Não quero quebrar a ilusão, então apenas balanço a cabeça, sinalizando que não há nada de errado. Ela se aproxima um pouco mais.

Devia ir embora daqui. Fugir sem olhar para trás. Se ela der mais um passo, verá meus olhos não corrigidos. Se eu abrir a boca, sem dúvidas saberá que não sou Ash.

— Está tendo um ataque? — pergunta, inclinando-se na minha direção. Posso sentir uma fragrância agradável emanando do seu corpo. Não é exatamente doce, está mais para uma nota apimentada, terrosa, como o cheiro que sobe para o ar quando a chuva bate no musgo do pátio. — Tenho um inalador extra aqui, se tiver esquecido o seu. — Ash e Lark são tão próximos, eu acho, que ela não apenas sabe de sua doença, mas também carrega o remédio dele.

Não posso dar as costas para ela. O cabelo de Lark é lilás, seus olhos, cinza e brilhantes, enormes ao me banharem de preocupação e amizade. Vê-la é como... É como ver um dos animais extintos que os vídeos de eco-história costumam mostrar. Uma ave-do-paraíso. Um jaguar. A vida inteira considerei a ideia de estar na presença de alguém como ela algo tão raro, tão impossível, quanto avistar um desses espécimes desaparecidos. Sei que é uma ilusão, assim como as imagens nas videoaulas também o são. Se ela descobrir quem eu sou, vai chamar aos berros pelas autoridades. É amiga de Ash, não minha.

Mas, por ora, por um breve momento que seja, posso fingir.

Tento memorizar cada detalhe do encontro para que possa saboreá-lo mais tarde. O modo como seus cabelos cor de flor parecem brilhar na penumbra, os cachos longos e macios um pouco rebeldes. Sua postura pausada, prestes a chegar mais perto, a segundos de colocar a pressão no pé dianteiro, mas hesitante por algum motivo.

Aqui e agora, neste momento mágico, tenho uma amiga.

É maravilhoso.

É aflitivo, pois a qualquer instante o encanto se quebrará.

— Ash? — volta a chamar, incerta.

— Tudo bem — digo, tentando engrossar a voz. Soa estranha aos meus ouvidos. Também deve soar a Lark, pois ela franze a testa de leve, criando duas linhas finas entre as sobrancelhas. Inclina a cabeça para um lado, como faria um pássaro.

Então, de repente, ela se senta em um banco baixo que margeia o corredor. Com alguma hesitação, me arrisco a sentar no banco que fica do lado oposto. Estabelecemos territórios, a passagem estreita entre nós marcando a fronteira. Ela não se aproxima. Talvez eu possa ficar mais alguns momentos neste paraíso divino.

— Você está... Diferente hoje, Ash — diz ela, e não consigo segurar a risada. — Ah, agora sim! — reage, relaxando as sobrancelhas como o nascer do sol. Eu e Ash temos exatamente a mesma risada: baixa e rouca. — Achei que você não vinha à festa.

Respiro fundo, tentando me centrar, antes de me aventurar a falar.

— Precisava sair hoje — digo, a voz estranha e grave. — Precisava...
— Engulo em seco. — Precisava ver você.

Mesmo no escuro, posso vê-la corar. Este corredor não tem graça alguma em comparação à decoração exagerada de floresta tropical dos espaços principais da boate. Mas Lark se ilumina como mil lanternas.

— Está falando sério? — pergunta.

— Totalmente sério — digo. — Para mim é como se tivesse esperado a vida inteira por esta noite.

Lark fica em silêncio por um instante. Todo o tempo examina meu rosto. Quero desviar o olhar, mas não consigo. Apenas rezo em nome da Terra para que não tenha iluminação suficiente para que ela perceba a estranheza de meus olhos. Mesmo que signifique minha morte, não consigo desviar o olhar.

Enfim, ela diz:

— Tem alguma coisa diferente nos seus olhos. — Imediatamente abaixo a cabeça. — Não, não são seus olhos. Não consigo vê-los cobertos. — Aliviada, volto a me virar para ela. — É a sua expressão. O que houve? — Ela me encara por mais um instante. — Já sei. Você não está ansioso — conclui com um suspiro. — Está feliz, para variar.
— Sorri, e seu brilho me envolve. Sorrio de volta.

— Estou — concordo, ofegante, pensando que não deveria estar. Estou correndo perigo e, mesmo que chegue em casa em segurança, minha vida está prestes a virar de cabeça para baixo e pode muito bem ser destruída. Mas, neste instante, estou absolutamente feliz.

— Você e eu somos amigos desde que a gente se mudou para este círculo, Ash. Às vezes eu acho que é o meu melhor amigo.

Mas sempre houve uma distância entre nós que nunca entendi. Você é sempre reservado. E isso me incomodava. Nunca quis me meter, sabe. Deixei você manter essa parte de se esconder atrás das suas muralhas.

Não faço ideia de como Ash se comporta quando está fora de casa. Sei apenas o que decide me contar da sua vida social. Estou sempre com inveja de tudo que ele faz e que não posso fazer (embora raramente deixe transparecer). Mas nunca me ocorreu que carregasse o peso do segredo na esfera pública. Achava que era a única que precisava suportar este fardo. Mas agora posso ver que também o afeta, a ponto de Lark ter notado.

— E também não precisa me contar agora — prossegue Lark. — Só estou feliz de ver que você está olhando para o mundo como se ele pudesse ser um lugar incrível, no fim das contas.

E, então, ela se levanta, atravessa a pouca distância entre nós e se curva, um pouco desajeitada, para me abraçar. Enrijeço, mas depois relaxo ao sentir o calor das suas mãos através das minhas roupas. No segundo seguinte, seu rosto já está próximo ao meu, os lábios quase nos meus... E de súbito seus olhos se arregalam, e ela se afasta um pouco. Mas não solta meus ombros. Na verdade, só os segura com mais força.

— Ah — sussurra, encarando meus olhos de caleidoscópio. — Agora entendi.

Acho que vai gritar pedindo ajuda, sair correndo, dizer algo cruel. Mas vem se sentar ao meu lado, com um dos braços ainda em volta dos meus ombros, o outro buscando a minha mão.

— Uma segunda filha — diz, baixinho. — Uma gêmea. Eu não sabia. — Solta uma risadinha que soa como música. — *Claro* que não sabia. Mas explica muita coisa. Qual é o seu nome?

Só consigo respirar, apavorada e fora de mim de tanta alegria, agora que meu segredo foi finalmente revelado, e ainda assim não fui condenada. E que tenha sido Lark a descobri-lo, entre todas as pessoas, a amiga que sonho em ter há tantos anos! Tento falar, mas estou tão nervosa que começo a ranger os dentes. Meus dedos estão gelados na mão dela, e Lark acaricia as articulações frias com o polegar.

— Está tudo bem — diz ela, tranquilizadora. — Se você é qualquer coisa do Ash, é minha também. Está segura comigo. Prometo.

— Rowan — respondo. — Meu nome é Rowan.

Ela sorri para mim, e sinto como se estivesse sendo vista pela primeira vez na vida.

Conversamos como se nos conhecêssemos desde sempre. E, de certa forma, é verdade. Ouço histórias sobre Lark há tanto tempo que ela já faz parte de mim. E ela provavelmente vê tanto de Ash em mim que também deve achar que me conhece bem. Seguimos conversando, e ela mantém a cabeça inclinada para um lado, como a de um passarinho, franzindo o cenho sempre que alguma ideia preconcebida de mim se prova falsa, ou sorrindo, radiante, quando alguma expressão ou nuance a agrada, ou se encaixa na imagem que faz de mim, do que sou ou deveria ser. Acho que, aos olhos dela, sou ao mesmo tempo familiar e misteriosa.

Conto da minha vida, sobre os intermináveis anos de solidão, tendo apenas Ash, mamãe e papai de companhia. Sobre correr em círculos em direção a lugar nenhum, sobre escalar o muro que cerca nosso quintal até o topo todos os dias, sem nunca ter tido a coragem de pular para o outro lado até esta noite. Falo sobre a solidão, o desejo, a constante ansiedade febril que corre por minhas veias como uma doença silenciosa. E durante todo meu monólogo, ela assente, às vezes segurando minha mão, ou acariciando meu braço. Está do meu lado, totalmente, tenho certeza.

Ainda assim, mesmo me deleitando com a ideia de finalmente ter com quem compartilhar tudo, quase posso ouvir a voz da mamãe dentro da minha cabeça. *Não confie*, sussurra para mim. *Você é um segredo, um segredo perigoso que precisa ser guardado a todo custo.*

Ignoro a voz imaginária enquanto Lark me conta sobre ela, sobre suas crenças. Fala sobre Éden de maneiras que nunca sequer parei para pensar antes. Para ela, a cidade é uma prisão, tanto quanto minha casa é para mim.

— Será que somos mesmo tudo o que restou? — pergunta. Só posso repetir o que aprendi nas videoaulas de história. Nossos ancestrais são os poucos afortunados que sobreviveram à Ecofalha de dois séculos atrás. Não há pessoas vivas fora de Éden. Nem animais, apenas alguns liquens, algas, bactérias e seres afins.

— Também estudei ecologia e eco-história — diz ela, a voz entusiasmada. — A vida é resistente, adaptável. Sei que os seres humanos são terríveis e destrutivos, mas a Terra é forte. Não consigo imaginar algo tão horrível que fosse capaz de destruí-la completamente. Claro, não vou negar que um colapso ecológico ocorreu. Extinções em massa, quebra da cadeia alimentar. Mas não consigo acreditar que *tudo* tenha sido exterminado.

Mais uma vez, só posso responder o que me ensinaram: que, para além de Éden, o mundo é uma desolação, morto e estéril.

No entanto, o que mais parece incomodá-la é a política que permite apenas um filho.

— Os seres humanos são parte da natureza — alega. — Somos animais, assim como todos os outros que costumavam habitar a Terra. O natural é que os animas se propaguem, expandam, cresçam.

— Mas Éden não conseguiria sobreviver se a população aumentasse — protesto, embora esteja argumentando a favor da minha ruína.

— Não sei — diz ela, comprimindo os lábios de forma contemplativa. — Há mais alguma coisa aí que não faz sentido. Os vídeos da escola dizem que os fundadores de Éden foram escolhidos. Isso quer dizer que alguém, talvez o próprio Aaron Al-Baz, criador do EcoPan, decidiu sobre o número determinado de pessoas para viver na cidade. Por que escolher tantos num primeiro momento para depois reduzir seus números?

— Pode ter sido por compaixão — sugiro. — Ele queria salvar o máximo de pessoas possível, e depois as gerações posteriores lidariam com o excesso populacional.

Ela faz que não com a cabeça.

— Ele era um cientista, um programador. Um homem prático, pragmático. Acho que teria escolhido o número correto desde o início. Mas aí é que está. — Embora já estivéssemos muito próximas, ombro a ombro, ela invade ainda mais meu espaço, a ponto de seus cabelos roçarem meu rosto. Fico arrepiada.

— Minha mãe trabalha no departamento de alocação. Uma vez, quando precisou trabalhar num fim de semana, fui com ela e passei o dia inteiro na sala de registros, enquanto ela estava ocupada. Eu não deveria estar ali, mas era o único lugar em que não atrapalharia ninguém. Ninguém ali estava preocupado com os recibos velhos e listas de suprimentos. Mas você me conhece, não consigo *não* ler o que encontro pela frente.

Ela se dá conta do que acabou de dizer e solta uma risadinha, e nos entreolhamos. Eu *realmente* a conheço. Sabia dessa peculiaridade dela anos antes de nos conhecermos. Para Lark, ler é o mesmo que respirar para as outras pessoas, ela o faz de forma incessante, por necessidade premente.

— Comecei a folhear os registros antigos impressos em papel de plástico. Não era nada de importante, nada que fosse o tipo de coisa que eles guardam nos arquivos onde sua mãe trabalha. Eram só recibos velhos, com informação sobre distribuição de comida, fazendas de alga e volume de circulação de água. Coisas com as quais ninguém se importa. A maioria tinha sido jogada lá de qualquer jeito. Que chatice, pensei quando comecei... Mas aí, de repente, as coisas ficaram interessantes.

Ela me conta que naquela papelada toda continha dados e registros que remontavam a pelo menos um século antes, talvez mais.

— E descobri, depois de analisar um monte de listas e recibos que quase me mataram de tédio, que a quantidade de recursos não caiu com o passar dos anos.

Tenho que refletir sobre o que ela disse por um longo instante.

— Você está querendo me dizer — começo, devagar — que não estamos ficando sem comida, nem água, ou energia? — Mas era essa a justificativa para a política do filho único. A população tem de ser reduzida, caso contrário Éden ficará sem recursos e todos nela morrerão.

— E não é só isso — sussurra Lark em tom conspiratório. — Pelo que li, pelo menos no que diz respeito a este distrito aqui, os recursos estão, na verdade, aumentando.

7

Uma hora depois, sigo para casa como se estivesse em um sonho. Bom, em parte sonho, em parte pesadelo. Até então, minhas emoções mais fortes se limitavam ao tédio, à solidão e, ocasionalmente, à esperança. Agora, não apenas tive contato com toda uma nova gama de sentimentos, como descobri que até mesmo os mais contraditórios podem existir lado a lado. Enquanto vou me esgueirando para casa, com Lark, sinto a perplexidade e o medo. E essas emoções despertam sintomas idênticos: coração acelerado, joelhos bambos e olhos ansiosos, irrequietos.

Quando iniciamos o trajeto, me dou conta de que não faço ideia de onde estou. O mapa que pensei que tinha na cabeça evaporou-se. Devia ser óbvio, e seria, se eu estivesse mais calma. Éden foi projetada em círculos concêntricos com conexões entre eles, de modo que bastaria identificar o enorme olho esmeralda do Centro como marco e seguir para dentro até encontrar meu círculo. Mas estou tão abalada por todos os acontecimentos de hoje, que me sinto repentinamente perdida.

— Por aqui — diz Lark, gentil, e me guia por uma passagem de acesso de *bots*.

Eu me viro, puxando a mão dela, relutante.

— Tem certeza? — Posso ver o domo verde brilhante na direção oposta. — Achei que...

— Estou vendo alguns Camisas-Verdes fazendo ronda hoje. Estão em maior número do que é de costume para este círculo. Tem certeza de que ninguém a viu mais cedo?

— Acho que... não — respondo, querendo poupá-la da preocupação com meu estranho encontro com o jovem Camisa-Verde.

— Mas aconteceu alguma coisa para terem aumentado a vigilância hoje à noite. É melhor fazer o caminho mais longo. Se a gente for para o próximo círculo e só depois pegar outra conexão mais para dentro, vamos atrair menos atenção.

Estou nervosa, mas confio nela.

— Parece até que você já fez isso antes.

Ela me lança um sorriso brincalhão.

— Já saí na surdina para me encontrar com outras pessoas uma ou duas vezes — admite. Ergo as sobrancelhas em curiosidade, e ela elabora um pouco mais. — Pessoas que pensam como eu. Que não têm tanta certeza de que não tem nada de errado aqui em Éden. E, claro, é sempre melhor se eu puder atrair o mínimo de atenção possível. E algumas das reuniões acontecem nos círculos externos. Então, é mais seguro se eu for discreta.

Sei que não está se referindo apenas à atenção das autoridades, mas dos elementos mais duvidosos que vivem na periferia da cidade. Ash nunca mencionou nada do tipo. Acho que Lark também tem uma vida secreta.

Mal consigo ver as luzes escandalosas e as roupas extravagantes dos transeuntes. Chegamos ao círculo seguinte e, embora seja visivelmente menos limpo e chique do que o centro de entretenimento mais próximo da minha casa, ainda assim é movimentado, fervilhante, tomado por cores e decoração alucinante, presentes tanto nas pessoas quanto nas construções.

— Cuidado! — sussurro quando vejo um Camisa-Verde adiante. Mas Lark pega minha mão e me puxa para longe dele. Ele não tinha notado nossa presença antes, mas o movimento súbito faz com que vire a cabeça na nossa direção. Fico tensa, pronta para correr, mas Lark ri e se inclina para mim, como se sussurrasse algum segredo. O que diz de verdade é:

— Sorria! Ele não faz ideia de quem somos. Só garotas querendo se divertir. — Forço um sorriso no rosto tenso, e o Camisa-Verde nos dá as costas. É evidente que não somos uma ameaça.

Aos poucos, começo a relaxar. Com Lark me guiando me sinto... não exatamente segura, mas como se estivesse em boas mãos. A música e a multidão já não me intimidam. Sinto como se agora fizesse parte de tudo aquilo. Tenho uma conexão. Tenho uma amiga.

— Você faz ideia de onde vai morar quando se mudar para a casa da sua família adotiva? — pergunta Lark. Balanço a cabeça em negativa. Saí de casa antes de descobrir qualquer detalhe sobre meu futuro. — Espero que seja perto — continua Lark —, mas se não for, tem sempre o autoloop. Dá para chegar a qualquer lugar de Éden em poucas horas agora que eles aumentaram a velocidade dos trens.

Tantas coisas rodopiam pela minha cabeça. Foi há apenas algumas horinhas que me disseram que estou prestes a deixar minha casa, minha família. Quem sabe quando poderia voltar a vê-los? Vou embora para morar com estranhos. Estou arrasada com isso, mas... Por algum motivo, sinto uma pontinha de felicidade. Quando fugi de casa no meio da noite, senti como se meu mundo inteiro tivesse ruído. Agora estou começando a achar que posso juntar os caquinhos. Claro, não será como antes. Mas, quem sabe, talvez, seja ainda melhor.

Será que é Lark quem me faz sentir como se tudo não fosse mais tão sombrio? Agora que tenho uma amiga, que compartilhei meu segredo, tudo parece possível.

Não que eu já não tenha problemas suficientes com que me preocupar, mas, por algum motivo, me pego refletindo sobre o que Lark me disse a respeito dos suprimentos, da política do filho único, suas teorias vagas de que há algo de errado em Éden. Mas que importância tem isso? O mundo é o que é — morto do lado de fora, vivo aqui dentro —, e preciso criar um futuro possível com o que tenho. O que quer que esteja acontecendo no governo ou com nossos recursos, ou no coração eletrônico do EcoPanopticon, nada disso é problema meu.

Meu pulso se acalma e desacelera o suficiente para me permitir olhar de verdade a meu redor. Estamos atravessando depressa o centro de entretenimento do círculo seguinte. Embora o distrito de entretenimento mais perto de casa — e do Centro — tenha me parecido barulhento e extravagante quando entrei nele pela primeira vez, agora consigo ver que, comparado a este, era até tranquilo, civilizado e sóbrio. Lá, as pessoas caminham devagar, de modo organizado, abrindo caminho umas para as outras de forma educada. Aqui, elas se empurram e atropelam. Parece muito mais cheio. Vejo mais patrulhamento também. Será que Lark errou ao fazer este caminho?

— Eles têm outras preocupações — responde quando expresso minha preocupação. — Olha só para lá.

Vejo um homem de pé sobre um banquinho dobrável, a cabeça e os ombros acima do restante da multidão. Partes do seu discurso inflamado chegam até meus ouvidos.

— O Domínio sobre a terra e o mar, sobre as criaturas da terra e os peixes do mar... — Poucas pessoas parecem prestar atenção. A maioria passa sem sequer olhar, mas de vez em quando alguém para e grita um xingamento, e vejo alguém lançar restos ensopados de um sanduíche nele. Ele continua o discurso com os olhos ardentes de um fanático.

— Idiota — comenta Lark, olhando feio em sua direção. — Foi justamente esse tipo de coisa que botou a gente nesta situação.

— O que é o Domínio, afinal? — pergunto. Já ouvi o termo algumas vezes, mas faço apenas uma ideia vaga do que é de verdade.

— É um culto, ou um movimento político, dependendo de com quem você falar — explica Lark. — Eles acreditam que os seres humanos têm o direito de governar a Terra, e que destruí-la fazia parte do plano inicial.

— Plano inicial? — pergunto.

Ela dá de ombros.

— Falam de um livro escrito há milhares de anos que lhes daria permissão para matar, destruir e conquistar o que bem quiserem. Mas, até onde eu sei, ninguém nunca viu ou leu esse livro. O que eles mais fazem hoje em dia é ficar gritando esse monte de besteira, falando que quando a Terra estiver finalmente curada, aí as pessoas vão poder retomar seu lugar de direito no topo da cadeia alimentar, assassinando os animais e destruindo tudo o que virem pela frente.

Estremeço. Como alguém poderia pensar dessa maneira? Lembro-me de ter lido em livros de eco-história que, em nosso passado distante, os animais de grande porte, como vacas e ovelhas, eram criados apenas com a intenção de serem abatidos e depois comidos. Se uma vaca pudesse caminhar por Éden agora, todos os habitantes cairiam de joelhos, deslumbrados.

Todos, exceto os membros do Domínio. Provavelmente começariam a fatiar os filés.

— Mas o Domínio acertou em uma coisa — diz Lark.

— No quê? — pergunto, nervosa. Sei que a mera suspeita de associação com o Domínio pode terminar na expedição de um mandado de prisão.

— Nosso lugar como seres humanos é lá fora, no mundo, não aqui dentro, enjaulados em uma cidade-prisão.

— Mas Éden é a única razão para termos sobrevivido! — protesto. — Como é que a gente poderia viver lá fora? — Gesticulo na direção dos limites da cidade.

Lark dá de ombros.

— Nunca disse que era possível — retruca. — Apenas que é lá o nosso lugar. Somos parte da natureza, não deste paraíso artificial.

Volto o olhar para o homem.

— Por que não o prendem?

— Ah, vão prender assim que alguém começar a prestar atenção e concordar com o que está dizendo. É só o tempo dele angariar uma plateia. Enquanto não tiver apoio, não passa de propaganda negativa para o próprio movimento. Mas não demora muito até acabar sendo preso.

Volto a estremecer. Será meu destino também — se não coisa pior — se eu for pega.

Lark repara.

— Não se preocupe — diz. — Enquanto estiver comigo, você está segura. Conheço essas ruas como a palma da minha mão. — A frase me faz pensar em mamãe, e me acalmo. Lark parece tão destemida, tão confiante, que também acaba me passando um pouco desses sentimentos. Sinto-me segura ao seu lado.

O caminho de volta para casa é longo e tortuoso. Chegamos até a passar perto da casa de Lark, embora ela só a aponte para mim depois de já termos passado. Estico o pescoço e vejo a suave luz quente em uma das janelas.

Lark é uma tagarela, o que é novidade para mim. Ash costuma me contar sobre seu dia assim que chega em casa, e mamãe, mesmo chegando em casa cansada depois do trabalho, faz sempre questão de me fazer um pouco de companhia antes da minha hora de dormir. Mas a maior parte das minhas horas foram passadas em silêncio. O som da voz de Lark é tão interessante que, às vezes, perco partes da conversa e me concentro apenas em seu tom e sua fluidez, maravilhada com a ideia de que está se dirigindo a mim. Em pouco tempo, minha vida será sempre assim, com amigos e conversas. E Lark terá sido a primeira.

Também tenho sorte que ela tome o peso da conversa todo para si. Na maior parte do tempo, nem sei bem o que dizer, como responder. Mas ela parece entender, e passa por cima de todas as minhas pausas constrangedoras com seu fluxo constante de palavras. Faz com que essa nova experiência, que é me socializar, seja quase fácil para mim.

Quando estou perto de casa, Lark para de repente e aperta minha mão com força.

— O que foi? — pergunto, assustada. Ela parece congelada. Alguns segundos depois, ela relaxa, mas não chega a soltar minha mão.

— Achei que... Deixa para lá.

— Não, me conta — peço.

Ela solta um suspiro e sorri.

— Depois de tudo que você me contou, acho que não tenho o direito de esconder nada de você. Às vezes tenho crises convulsivas.

Ela me explica como uma peculiaridade em seu cérebro faz com que sofra convulsões.

— É tipo uma tempestade de raios no meu cérebro. Os neurônios enlouquecem. Em geral, os episódios não são muito ruins, e quase sempre sei dizer quando estão para acontecer. O mundo meio que fica... Diferente. Flutuante. Sinto um pouco de tontura. Foi isso que achei que ia acontecer agorinha há pouco, que ia ter uma convulsão. Senti o chão meio que se mexer um pouco e perdi o equilíbrio. Você também sentiu?

Balanço a cabeça em negativa. Acho que meu coração está batendo rápido demais, alto demais para me permitir ter percepção de qualquer outra sensação.

Ela sorri para mim e seguimos em frente, ainda de mãos dadas.

Quando, enfim, alcançamos minha casa, quase não a reconheço. Sempre a vi apenas de dentro. A única vez que tive um vislumbre de como é por fora foi durante minha fuga, e depois não olhei para trás. Ela me parece estranhamente sóbria depois de toda a opulência da cidade. As pedras cinza parecem... Naturais.

O restante da cidade é todo artificial. Bonito, iluminado, mas longe de natural.

Só de estar diante de casa, com seu padrão de pedras reais interligadas, a cor cinza-esverdeada, quase cinza-musgo, já me faz sentir saudades antecipadas. Este é meu lugar, penso. Não posso sair de casa! Não posso...

Lark pousa a mão em meu ombro, me distraindo.

— Você tem tanta sorte de morar aqui — comenta.

Sei que tenho, mas, esperando uma resposta convencional, pergunto:

— Por quê?

Ela me surpreende.

— Não consigo nem imaginar como deve ser emocionante morar na casa que era do Aaron Al-Baz. Sempre me perguntei por que não tem uma placa na parede para homenageá-lo, ou algo assim.

Eu a encaro sem reação.

— O criador do EcoPan morava aqui?

— Você não sabia?

Balanço a cabeça.

— O meu pai que me contou. Foi a única pessoa em Éden que recebeu permissão para ter uma casa de pedra verdadeira. Todo o resto é feito de material sintético, mas ele insistiu em manter uma conexão com a Terra. As pessoas argumentaram que pedras não são seres vivos, mas ele rebateu dizendo que são os ossos da Terra.

Penso por um instante, e então digo:
— Isso quer dizer que moro dentro de um esqueleto?
Ela joga a cabeça para trás e ri.
— Um ossuário... Uma casa de osso!
— Por que eu nunca soube disso? — pergunto.
Ela dá de ombros.
— Todos nós temos segredos — diz, piscando para mim. — Vai levar bronca quando entrar?
Sinceramente, não faço ideia do que me espera.

— Obrigada por me trazer de volta sã e salva — agradeço, pensando que deveria fazer algum gesto formal: uma reverência, um aperto de mãos. — Gostei muito de você... quer dizer, de conhecer você... — gaguejo.

— Consegue sair escondida amanhã também? — pergunta ela, de supetão.

— Claro — respondo, sem pensar. Será possível? Depois da fuga de hoje, duvido que consiga driblar meus pais pela segunda vez. Terei coragem para isso? Olho nos olhos sérios de Lark. Sim, acho que terei.

— Que bom — diz ela. — Então a gente se encontra aqui amanhã. Logo depois de anoitecer. Não se preocupa, não vou contar para o Ash o que você andou fazendo. — Eu havia lhe pedido isso mais cedo. Ainda não decidi se quero contar para Ash sobre ter fugido e conhecido Lark. Pensando bem, acho que não vou. Pelo menos, não por enquanto. Quero que isto continue sendo meu. Não quero compartilhar com ninguém.

Ela estica o pescoço para espiar o muro que cerca meu quintal. As mechas de cabelo lilás deslizam para trás.

— Você consegue mesmo escalar isso aí? — pergunta, maravilhada.

Lembrando o tombo que levei nos últimos metros, tenho minhas dúvidas. Com certo nervosismo, encontro um pequeno apoio de mão e seguro firme, tensionando os músculos para dar impulso para cima.

— Espera aí, boba — diz Lark ao tocar meu ombro e me virar com cuidado. — Não vai nem se despedir?

Apenas fale a palavra, digo a mim mesma. Mas não consigo. Ela me olha com um sorrisinho torto, só um dos cantos da boca retorcido para cima. Dizer adeus parece trágico.

— Até amanhã — digo, então, e ela ri, me abraçando.

— Até amanhã — repete, como se estivesse enfeitiçada.

De repente, sinto vontade de impressionar Lark. Ela se mostrou a mais forte, me guiando pela cidade, me acalmando. Agora também quero parecer forte e capaz. Enquanto me observa, salto para o muro e, me fiando apenas no instinto, encontro os apoios de mão perfeitos. Embora não passem de rachaduras finas, as pontas dos meus dedos parecem grudar-se à parede. Com facilidade, escondendo o esforço físico sob graciosidade pura, subo metade do caminho, e então baixo a cabeça a fim de olhar para ela. Um movimento descuidado, que por pouco não me tira o equilíbrio... Mas não era esse o objetivo dessa noite? Deixar o cuidado de lado?

Fico feliz quando a vejo me fitando de boca aberta. O cabelo lilás quase reluzente, um pontinho brilhante em contraste com o cinza de minha casa.

— Rowan, você é... uma surpresa mesmo — diz ela, quase baixo demais para que eu consiga ouvir.

Extasiada, escalo o restante do muro sem um único imprevisto. No alto, hesito e a encaro por um longo momento. Em seguida, passo as pernas para o outro lado da parede de pedra a fim de enfrentar os últimos dias da minha sentença de prisão.

Estou preparada para tudo. Mamãe chorando. Papai gritando. Todos fora de casa, procurando por mim. Mas, para minha surpresa, a casa está silenciosa e toda apagada. Entro devagar, tiro os sapatos e sigo com passos cuidadosos até o quarto dos meus pais. A porta está entreaberta. Espio lá para dentro e vejo que os dois dormem: meu pai deitado de costas de um lado da cama, mamãe, recurvada sobre a lateral do corpo, distante dele. Não chegaram mesmo a notar minha saída, ou apenas desistiram?

Mamãe, sempre muito sensível, deve ter decidido que eu estava precisando de um tempo sozinha e resolveu me deixar em paz no quintal, onde supostamente fiquei esse tempo todo me lamentando por conta do meu destino. Fecho a porta dos dois e sigo na direção do meu quarto minúsculo.

Passo pela porta do quarto de Ash e paro.

Ele também dorme, a respiração constante, mas ligeiramente entrecortada. Fito seu rosto por um bom tempo. É quase o *meu* rosto. A mágoa reemerge. Por que ele tem tudo, enquanto eu — a versão mais saudável, e nascida primeiro — não recebo nada?

E, então, a respiração dele engasga e para por muito tempo. Acontece com frequência enquanto ele dorme. Não sei dizer quantas vezes esperei, prendendo o fôlego, até que ele voltasse a inspirar e expirar normalmente. Por enquanto, sempre voltou. Mas temo que algum dia aconteça.

Conto, sete... oito... nove... Enfim, ele puxa o ar para dentro dos pulmões com dificuldade e começa a roncar de leve. Por um lado, o som é um pouco irritante, mas, por outro, é reconfortante. Os roncos são um lembrete constante de que ele ainda respira, ainda vive.

Vou me aproximando devagar e olho para seu rosto, calmo e tranquilo em seu sono. Parece jovem, muito mais jovem do que eu me sinto esta noite. Mas também, lembro com ironia, sou tecnicamente mais velha do que ele.

Como posso ter sentido qualquer pinguinho de inveja dele? De súbito entendo por que mamãe se sentiu forçada a arrancar de mim os privilégios do primogênito e deixar que o mundo acreditasse que Ash é o primeiro e único filho. Já devia saber, mesmo na época, que eu poderia suportar qualquer sofrimento que surgisse em meu caminho. E Ash — doente, sensível — jamais teria conseguido.

Penso nas semanas, meses, anos intermináveis de solidão, escondida nesta casa. De alguma forma, consegui encontrar um pouquinho de felicidade durante este tempo todo. Ou se não era felicidade, ao menos, contentamento. Claro, chorei por vezes. Outras, me enfureci. Mas superei. E por mais dilacerada que esteja diante da necessidade de ir embora agora, parte de mim sabe que tenho condições de lidar com isso. Será difícil, mas posso fazê-lo.

Uma espécie de paz toma meu corpo. Minha raiva se dissipou. Conhecer Lark teve mesmo esse efeito todo sobre mim? Ou foi algo que veio de dentro, a mesma aceitação que me ajudou a suportar todos esses anos?

Estou tão cansada. Tão cansada e tão feliz. Mamãe tem razão — todos os filhos saem de casa um dia, deixam o ninho. Só o estou fazendo um pouco antes da maioria, e sob circunstâncias mais estranhas. Mas de quem quer que seja a identidade que eu venha a assumir, ainda terei oportunidades de rever minha família, disso tenho certeza. Mamãe não permitiria que as coisas ocorressem de outra forma. E agora tenho Lark. Onde quer que esteja em Éden, terei Lark.

Já estou quase à porta do meu quarto quando escuto Ash se mexer atrás de mim.

— Rowan? — chama. Sei que está apenas semiacordado, que eu poderia entrar e ficar a sós com meus pensamentos de liberdade, Lark e amizade, basta continuar andando. Mas viro e vou me sentar na cama dele.

Seus olhos se entreabrem quando percebe que me sento na cama.

— Onde você estava? — indaga, sonolento.

— No pátio — respondo.

— Estava nada.

— Eu... estava, sim. Você só não me viu. Ou eu já tinha voltado para dentro quando foi me procurar.

Ele sorri, e o sorriso largo se transforma em um bocejo.

— A casa é grande, mas também não é *tão* grande assim. Aonde você foi? Procurei em todos os esconderijos de sempre.

Não respondo.

— Você saiu, né. — É uma afirmação, não uma pergunta.

Empino o queixo para a frente em desafio.

— Talvez.

Ele cobre os olhos com as mãos, esfregando com força.

— O que você estava pensando, Rowan? Podia ter sido pega, até morta!

Sinto uma vontade urgente de pedir desculpas. Mas não me arrependo de nada, nem um pouco.

— Deu tudo certo — digo. — N... — Paro antes de continuar. Quase disse *nós*, mas decidi que não contaria a Ash sobre Lark. Ainda não. Às vezes, certas coisas são preciosas demais para serem trazidas à tona assim. De alguma forma, falar a respeito pode fazer com que a magia da noite se evapore. — Não aconteceu nada. Ninguém nem olhou duas vezes na minha direção.

Ele continua furioso, ou assustado.

— Como você pôde fazer uma coisa tão estúpida? — pergunta. — Sem falar no que poderia ter acontecido com a nossa família se você tivesse sido pega. — Coro e abaixo a cabeça. — Você sabe o que as autoridades fariam com você se soubessem que existe.

Não sei, para falar a verdade. Nunca me contaram os detalhes, mas as consequências mencionadas por alto iam da tortura à prisão e da escravidão à morte. Mas valeu a pena escapar mesmo que tenha sido apenas por uma noite. Tento explicar isso a Ash, contar a ele da alegria, e do medo, que senti ao ver as pessoas, as luzes, ao ouvir a música alta e o burburinho de centenas de vozes falando ao mesmo tempo.

Ele assentiu, compreendendo a profundidade da minha solidão, da minha necessidade de mais. Em tom conciliador, diz:

— Mamãe disse que não vai demorar muito para você receber suas lentes.

A maneira como ele fala me faz pensar que mamãe não lhe contou que só me restam mais alguns dias com a família.

— Estou tão feliz por você! — Pousa a mão sobre a minha. — Está assustada? — Antes que eu possa responder, acrescenta: — Claro que não. Você não tem medo de nada.

Dou uma risadinha pesarosa.

— Não tem muito do que sentir medo quando nunca se sai de casa.

— Não, isso não é verdade — retruca. Há uma nova intensidade em sua voz, e ele parece estar olhando para dentro de si enquanto fala comigo. — Só pelo fato de estar vivo alguém já pode sentir medo. Só de se ter algo tão precioso como a vida, algo que pode ser tomado de você a qualquer instante... — Engole em seco e umedece os lábios desidratados. — Mas você, não. Nunca vi você assustada.

Faço uma pequena confissão.

— Senti medo quando estava fora de casa hoje. Por um tempinho, pelo menos.

Ash balança a cabeça devagar.

— Nah, não acredito nisso. Nervosismo, até pode ser. Ansiedade, incerteza. Mas medo, nunca. Conheço você, Rowan. É completamente destemida. Ainda que só tenha tido que enfrentar tédio e solidão, foi sempre com coragem que os encarou. Sei exatamente como vai se comportar quando cair no mundo de uma vez por todas. Vai me obscurecer completamente. — Suspira. — Toda vez que alguma coisa não dá certo para mim, penso em você, no que faria se estivesse no meu lugar. Quando dou as costas para um grupo de pessoas rindo, pensando que é de mim que estão dando risada. Quando tento dizer à Lark o que sinto...

Penso naquele breve período de tempo quando Lark ainda estava sob a impressão de que eu era Ash, ainda que visse algumas diferenças sutis. Quando seus lábios se aproximaram dos meus. Coro no escuro e não digo nada.

— Sou basicamente um covarde, Rowan — confessa meu irmão. Em seguida, acrescenta algo que me traz lágrimas aos olhos. — Era você quem devia ter sido a primogênita. Teria sido um ganho para Éden. Mais do que eu, de qualquer forma.

O que posso dizer? Asseguro-lhe de que é uma pessoa maravilhosa, um trunfo para a comunidade, que não tem falhas, apenas peculiaridades, que é amado.

Que eu, em particular, o amo, meu outro eu.

Pergunto-me o que vou fazer sem ele.

Pergunto-me o que ele fará sem mim.

— Volte a dormir, Ash. A gente conversa mais amanhã de manhã.

Há uma pontinha de melancolia em meus pensamentos, como o sombrio deserto desolado que cerca Éden. Mas, como a própria cidade, o centro de meus pensamentos continua radiante quando começo a cair no sono.

Durmo até tarde no meu pequenino cômodo quase vazio. Quando acordo, Ash já foi para a escola, e mamãe, para o trabalho. Sinto uma pontada de ressentimento. Não deveriam estar em casa comigo nestes últimos dias que me restam junto com a família? Quem sabe quando poderei vê-los outra vez. É possível que eu vá viver em um círculo totalmente diferente do deles e que só consiga encontrá-los uma vez por mês para tomar *fakechai* e comer *chapatis* em público.

Ouço um ruído na cozinha. Papai está em casa. Sinto o maxilar trincar de imediato, mas me forço a ir até lá e lhe desejar bom-dia. Está preparando um smoothie de algas — feito apenas de alga e água, nada de aromatizantes artificiais. Eca.

Papai não me ouve enquanto o liquidificador está ligado, mas quando termina de despejar a mistura verde dentro de um copo de suco fosco, ele vira e se retrai de leve ao me notar. Como se eu não devesse estar ali. Um filete da gororoba verde viscosa escorre da beirada, se acumulando na junção de sua mão, entre o polegar e o indicador.

— Já acordou — diz. Não conheço o suficiente sobre pessoas para saber se esse tipo de observação óbvia é uma forma comum de puxar conversa, mas meu pai faz isso o tempo todo.

Pego um pãozinho de uma cesta e dou uma mordida grande.

— Parabéns pela nomeação ao cargo de vice-chanceler — congratulo.

— Ainda não é oficial.

— Não se preocupe — digo com ironia, não resistindo à alfinetada. — Não vou contar a ninguém. — A quem contaria, ainda mais nestes últimos poucos dias? À exceção de Lark. Decido compartilhá-lo com ela hoje à noite, um ato de desafio.

— Preciso dar um jeito em você antes de qualquer coisa ser anunciada publicamente. — Limpa o rastro verde com um lenço branco imaculado, depois o atira para o triturador de reciclagem.

— "Dar um jeito"? É só isso mesmo que sou para você? Um problema que precisa ser solucionado, uma sujeira para você limpar?

— Meu pai me odeia? Fico me perguntando. É uma indagação que vem tomando forma dentro de minha cabeça desde quando comecei a prestar atenção ao mundo a minha volta.

— Não é tão simples assim, Rowan — rebate ele. — Você cria... dificuldades... só por existir.

Sinto o lábio tremelicar. Quero aprofundar a discussão, mas acabo apenas dizendo com amargura:

— Daqui a pouquinho você vai se livrar de mim. Será um alívio, tenho certeza.

Ele toma outro gole da bebida, fazendo uma leve careta, como se só agora estivesse se dando conta do gosto.

— De certa forma — responde, evasivo.

Eu o encaro. Meus sentimentos são um pouco contraditórios, mas, como antes, a raiva prevalece sobre a tristeza. Está começando a se tornar algo corriqueiro, suponho.

— E você e mamãe vão poder continuar com a vidinha perfeita que interrompi há dezesseis anos. Logo, logo vai parecer até que nunca nem existi.

Ele não responde, apenas termina o que resta da bebida e vai embora.

8

Hoje é um dia como outro qualquer — *quase*. Como todos os dias nesses últimos dezesseis anos de vida, passo boa parte da manhã e da tarde sozinha em casa. Tenho minhas rotinas que mantêm minha sanidade intacta: estudar, desenhar, correr e me exercitar até meu corpo estar exausto e minha mente, calma.
Mas hoje há uma nuance lilás em tudo que faço.
Quando desenho, me vejo esboçando o rosto de Lark.
Quando corro, é para ela que estou correndo.
Quando vou estudar usando meus datablocks e videoaulas, são os tópicos sobre os quais Lark e eu conversamos que procuro imediatamente. Pesquiso mais informações a respeito do Domínio, mas são muito poucas e preciosas. Faz sentido, suponho, com um novo toque de cinismo que foi impresso em minha personalidade por Lark. As pessoas no poder não querem que a população fique sabendo daquele culto maligno, nem mesmo sobre as partes depreciativas. *Qualquer* informação pode atrair novos adeptos.
Pesquiso por outros assuntos, expandindo meu conhecimento para poder discutir com Lark. O que mais prende meu interesse é o início de Éden. Quero descobrir a respeito do que Lark disse sobre a população original. Como foram escolhidos os primeiros residentes? Não passavam dos últimos sobreviventes da humanidade, lutando por sua subsistência, ou foram especialmente selecionados? Preciso de

uma pista do porquê nossa população começou tão grande e foi sendo podada. Como uma das podadas, levo para o lado pessoal.

Mas não há quase nada além do que já sei. Na verdade, todas as fontes dizem mais ou menos a mesma coisa, com palavras quase idênticas, como um mantra ou oração. *O que restou da espécie humana se reuniu em Éden, para aguardar até que a Terra fosse renovada.* Isso é tudo, como se as pessoas fossem animais migratórios que se agrupam por puro instinto, entrando em hibernação enquanto esperam um longo inverno passar. Nunca tinha notado como eram escassos os detalhes da nossa história. Nunca a questionei antes. Apenas engolia qualquer coisa que me fosse forçada goela abaixo.

E é por isso que decido procurar mais a respeito do nosso fundador, Aaron Al-Baz. Há uma tonelada de informações, e são todas muito elogiosas. Soam mais como lendas do que história pura. Assim como as outras crianças em Éden, aprendi tudo isso desde cedo, mas agora que sei que é na casa desse grande homem que moro, parece mais próximo, mais vital.

Leio como Al-Baz foi ridicularizado quando jovem pelas crenças radicais que tinha a respeito do fim do mundo. Apesar disso, angariou muitos seguidores, mesmo enquanto outros o condenavam e criticavam sua ciência. Sofreu profunda humilhação ao ser jogado no ostracismo pela comunidade científica, vendo suas teorias sobre a interação malfadada do homem com a Terra serem despedaçadas.

Quase sem fôlego, leio a respeito do exílio que ele mesmo se impôs quando heroicamente resolveu dedicar a vida a salvar o planeta. Fez tudo de modo tão secreto durante aquele período que são poucos os fatos sabidos, o que há são meras anedotas. Estava tentando impedir que os governos ao redor do mundo aprovassem políticas responsáveis por matar o meio ambiente — e pelo que pude entender, seus métodos não eram cem por cento dentro da lei. Quando os governantes não o escutavam, ele os forçava a ouvirem. Naquela era digital florescente, quando tudo no planeta já estava entrelaçado e linkado, um talentoso cientista da computação podia obrigar os governos a prestarem atenção.

Chamaram seus métodos de hacking, tecnoterrorismo, guerrilha cibernética. Mas ele jamais machucou um único ser vivo, fosse humano, animal ou vegetal. Ao contrário dos governos ao redor do mundo com todas aquelas armas e tecnologias destrutivas sobre as quais tinham controle. Al-Baz assumia o controle dos sistemas apenas para provar seu ponto de vista, para que as pessoas enxergassem que estavam no caminho para a destruição — e para depois lhes oferecer uma alternativa. Graças a seus esforços, ele foi interrogado várias vezes e condenado a prisão domiciliar, tendo seus bens congelados.

De alguma forma, conseguiu escapar da prisão por muitos anos. E então ocorreu a Ecofalha.

Segundo a história que estou lendo, os principais governos do mundo estavam prestes a enviar ao espaço uma missão com o intuito de alterar a atmosfera e combater o aquecimento global. Uma ambição louvável, embora Al-Baz os tenha advertido de que não daria certo. Tentou impedi-los, atacando o sistema que lançaria as partículas para a atmosfera. Mas falhou e foi mandado para a prisão, e, durante o tempo que ficou detido, a Terra pereceu. Quando os seguidores conseguiram libertá-lo, mal restava tempo para implementar seu plano de longo prazo, o trabalho de uma vida inteira: Éden. Ativou o programa que dirigiu o foco da tecnologia do mundo inteiro para dois objetivos correlacionados — reviver o planeta e salvar a humanidade.

Em um ato de grande generosidade e nobreza, ele salvou as pessoas que traíram a ele e a Terra — ou tantas quanto foi possível. Preservou os seres humanos que se mostraram incapazes de cuidar do próprio planeta. Al-Baz deu a todos nós uma segunda chance, uma oportunidade de redenção por nosso egoísmo e nossa estupidez.

E morei na casa dele minha vida inteira, sem jamais saber disso.

Assim que mamãe chega do trabalho — antes de Ash ou papai —, eu a encho de perguntas.

— Como foi que a gente acabou vindo morar aqui na casa do Aaron Al-Baz?

— Podemos falar sobre isso mais tarde? — indaga. Há olheiras sob seus olhos, e os cabelos estão extraordinariamente desgrenhados, fios soltos escapando de todos os lados do coque que costuma manter bem preso e firme. — Temos muitos outros assuntos a discutir.

— Não, isto é importante — insisto. — Como é que nunca fiquei sabendo?

Ela dá de ombros.

— Não é nada de mais. Somos parentes distantes, pelo lado da irmã dele, creio. Mas isso tudo já faz muito tempo. Como foi que você descobriu?

Não cheguei a pensar numa resposta para aquela pergunta, mas ela não pareceu notar minha longa pausa antes de explicar:

— Estava lendo uma história antiga sobre Éden e encontrei uma menção à casa. Tem alguma coisa aqui que tenha pertencido a ele?

— Ah, não — responde ela depressa. — Foi há tanto tempo.

— Nem tanto. Duzentos anos não correspondem a tantas gerações assim.

Ela se recusa a me contar mais e prontamente muda de assunto.

— Suas lentes estão prontas para serem implantadas.

Eu me jogo em seus braços. Mamãe fica um pouco surpresa, e me dou conta de que ela estava esperando que eu ainda estivesse chateada por ter que sair de casa. Estou, claro, mas, para minha decepção, a primeira coisa em que penso é como será tão mais fácil passear pelas ruas em segurança quando sair de fininho para me encontrar com Lark. Com os olhos sem graça como os de todo o resto da população, e, o mais importante, ligados à identidade de alguma outra pessoa, poderei passar por qualquer Camisa-Verde sem dificuldades.

— Quando é que vamos lá? — pergunto.

— Ah, elas estão prontas, mas sua cirurgia ainda vai demorar um pouquinho para acontecer. Mais alguns dias, no mínimo.

— E com elas vou poder me passar por uma cidadã oficial, uma primogênita?

Ela assente.

— Essas lentes são muito superiores às que os criminosos no mercado negro usam. Eles não conseguem ter acesso a toda essa tecnologia. Algumas coisas, tipo o filtro para os raios solares alterados e o chip de identidade, até funcionam decentemente nas lentes removíveis baratinhas, mas há camadas mais profundas que ninguém nunca conseguiu decodificar... Até encontrarmos um gênio. Normalmente, as lentes são produzidas em uma fábrica, depois enviadas ao Centro para serem modificadas pelo EcoPan. O cibercirurgião que encontramos conseguiu hackear o sistema do Centro e descobrir quais são as especificações exatas. Você não terá que se preocupar com nada. Funcionarão perfeitamente. Muitos outros segundos filhos não têm a mesma sorte que você.

— Muitos? — repito. É a primeira vez que ouço falar da existência de qualquer outro segundo filho. Que dia de revelações.

— Alguns, sim, mas usam as lentes mais baratas, removíveis. As minhas fontes não divulgam muita coisa, como você pode imaginar. Mas pelo que pude entender, há criminosos que costumam usar essas lentes falsas de baixa qualidade, sem falar nos rebeldes, maridos e esposas adúlteros...

Então estou em ótima companhia. Mas voltando aos segundos filhos.

— Quantos de nós existem?

Ela pressiona os lábios em uma linha tensa.

— Não muitos. De acordo com a minha fonte, talvez vinte ainda andem por aí.

— Ah, isso é... Espera, como assim, *ainda?*

— Ah, amor, vai dar tudo certo para você. Encontramos um verdadeiro gênio para fazer o seu implante, compramos a identidade mais segura, subornamos todas as pessoas certas...

— O que você quer dizer, mãe?

Ela morde o lábio.

— A minha fonte me explicou que a taxa de sobrevivência de segundos filhos que tentam se integrar à sociedade... Não é tão grande quanto gostaríamos.

— Isso significa que acabamos morrendo?

— Não, não — apressa-se em dizer, depois conserta: — Bem... Alguns são capturados em algum momento. Mas há uma parcela que simplesmente... some.

Um arrepio percorre minha espinha.

— Não se preocupe, querida, não vai acontecer com você. Tomamos todas as precauções. — Ela balança a cabeça como se jogasse longe os pensamentos desagradáveis.

Sou assombrada pela imagem de segundos filhos desaparecendo. Pela maneira como mamãe falou, era como se evaporassem, transformando-se em bruma e sendo soprados para longe. Tem que ser obra do Centro, capturando-os. Devem ser arrastados no meio da noite e do nevoeiro, e ninguém jamais fica sabendo o que foi feito deles.

Mamãe não quer mais falar a respeito deles, não importa o quanto eu pressione. Não demora muito tempo até Ash chegar, e, com um rápido olhar compartilhado, eu e mamãe concordamos em não discutir nada que seja sério ou preocupante diante dele. O estresse agrava sua doença. Também quero perguntar para onde irei. Serei mandada para a casa de um casal sem filhos? Terei que me fazer de órfã, adotada por algum familiar gentil? Pode ser até que tenha um irmão ou irmã. Será que vou gostar dele ou dela?

Minha nova família *deve* ser gentil, suponho, para estar disposta a correr o risco de acolher uma segunda filha em sua casa. Serão generosos e amorosos, pacientes e zelosos, e me ajudarão a encontrar meu lugar no mundo. Sei que vão, pois apenas esse tipo de pessoa aceitaria desafiar toda a Éden para ajudar alguém.

Como posso me preocupar tanto quando estou ocupada pensando na companhia de Lark, que me aguarda mais tarde? O jantar demora uma eternidade insuportável. Sei que deveria estar saboreando cada momento com minha família antes de tudo mudar, mas meus pensamentos insistem em se virar para esta noite.

Antes de ir para a cama, fito meus estranhos olhos multicoloridos. Como me sentirei quando eles forem de uma só cor sólida e sem brilho como todos os outros? Não serei mais eu.

Ainda que todas as pessoas que eu já tenha visto na vida (todas as quatro, sem contar os transeuntes aleatórios da noite passada) possuam aqueles mesmos olhos sem graça e vida, me choca imaginá-los me encarando sem expressão de volta do espelho, no meu próprio rosto. Aqueles globos são antinaturais, errados, de uma maneira que nunca compreendi, até se tornar algo pessoal. Toda a luz e variação nas minhas íris serão destruídas. Vão se tornar um azul-acinzentado embotado. Parecerei uma menina cega, embora minha visão permaneça inalterada.

Mamãe coloca a cabeça para dentro do banheiro, e pisco, querendo esconder a umidade que se acumulou em meus olhos.

— Eu e o seu pai não vamos trabalhar amanhã para podermos ficar aqui com você, e o Ash também não vai à aula. Vamos fazer uma verdadeira festa em família. Com todas as suas comidas favoritas. E vamos poder conversar sobre... — ela faz uma pausa — algumas coisinhas importantes que você precisa ficar sabendo.

Seja o que for, por que resolveu esperar até os últimos dias para me contar?

Pouco depois, todos estão na cama. Finjo dormir também, mas sob a cama há uma bolsa com as roupas que planejo usar. Respiro devagar, baixinho, escutando os sons na casa: Ash virando e revirando-se em seu sono, os ruídos e estalos suaves que as paredes fazem quando a temperatura cai à noite. Certa de que estão todos profundamente adormecidos, pego a bolsa e saio de fininho para o pátio.

Logo ali, do outro lado, o mundo aguarda. E Lark também. Meus dedos tremem enquanto tiro o pijama e fico quase nua no escuro. Acima de mim, as estrelas cintilam levemente, e inclino a cabeça para trás para deixar sua luz fraca me banhar. Não sei quase nada a respeito das estrelas, nem seus nomes, nem a ciência por trás delas. Mas amo observar seus padrões brilhantes, pois me fazem lembrar que há um mundo fora dos limites do meu pátio, fora de Éden. E também me fazem pensar em meu bem mais precioso: a fotografia antiquíssima, esmaecida, quase caindo aos pedaços, tirada numa época anterior à Ecofalha, que mamãe furtou dos arquivos. Trouxe-a comigo para poder mostrá-la a Lark. Ela sabe guardar segredos.

Passei mais tempo pensando no que vestiria do que no fato de que estou para ir embora de casa. Isso me envergonha, mas sei que, se não tivesse Lark e a distração de sair de casa clandestinamente, estaria indo à loucura com tudo que anda acontecendo no resto de minha vida.

Após muita deliberação e muita escavação pelo meu escasso guarda--roupa (composto principalmente de duplicatas dos uniformes escolares e trajes casuais de Ash), eu me decidi a favor de uma de minhas poucas peças femininas: uma saia evasê vinho que vai até a metade das coxas. O material é permeado por brilhinhos sutis que refletem a luz quando ela bate neles.

De resto, me atenho à cor preta, em parte por conta de minhas opções limitadas, em parte por instinto, que me diz que é possível que tenha que me misturar à noite, caso algo venha a dar errado. Coloco a barra da calça legging para dentro das botas de cano curto macias e ajusto o caimento de um suéter de lã sintética de ponto fantasia. Sei que minha aparência será apagada e sem graça em comparação às cores magenta e azul-ultramarino vívidas que os residentes de Éden costumam preferir. Mas o choque do vermelho nos meus quadris é um prazer raro para mim. Espero que Lark goste.

Não quero arriscar acionar o alarme na porta da frente, de modo que escalo o muro — agora lembro por que não tenho o costume de vestir saias — e me sento no topo, acorcundada para reduzir minha silhueta, procurando Lark. Por um momento terrível não a vejo. Depois, ela emerge das sombras, o lilás iluminado pelas estrelas, e o mundo inteiro parece se encaixar.

Ainda lembro onde fica a maioria dos capciosos apoios de mão que tenho que usar para descer, e o faço com facilidade, pulando o último metro e pouco apenas para me exibir.

— Você é incrível! — exclama Lark ao correr para mim. — Como é que faz isso? Parece até um esquilo escalando o muro, ou... uma lagartixa!

— E você parece mais uma flor — deixo escapar antes que possa segurar a língua.

Ela abaixa a cabeça por um segundo, mas quando a ergue outra vez, seus olhos brilham.

— Toma — diz, me entregando um par de óculos. Desdobro as hastes e vejo que as lentes são como um caleidoscópio facetado em

tons de rosa e azul-claro e lilás. Lark também tem um. — São óculos-
-libélula — explica. — Não são lindos? Muita gente usa, mesmo à
noite, então ninguém vai reparar nos seus olhos.

Coloco-os. Apesar do facetamento, quando olho através das lentes
percebo que minha visão não está fraturada. A única diferença é que
o mundo agora está pintado com um filtro rosa-arroxeado. Éden está
rosada agora à noite.

Lark pega minha mão.

— Vem! Quero correr! — E deslanchamos pela rua, os braços
entrelaçados balançando, rindo, sem nos preocuparmos com quem
possa nos ouvir. Somos apenas duas garotas aproveitando a vida. Por
que alguém iria querer olhar duas vezes para nós?

Não demora muito até ela estar ofegando, ainda que para mim
não tenha passado de aquecimento. Sinto como se pudesse correr
para sempre.

— Não consigo correr que nem você — arfa ela. — Como foi que
ficou tão rápida e forte assim?

— Não tenho muito mais o que fazer, além de correr, escalar e fazer
alongamento e exercício — explico.

Ela me encara com o que suponho ser admiração.

— Você é tão... — Ela não termina a frase, balançando a cabeça. —
Sabe o que podia fazer com essa velocidade toda? Nunca conseguiriam
alcançá-la. Os Camisas-Verdes são uns molengas em comparação a
você. Cara, acho que seria capaz até de correr mais rápido do que os
bots de segurança. E saber escalar também pode ser uma habilidade
bem útil para alguém que... — Para outra vez. — Mas a gente não
devia estar falando dessas coisas agora. Pelo menos não até chegar lá.

— E onde é "lá"?

Ela me dá seu sorrisinho torto característico.

— Você já, já vai descobrir... — Ela engancha o braço no meu de
novo e seguimos para a estação de autoloop mais próxima.

9

O pânico me domina no instante em que passamos pela catraca. Caminhar em meio à multidão em uma via pública onde estão todos cuidando da própria vida é uma coisa. Mas aqui há uma espécie de guarita de verdade, onde os usuários têm que pagar pelas passagens. Tento recuar, mas minhas coxas topam com a barra acolchoada da catraca.

— Só dá para seguir em frente — diz Lark, puxando meu braço. Mais alto, para que as pessoas irritadas com a demora atrás de nós possam ouvir, acrescenta: — Não se preocupe, o banheiro fica por aqui.

— Mas e se eles... — começo, mas ela me cala com um aperto no braço.

— Vai dar tudo certo. Vou pagar a passagem com meu chip. É só agir normalmente.

Bikk! Dinheiro! Não tinha nem pensado nesse detalhe. Há tantas coisinhas que podem acabar me entregando. Não tenho fundos, claro, e tampouco saberia como usá-los, ou qual é o preço de qualquer item ou serviço.

Lark vai na frente para mostrar como funciona. É simples. Na entrada da plataforma de autoloop há algo similar a um espelho. Ela levanta os óculos e sorri para ele, ajeitando os cabelos cor de flor em um quase flerte, e diz com vivacidade:

— Dois bilhetes, por favor! — A iluminação no espelho diminui e volta a aumentar rapidamente enquanto lê seus implantes oculares. O dinheiro dela é transferido, e dois recibos rolam para fora da aberturinha sob o guichê. Ela segue pelo corredor que vai levar à plataforma. Há pessoas uniformizadas em todos os cantos. Apenas uma é um Camisa-Verde, encostado na parede num extremo da estação, puxando com os dentes um pedacinho de pele morta no dedo. Mas até mesmo os atendentes do local me deixam alarmada, graças aos seus trajes sem vincos e de aparência oficial. Têm a insígnia do Centro, um alvo, em suas lapelas, e embora não passem de funcionários do baixo escalão, ainda assim representam um sistema que é meu inimigo natural... E em cuja toca estou tentando me infiltrar.

Ash estava errado ao meu respeito. *Tenho* medo, sim.

Mas me seguro, e chego até a forçar um sorrisinho meio brincalhão para o responsável por conferir os bilhetes. Um sorriso que finge transparência, mas que, na verdade, esconde meus olhos, caso ele consiga ter qualquer vislumbre do que há por trás dos óculos pela lateral aberta. Ele pega minha passagem e me deixa seguir.

Sinto-me extasiada diante desse simples sucesso! Estava com medo, mas superei. Talvez, penso, seja esse o real significado da bravura. Talvez Ash estivesse mesmo certo.

Mantendo a cabeça erguida, como qualquer primogênito, sigo Lark até a plataforma. Dentro de poucos minutos, o autoloop para e embarcamos. As portas se fecham e com um suspiro enrijeço. Estou presa! Minha rapidez e agilidade não me servirão de nada se algo der errado aqui dentro. Lark se senta em uma poltrona verde-limão e se esparrama toda, de modo que seus joelhos tocam o assento fúcsia na frente dela. Sento a seu lado, imitando sua postura enquanto o trem dá sua guinada inicial para a frente. Vai ganhando velocidade depressa, acelerando no monotrilho que segue o desenho de uma espiral ao redor de Éden, saindo do Centro até os círculos mais externos.

— Aonde é que...? — tento uma segunda vez, mas ela me silencia.

— Aproveita para olhar lá para fora. É a sua primeira experiência vendo o resto de Éden. Estou curiosa para saber o que vai achar. — Levanta-se e se remexe até termos trocado de lugares uma com a outra, e eu estar à janela.

E eu olho para os cenários mais vibrantes do que os de qualquer datablock passando diante de mim tão depressa que quase se tornam borrões. Sempre que noto algo de interessante — um prédio de formato esquisito, o verde rodopiante dentro de uma torre de alga — tenho que virar a cabeça para segui-lo. Tudo resvala para longe. Meu corpo e minha vida estão se movendo adiante com mais velocidade do que jamais me atrevi a sonhar.

A qualidade dos bairros muda rápido. Enquanto observo as luzes espalhafatosas dos círculos internos se enfraquecerem até tomarem tons pastel mais fechados, as vestimentas chiques de sair à noite dando lugar a outras mais escuras, sucintamente casuais, me dou conta de que estamos em uma rota expressa para os círculos externos.

Passado o que me parece muito tempo, vamos perdendo velocidade em nossa viagem vertiginosa e começamos a descer. As figurinhas tornam-se pessoas outra vez, não apenas borrões.

Quando estive no distrito de entretenimento do meu círculo, vi que as pessoas costumavam andar, em sua maioria, em pares, às vezes em formações casuais, relaxadas. Parecia até que todos se conheciam, como se idade não tivesse importância e todos fizessem parte do mesmo segmento. As pessoas flutuavam entre um grupo e outro. Sem exceções, estavam sempre sorrindo, rindo — felizes.

Aqui, neste círculo externo desbotado, as pessoas caminham pelas ruas em aglomerados bem definidos ou completamente sós. Os blocos de gente parecem uniformes e sólidos. Não vestem todos os mesmos trajes, não exatamente, mas cada grupo parece exibir um tema comum. Um deles é todo preto, com roupas justas cintilantes e lampejos de metal. Não sei dizer se são tachas ou armadura ou até mesmo armas. Outro parece ser composto de pessoas como aquele homem-cobra fascinante que vi na boate. Como se fossem parte de um reino pacífico (e ao mesmo tempo selvagem), procuram a companhia uns dos outros, pássaros com felinos, lobos com cordeiros.

Movendo-se em meio a eles também há pessoas completamente sozinhas. A maioria acorcovada e introvertida, olhos fixos no chão, cuidando para evitar contato com todos os demais.

Mas alguns são diferentes. Aqui e ali, enquanto o autoloop segue para sua parada final, vejo homens isolados, e uma única mulher, cuja atitude combina com a do grupo de preto. São todos altivos, presunçosos, com ar arrogante. Caminham como se fossem donos do mundo.

O autoloop já está quase parando quando o noto, um jovem não muito mais velho do que eu, com cabelos castanho-claros e um rosto repleto de linhas de expressão. Não é tão alto quanto os outros solitários, mas basta um olhar para saber que não se importa, que tem confiança absoluta em sua capacidade de lidar com qualquer que seja a dificuldade que a vida coloque em seu caminho. Por um segundo, vira o rosto, e tenho um vislumbre da cicatriz em forma de lua crescente que vai do canto do olho esquerdo até logo abaixo da bochecha. Inclino a cabeça para trás para que ele não me veja. No segundo seguinte, já estamos estacionados dentro da estação coberta.

Lark fica de pé em um pulo, parecendo empolgada.

— Vem! — chama, puxando-me com ela e correndo para a porta. Apenas uns poucos passageiros levantam-se conosco. Alguns dos viajantes do círculo interno parecem ser turistas.

— Aquela lá é a gangue Noitemorta, creio eu — comenta uma mulher em tons refinados para a amiga elegante. — E está vendo aquele espécime esplêndido? É a Jaguar. Dizem que chegou a matar cinco homens em uma única noite.

— Ouvi dizer que tinham sido quatro homens, uma mulher e uma criança — diz a companheira com um arrepio deliciado. Dão risinhos baixos atrás das mãos em concha.

Os barulhentos e civilizados círculos internos eram uma coisa, agora Lark realmente esperava que eu entrasse neste turbilhão de perigos e humanidade tão estranho?

— Você confia em mim? — indaga ela quando nota incerteza em meu rosto.

Hesito apenas um segundo. Naquele instante, a imagem de mamãe passa como um flash por minha mente. *Não confie em ninguém que não seja da família,* diria ela. *É sua vida que está em risco.*

— Completamente — respondo com firmeza.

Lark sorri e me puxa para dentro dos círculos externos.

O que posso dizer a respeito daquela noite? Que foi diferente de tudo que já tinha vivido e experimentado não faria nem sentido. Jamais tinha tido *qualquer* tipo de experiência. Que foi diferente de tudo que poderia ter imaginado? Sequer tinha conhecimento de mundo suficiente, e das pessoas, e do que é prazer, para começar a imaginar qualquer coisa parecida.

— Uma garota que tem controle de si nunca corre perigo — afirma Lark enquanto passeamos pelas ruas escuras. — Não são más pessoas. São apenas pobres, nada além disso. A maioria nunca sonharia em machucar alguém. Contanto que você não cometa nenhum erro.

Aparentemente há uma quantidade razoável de erros em potencial que eu poderia cometer. Uma das gangues, conta ela, me atacaria se eu resolvesse cuspir na frente deles. Nada preocupante até aí. Ainda que não fosse uma pessoa educada, minha boca está seca demais para isso. Outra gangue insiste que todos que passem por seus membros virem-se de costas.

— Para essa gente, só o fato de estarem olhando para eles já é sinal de desconfiança, e um insulto dos graves. Mas se você virar de costas, está mostrando que confia neles, e aí não vão incomodá-la.

Estaria perdida sem ela. Mais uma vez.

Lark me leva a uma boate, um lugar ao mesmo tempo calmo e louco. Ninguém dança. Há mesas de canto mais reservadas e outras comuns, além de espaços isolados escondidos atrás de cortinas. As pessoas bebem café preto e amargo (ou o mais próximo disso que conseguimos, cafeína sintética em uma suspensão líquida) e escutam enquanto alguém no palco faz declarações desconcertantes e profundas que me parecem perturbadoras. Não chego a entender o ele que diz, mas fala sobre liberdade e autonomia e espaços abertos intermináveis de uma maneira que faz meu coração querer alçar voo. Escolhemos uma das mesas de canto e ficamos prestando atenção às conversas a nosso redor. Todos têm uma opinião. Vozes se elevam. O clima se inflama. Alguém atira uma cadeira para o outro lado do cômodo, gritando:

— Melhor morrer do que ter que engolir mentiras!

Uma rápida briga se segue, antes que imensos seguranças cheios de tatuagens de folhas de samambaia cheguem para retirar os infratores do estabelecimento, e logo depois todos voltam a discutir a respeito de todos os assuntos imagináveis.

É maravilhoso.

Minha pele está formigando de empolgação, ou talvez pela cafeína, quando Lark paga a conta e me leva para fora.

— Mas gostei tanto daqui! — protesto. Era o lugar certo para mim: um espetáculo emocionante que posso aproveitar sem precisar participar de forma direta. Ninguém deu a mínima para o fato de eu não ter feito contato visual ou não ter entrado em nenhum debate. Estavam focados demais nos próprios argumentos, apaixonados demais pelo som das próprias vozes para se importarem comigo. Foi como uma sala de aula para mim, uma palestra sobre comportamento social.

— Mas tem tanta coisa para você ver, melhor do que isso, até. Agora que nós já estamos devidamente pilhadas, temos que suar para o efeito passar.

Não entendo o que quer dizer, mas não demoro a descobrir, quando entramos em um galpão com temática de selva. Totalmente diferente da boate Floresta Tropical. Sei distinguir agora: lá, o importante era a decoração e o estilo, causar impacto; aqui é o mais próximo do real que nosso planeta morto pode aspirar a ser. É como uma legítima floresta primária de antes da Ecofalha, com direito a aromas intensos de terra e musgo, cipós cheios de espinhos terríveis e animais ruidosos roçando meus tornozelos ao passarem. Tudo parece eletrizantemente perigoso, absolutamente genuíno.

O lugar é escuro, uma lua simulada, crescendo convexa no céu, mas posso enxergar pessoas cruzando espaços abertos, atirando-se em busca abrigo.

— Que lugar é este? — pergunto.

Lark olha para mim com olhos abrasadores.

— Primal — responde, e me entrega uma arma estilizada.

Na hora seguinte, trabalhamos em equipe acertando nossos oponentes com raios laser enquanto saltamos como macacos loucos em meio à vegetação rasteira. É uma batalha de homem contra homem, mas também de homem contra natureza. A selva não toma partidos. Serpentes simuladas atacam nossos tornozelos, dando-nos choques elétricos e desativando nossas armas ao longo de vários minutos. Jaguares robóticos nos derrubam no chão no instante em que estamos para fazer um ponto.

Quando a partida chega perto do fim, Lark já está fora de combate, como quase todos os demais. Sou apenas eu contra uma equipe de três, todos claramente experientes e vestindo uniformes iguais. Sem Lark para me deixar mais lenta, escalo uma árvore alta e os aniquilo de onde estou, a nove metros do chão.

Estou ofegante, suada, exausta... E absolutamente feliz.

— Ah, Lark! — exclamo enquanto deslizo pela árvore artificial. — Isto aqui é perfeito... Perfeição pura! Obrigada!

Ela cambaleia na minha direção por um segundo, depois se afasta.

— A noite ainda não acabou — diz com seu sorrisinho característico. Não consigo nem imaginar o que tem em mente para mim em seguida. Vai me levar para dançar? Pilotar? Lutar?

É algo totalmente diferente, acabo descobrindo. E infinitamente melhor. Uma torre de alga abandonada.

— Faz anos que está fora de serviço — explica Lark. — Meu pai estava consertando o sistema de bombeamento, mas cancelaram os reparos antes de ele conseguir colocá-lo para funcionar de novo. Roubei o cartão dele. — A porta se destranca com um clique, e ela a abre, as dobradiças rangendo.

Lá dentro está um breu. Fico para trás, mas Lark me puxa para dentro da escuridão e nos fecha lá.

— Cortaram a eletricidade, mas conheço o caminho. — Sua voz é como um farol no escuro. Busco sua mão, mas, de repente, está fora de meu alcance.

— Onde você está? — chamo, e sua voz me responde de muito longe.

— Siga em frente — instrui. Parece ainda mais distante agora. Não faço ideia do tamanho ou formato do espaço, o que poderia estar se escondendo dentro dele.

— Onde você está? — repito. Sinto-me perdida, desorientada. — Me espera!

Ela ri, um som baixo e harmonioso.

— Você está segura. É só continuar andando.

— Mas não consigo ver nada! — E se houver um obstáculo, um abismo, um Camisa-Verde espreitando no escuro? Estou paralisada.

— Você confia em mim? — volta a perguntar Lark.

Eu confio nela. Posso não ter muita experiência com as pessoas, mas sei em meu coração que Lark jamais me faria mal. Inspiro fundo e entro na escuridão de obsidiana.

Meus passos são desajeitados, hesitantes, mas minhas mãos estendidas conseguem, enfim, encontrar os dedos de Lark. Eles se entrelaçam nos meus como videiras. Não consigo enxergar nada, mas posso quase senti-la sorrir.

— Agora para cima! — diz, e guia minhas mãos até os degraus estreitos de uma escada.

Parece que passamos uma vida inteira subindo, centenas de metros. A jornada é surreal. Não falamos, mas ouço-a respirar logo acima de mim, ouço os ruídos que os pés fazem quando batem em cada um dos degraus de metal escorregadio. Sem a visão para me orientar, sinto como se estivesse fazendo uma escalada em um sonho. E Lark, lá em cima, está me levando mais para dentro, mais para o alto, para algum lugar que nunca sequer imaginei.

Finalmente, depois de uma eternidade, ouço o som arranhado de um trinco metálico e, de súbito, Lark é iluminada de cima por um brilho fraco de luz. Ela sai do estreito túnel da escada, e, quando a sigo para fora, me vejo olhando para toda a extensão de Éden abaixo de mim. Os círculos concêntricos verde-claros esparramam-se para longe, para além de meu campo de visão, distanciando-se do olho reluzente do Centro. Sinto como se eu fosse o próprio EcoPanopticon, fitando de cima os restos da humanidade.

— Como foi que você descobriu este lugar? — pergunto a ela, e depois, antes que possa responder, acrescento: — E o que uma garota do círculo interno que nem você está fazendo aqui neste lugar esquecido pelo mundo?

— Estamos tão longe de casa. Embora a altura e a escuridão emprestem certo glamour às vias lá embaixo, ainda consigo ver a pobreza, os prédios desgastados, os passos furtivos e apressados dos pedestres.

— Já morei aqui.

Eu quase engasgo. Sabia que Lark tinha se mudado de outro círculo quando tinha mais ou menos dez anos. Quando chegou a Kalahari, Ash foi escolhido para lhe mostrar a escola e fazer o tour completo com ela. Ele me contou sobre a recém-chegada naquela mesma noite, e todas as outras noites depois também. Mas imaginei que tivesse vindo do primeiro círculo depois do nosso. Não era uma ocorrência incomum, parece. Mas sair de um dos círculos mais externos para outro central é algo quase inimaginável.

Lembro que sua chegada em nosso círculo de elite causou certo rebuliço. Ash me disse que alguns colegas de classe nunca a convidavam para festas de aniversário e que seus pais eram evitados. Até papai chegou a conjecturar em voz alta durante o jantar certa noite se não seria o caso de Ash cortar relações com uma garota de "origem baixa", nas suas palavras.

Este não chega a ser o círculo mais externo de todos, mas está perto, a talvez dois anéis das áreas mais carentes que ficam na periferia. Não consigo imaginar Lark morando aqui.

Ela, então, me contou sua história de maneira breve, enquanto eu tentava esconder qualquer indício de surpresa ou, que a Terra me livre, nojo do rosto. Veio de uma família de gente diligente e trabalhadora que morava em uma espécie de cortiço neste distrito. Ganhavam o pão de todo dia com certa dificuldade, mas eram felizes. Claro, enfrentavam problemas. Às vezes aconteciam blecautes, ou a água saía das torneiras da cor de ferrugem. Às vezes os Camisas-Verdes surgiam do nada para levar um vizinho embora. Em certa ocasião, ela chegou até a encontrar um cadáver diante de sua porta.

— Mas não era ruim. Você sabia quem era amigo de verdade. E aqui todo mundo sabe guardar segredo.

Contou como o pai descobrira algo enquanto trabalhava nos encanamentos que ficavam no fundo da torre.

— Ele era operário de obra, basicamente instalava canos e reparava válvulas. Aí, um dia... Encontrou uma coisa.
— O quê? — Naturalmente quero saber.
Ela dá de ombros.
— Nunca me disse. Nem para o chefe ele quis contar. Mas conseguiu falar com um oficial do Centro e relatou o que tinha achado, e aí, quase que imediatamente depois, arranjou um emprego no Centro, na divisão de planejamento, e foi nessa época que a gente se mudou para o círculo interno.
— E você não faz nem ideia do que ele encontrou?
— Não. Ele só disse o estritamente necessário para a gente entender por que a nossa sorte tinha mudado tão de repente. Mas deixou claro que a vida dele dependia da nossa habilidade de guardar segredo. Mas aí... — Franze o cenho. — Fui mencionar o que aconteceu uns dois anos depois, e foi como se ele nem se lembrasse de nada. Ele me disse que tinha sido promovido porque inventou um tipo novo de válvula de retenção automática e que as pessoas lá no Centro tinham ficado tão impressionadas que elevaram o status dele.
— Talvez estivesse realmente tentando acreditar na mentira — sugiro. — Talvez tenha sido para proteger vocês.
— Pode ser — diz ela, depois balança a cabeça, fazendo o cabelo lilás roçar as bochechas. — Mas deixa isso para lá. Eu a trouxe aqui por causa da vista: olha para cima.

Estive tão concentrada na cidade dos meus sonhos lá embaixo que não cheguei a olhar para o alto. Sigo os olhos dela até o céu e fico ofegante. A ponta da torre de alga vai se espiralando até dar em um cume afiado acima de nós, mas para além dela... O universo!

Levo as pontas dos dedos para dentro do bolso e toco a fotografia antiga que trouxe comigo. As estrelas parecem tão mais nítidas aqui neste círculo externo. Do pátio, só consigo enxergar os mais claros salpicos de luz no céu. Talvez seja porque a iluminação da cidade ofusca. É injusta demais a competição entre o extravagante clarão mundano com esses fogos divinos tão distantes.

— Que incrível — sussurro, hipnotizada. As estrelas formam esquemas e padrões que nunca vi antes. Li em lições de história antiga que as pessoas deram nomes aos aglomerados: a Ursa, o Dragão, o Caranguejo. Quase acredito que consigo divisar suas formas naquelas manchinhas cintilantes aleatórias.

— Aquele é Órion, o caçador — diz Lark, apontando para a fileira de três estrelas fortes que marcam seu cinturão, depois me mostrando sua espada estrelada. — E aquele é o Grande Carro. — Ela se acomoda no chão frio e liso, as mãos atrás da cabeça enquanto olha para cima. Parece natural me deitar ao seu lado, então eu o faço, nossos flancos tocando-se.

— Meu pai ama as estrelas — comenta. — Ele me ensinou tudo sobre cada uma delas... Os nomes, os posicionamentos, os movimentos. Foi a coisa de que mais senti falta quando nos mudamos para o círculo interno. Agora só consigo ver uma fraçãozinha de nada delas lá de casa. Então venho aqui sempre que dá, só para observar as estrelas, e pensar, e sonhar.

— Você sonha com o quê? — pergunto. Sinto como se estivesse caindo em uma espécie de transe de felicidade. A vida não pode ficar melhor do que isto aqui.

— Ah, com muita coisa. Dar o fora de Éden. Passear por uma floresta de verdade. Ser governada por pessoas que não mintam o tempo inteiro...

Viro o rosto para olhar para ela, minha respiração soprando em seu rosto.

— Ah, esquece esta última. A gente pode falar nisso amanhã. — A palavra "amanhã" me deixa tonta de entusiasmo. Quero que os amanhãs venham aos milhares. Dezenas de milhares. — Tem algumas coisas que costumo fazer aqui, junto com algumas pessoas deste círculo. Coisas que tornam conveniente ter um bom esconderijo, como este aqui. Mas não se preocupe com isso agora.

Não estou inclinada a me preocupar com nada no momento.

— E *você*, qual seu sonho? — pergunta ela.

— Encontrar alguém — respondo sem titubear. — Uma pessoa em quem eu possa confiar, que faça eu me sentir completa. — Mordo o lábio e sinto o rosto ficar quente. — É idiota, eu sei. É porque nunca tive ninguém. Pelo menos não alguém que eu mesma tenha escolhido, e que também tenha me escolhido de volta.

Lark rola para se virar para meu lado, apoiando o peso do corpo no cotovelo. Fita dentro de meus olhos e diz, solene:

— *Eu* escolhi você.

Depois, devagar, abaixa a cabeça até os lábios tocarem os meus. Seu cabelo lilás cai como uma cortina sobre nós, e por entre os fios ainda posso enxergar as estrelas cintilando. Ah, Terra, estão girando! Estão dançando...

* * *

Já em casa, na cama, naquela noite — naquela madrugada —, estou deitada, acordada e confusa. Não sei o que sentir, e uma centena de pensamentos conflitantes me bombardeiam. Pulo do êxtase à preocupação, depois ao medo e de volta ao êxtase. Sempre volto ao êxtase. Antes de nos separarmos, dei a ela meu bem mais precioso, minha antiga imagem de um rastro de estrelas acima de um vasto abismo, capturada em fotografia pouco antes da Ecofalha. Quando Lark olhou para ela pela primeira vez, lembro que franziu um pouco o cenho.

— O que foi? — indaguei.

— Não sei. Me lembra... alguma coisa. Não consigo dizer exatamente o quê. Me deixa pensar um pouco, amanhã conto o que foi.

Amanhã.

Enfim, adormeço.

Não pode ter se passado nem uma hora quando acordo com mamãe me sacudindo, sibilando em minha orelha:

— Levanta! Temos que ir. Agora!

10

Com a adrenalina percorrendo meu corpo como se fossem raios, me ponho de pé antes mesmo de tomar consciência de que isto não é um sonho.

— Não — murmuro enquanto me movo. Por favor, me deixe voltar para meu sonho de felicidade. Meu primeiro pensamento (o único neste primeiro momento nebuloso do despertar) é que não posso deixar que nada me impeça de rever Lark hoje à noite. Não sei o que aquele beijo significou, nem para ela, nem para mim. Não sei como me sinto a respeito dele. Mas preciso de mais tempo para descobrir.

Demoro para me dar conta de que não é apenas um adiantamento dos planos, um pequeno engasgo que vai adiar meu encontro com Lark por uma noite, um atraso nas minhas esperanças. Este é o fim de tudo que conheço.

— Ficaram sabendo sobre nós. Sobre você — explica mamãe enquanto começa a jogar minhas roupas em um saco de lixo.

Sento com força na cama. Estranhamente, a primeira coisa que sai da minha boca é:

— Por que não posso usar uma mala normal?

— Temos que queimar suas roupas. Vamos ter que nos livrar de tudo, qualquer coisa, que nos ligue a você. Quando tiver ido embora, vamos esterilizar este quarto, eliminar todas as digitais, dar fim a qualquer rastro de DNA seu...

Meu cérebro ainda está anuviado de sono e por Lark.

— Mas, mãe, o que vou vestir? — Por algum motivo, esta me parece ser a pergunta mais urgente em minha confusão sonolenta. Quando adormeci, estava planejando que roupas usaria para encontrar Lark à noite, e agora...

— Isso não importa... Veste qualquer coisa! Só se arruma logo. — Ela está completamente perturbada. Peças de roupa voam pelo quarto, despencam, amassadas em bolas enquanto ela as atira dentro dos sacos. — Anda! Se apronta! — Joga uma túnica acinturada laranja da cor de açafrão para mim, junto com uma calça dourada brilhante de um dos uniformes escolares de Ash.

Lentamente começo a vestir a calça e viro de costas para tirar a camisola. A túnica é feita daquele material maleável que supostamente simularia o couro de corça mais macio. Nunca o usei antes. Mamãe o comprou apenas uma semana atrás, ainda está com a etiqueta. Custou uma quantia exorbitante.

Fico parada lá, pronta para deslizar a peça por cima da cabeça, uma ideia quase se formando com nitidez... Mas não exatamente.

— Anda logo! — rosna mamãe outra vez, e me dou conta de que está aterrorizada. Qualquer que fosse a conclusão a que estava quase chegando em meus pensamentos agora se perdeu. Ajusto o cinto da túnica e viro, me ajoelhando ao lado dela enquanto joga minha vida inteira dentro do lixo.

— Mãe, para um segundo e me diz o que está acontecendo. — Tento soar calma, apaziguadora, mas o medo que vejo nela é contagioso. Ela inspira fundo, depois mais uma vez, parecendo estar refletindo sobre quanto da história toda deveria me permitir saber. — Me conta tudo logo de uma vez — insisto.

— O nosso amigo no Centro acabou de me informar que eles ficaram sabendo de um segundo filho. Nem ele sabia dos detalhes, então não taço ideia de como podem ter descoberto, mas agora estamos todos correndo um risco enorme.

Ah, Terra amada! Fui tão egoísta! Todo esse tempo, estive pensando apenas em mim, no sonho de tomar as rédeas da minha vida e poder me libertar desta prisão, no sonho de explorar o mundo, fazer uma amiga pela primeira vez em todos esses anos. Tomei todo o cuidado para não ser pega, mas só me preocupei com a possibilidade de *eu mesma* ser pega. Era um risco que estava disposta a correr — por mim — e confiei que minhas habilidades, e depois Lark, me manteriam a salvo.

Nunca cheguei a refletir de fato a respeito do que aconteceria a minha família caso me descobrissem. Ela esteve sempre como pano de fundo em minha mente, mas não passava de uma consideração lógica, não era um medo real e consciente.

Agora, encarando os olhos desesperados de mamãe, me dou conta do que posso ter feito. A ela, a Ash, a meu pai.

Mas como podem ter ficado sabendo? Se um escâner ou um *bot* tivessem me detectado, um enxame de Camisas-Verdes teria prontamente me cercado. Não teriam me dado abertura para voltar para casa. Se tivesse sido identificada e marcada, eu saberia. A reação teria sido imediata, e brutal.

A menos que alguém tivesse me entregado. Alguém com quem compartilhei meu segredo. Alguém em quem confiei.

Balanço a cabeça. Não, não Lark. Não pode ter sido Lark. Jamais faria algo assim. Penso no fogo em seus olhos quando discursa sobre os problemas de Éden, a desigualdade, a injustiça. Lembro a forma como olha para mim, com gentileza e curiosidade.

Não me permitirei pensar assim, decido. Mas seria uma tola se não pensasse.

Agora, no entanto, o que preciso fazer é acalmar mamãe e dar um jeito de descobrir, com clareza, o que está acontecendo.

— A gente tem mesmo que ir já? — pergunto, minha mão tocando seu braço de forma tranquilizadora. — Estão vindo neste exato segundo?

Ela inspira fundo, estremecida.

— Não. Talvez. Ele só me disse que relataram ter identificado um segundo filho aqui dentro deste círculo. — Fecha os dedos na minha mão que tenta acarinhá-la. — Você tem tomado cuidado, não tem? Sei que às vezes escala o muro para olhar lá para fora.

Abaixo a cabeça, envergonhada. *Ah, mãe,* quero tanto dizer, *fiz muito mais do que só isso.*

— Pensei em pedir que não fizesse mais isso — continua ela. — Mas sei como esses anos todos foram difíceis. Não queria arrancar de você mais essa pontinha de liberdade e exploração. É tão pouco comparado a tudo que merece.

— Me desculpa, mãe. Eu... Não acho que ninguém tenha me visto.

— Só um Camisa-Verde, e Lark, e talvez várias outras pessoas também. Ah, como pude ser tão idiota, tão egoísta?

— Não acho que tenha sido nada que você possa ter feito, não. Pode ser até que nem seja de você que estão falando. Há outros segundos filhos aqui em Éden. O nosso contato não acha que eles têm a localização certa ainda, mas sabe que estão tentando rastrear esse segundo filho que detectaram dentro do nosso círculo. É só uma questão de tempo até eles ficarem sabendo de tudo. Quando vierem, todo e qualquer rastro seu já tem que ter desaparecido. *Você* tem que ter desaparecido.

Assinto, compreendendo. É um choque, e sei que terei que me esconder por um tempo, não importa para onde vá, mas quando a caçada começar a amenizar, e eles acabarem não me encontrando, poderei rever minha família. Rever Lark. (A menos que ela... Não, não posso seguir essa linha de raciocínio).

— Desculpa ter que fazer tudo deste jeito tão abrupto. Achei que teríamos mais tempo. Tem certos detalhes que... Mas vamos deixar isso para depois. Vou levá-la para fazer os implantes agora, e depois você vai direto para a casa da sua família adotiva. Ah, tem tanta coisa que ainda tenho que explicar a você! — Atira os braços a meu redor e, por um segundo, sinto como se tivesse voltado a ser uma menininha, profundamente segura dentro de seu abraço.

— Está tudo bem — asseguro. — Sei que pode demorar um pouquinho, mas quando eu voltar, você vai poder...

Seu olhar me faz parar, gelada.

— Rowan, você *não* vai poder voltar.

Minha sensação é de que estou balançando do topo de um muro tão alto quanto uma montanha, dependurada de um único apoio de mão, precário, e já começando a escorregar. Quero me segurar em qualquer coisa.

— Você quer dizer, não até ser seguro?
— Não, meu amor, nunca. Você não vai poder voltar nunca mais. Depois de hoje, não vai mais poder nos ver.

Minha mão perde o apoio, e despenco no abismo.

Ela me conta como já faz tempo que vêm se esforçando para fazer todos os arranjos com essa família adotiva que encontraram para mim, para me dar esta oportunidade de ouro de ter uma nova vida, na qual poderei ser real, aceita, caminhar pelas ruas de Éden como uma cidadã livre. Escuto-a explicar, anestesiada, como poderei ter uma nova família, o que já tinha me espantado desde antes. Achei que me acolheriam por amor, paixão por uma causa, por acreditarem que todas as pessoas têm direito à vida. Mas não, só o estão fazendo pelo dinheiro.

Da mesma maneira como a minha família me escondeu — o filho vivo extra —, algumas outras, de olho no lucro em potencial, ocultam o fato de que seu filho único legítimo morreu. Em vez de informar ao Centro, fazem o possível para manter as aparências de que continua vivo. Podem alegar que foi morar em outro círculo para ajudar a avó. Ou que supostamente teria desenvolvido uma doença e que é muito raro que saia de casa. Seguram o lugar dessa criança perdida, e trabalham com os criminosos do mercado negro a fim de encontrarem um segundo filho para substituir a pessoa que partiu. Claro, a família recebe uma fortuna para abrigar a nova criança. É o suficiente para colocá-los dentro de outro círculo mais conceituado, se forem espertos o bastante para esconder a origem do seu lucro inesperado.

Não preciso nem dizer, mas, em sua maioria, são pessoas nos círculos mais externos as que estão dispostas a esconder a morte de uma criança na esperança de lucrar com isso. Mamãe me diz que a família com quem vou morar fica quase nos limites da periferia, no penúltimo anel. São favelas, ainda mais decrépitas do que o lugar de onde Lark veio.

Estou enjoada. Fui transformada em uma transação financeira.

— Mãe, eles não têm certeza de quem sou, nem de onde moro. Não dá para eu fazer a cirurgia e... — Quase disse "ir me esconder com uma amiga", mas não posso lhe contar sobre Lark. Mamãe ficaria tão decepcionada comigo se soubesse o que fiz. E concluiria que foi Lark quem me traiu. Traiu a nós todos. Não conseguiria suportar ouvi-la dizer isso.

Posso lutar contra a verdade dentro da minha cabeça, mas se sair da boca de mamãe, vai tudo parecer real demais. Não quero acreditar. Não posso.

— Posso ficar escondida em algum lugar, andar de autoloop durante alguns dias, encontrar um buraco qualquer nos círculos externos e esperar lá. Aí, depois de alguns dias, uma semana que seja, se ninguém tiver vindo aqui para investigar...

Mamãe balança a cabeça, cheia de tristeza.

— Tem que ser já, e tem que ser definitivo. — Parece se encouraçar, pondo-se de pé e virando-se de costas para mim a fim de recomeçar a jogar tudo o que é meu no lixo. Sinto mágoa, até entender que ela está apenas tentando seguir adiante, me proteger, como sempre fez. Se ceder à emoção agora, vai acabar surtando e não conseguirá fazer nada por mim.

Ainda que sua ideia de proteção seja me entregar a um bando de estranhos sedentos por grana.

Trinco os dentes. Esta é *minha* vida! Duas noites na cidade bastaram para me encher de propósito e força. Decido aqui e agora que, embora não tenha alternativa senão seguir com os planos de mamãe, de jeito nenhum ficarei com aquelas pessoas pelo resto dos meus dias. Vou fazer o implante para ter meu lugar em Éden. Vou morar com aquela família mercenária que quer o dinheiro da minha família real mais do que jamais vão me querer. Mas não será para sempre. Vai chegar o dia em que poderei estar com minha família outra vez. Em que poderei estar com Lark. Em que poderei sentir orgulho e ser quem sou, estar com quem quiser estar, mesmo sendo uma segunda filha.

Não posso lutar contra isso agora. Mas posso ver a batalha se aproximando. Resoluta, pego meu bichinho de pelúcia favorito — um chimpanzé velhinho que é meu companheiro desde bebê — e o enfio dentro de um dos sacos de lixo.

Naquele instante, Ash entra, esfregando os olhos de sono. Mamãe, com as costas viradas para ele, me lança um olhar urgente e categórico, balançando a cabeça de maneira quase indetectável. Compreendo imediatamente: não devo contar mais do que o necessário a Ash. Mas isso é justo com ele? Comigo?

— O que está acontecendo? — indaga. — Por que vocês estão jogando todas as coisas da Rowan fora?

Mamãe escolhe sua expressão facial com cuidado.

— Não estou jogando fora, seu bobo — mente, e com uma facilidade que chega a me chocar. — Houve uma mudança de planos, e o médico que ia fazer a cirurgia da sua irmã está sendo transferido amanhã, por isso temos que ir hoje, agora mesmo na verdade, para fazer os implantes. Decidimos que seria melhor se ela já se mudasse para a casa nova logo de uma vez. Como as coisas estão um pouco corridas, não temos tempo para fazer as malas com calma. — Vira-se para mim. — Mas você não se importa, não é mesmo, Rowan?

Engulo em seco, mas consigo responder:

— Não, claro que não. Ninguém está nem aí para uns amassadinhos aqui e ali, né? Passo tudo de novo quando chegar lá.

Não vai mesmo contar a ele que há alguém me caçando por aí? Que nunca mais voltarei? Abro a boca para revelar tudo, mas a fecho outra vez. Sou uma covarde. Não quero ver aquele mesmo desespero nos olhos dele. Com egoísmo, deixo para mamãe a tarefa de lhe contar tudo, de suportar o peso da dor dele. Pergunto-me se um dia vai me perdoar, depois que ficar sabendo. Mas tudo o que quero é que este último momento com ele não seja maculado com mais pesar. Vou aguentá-lo por nós dois. O que ele sabe já é triste o bastante.

Ele está encarando tudo muito bem, no entanto. Mamãe nos pede licença (ouço um soluço engasgado ao sair), e Ash esvazia um dos sacos para começar a dobrar de forma metódica todas as roupas que mamãe tinha enfiado nele. A ação repetitiva e precisa parece lhe dar foco, e fala em tom razoavelmente calmo enquanto trabalha. Mas não é sobre o que está acontecendo que quer conversar. Ele me conta do dia que teve na escola ontem, como deixou de responder uma das questões em sua prova de eco-história, como a última moda é prender nos cabelos borboletinhas robóticas pequeninas e iridescentes, como Lark passou o dia inteiro com aparência estranhamente cansada, mas feliz...

Compreendo. Com desespero, quer que tudo permaneça igual, normal. Não quer que os padrões e rotinas dos últimos dezesseis anos mudem.

— Não sei o que vou fazer sem você! — explodo de repente. A camisa que estava dobrando cai em seu colo, desalinhada.

Ele solta uma risadinha.

— Você não sabe? E eu? O que vou fazer sem a minha irmã de olho em mim, cuidando de mim?

— Como é que cuido de você? Nunca nem saímos juntos.

— Pode até ser que você não esteja fisicamente lá fora comigo, Rowan, mas está sempre olhando por mim. Quando preciso de conselho, tranquilidade... qualquer coisa... você está disposta a ajudar. Sempre. Pensei muito sobre a sua bravura esses dias, e você me inspirou. Sabe, acho que vou finalmente convidar a Lark para sair comigo.

Engasgo uma exclamação, baixinho, depois mordo o lábio.

— O quê? — indaga ele, um pouco ríspido. — Você acha que eu não devia? Que ela vai dizer não?

— Eu... não sei nada sobre relacionamentos — digo, e é verdade.

— Acho que você devia fazer o que acha natural. — Quando Lark me beijou, tudo pareceu tão certo, tão natural. Mas não foi nada parecido com qualquer tipo de romance que já tenha imaginado.

— Bom, não se preocupe com isso — diz, numa tentativa de soar relaxado. — Você já tem muita coisa ocupando sua cabeça agora.

— Funga. — Escuta, também estou dando o meu máximo para não chorar, então vamos combinar de pensar na próxima vez que a gente vai se ver. Não vai demorar, né?

Ele parece tão ansioso e esperançoso que sinto a garganta se fechar. Mas consigo responder:

— Com certeza não. — Depois envolvo seu pescoço com meus braços. Posso sentir suas lágrimas umedecendo meu ombro. As minhas também já estão caindo. Não é justo. Ele tem o direito de saber.

Mas mamãe, que aparentemente estivera entreouvindo nossa conversa logo ali, do outro lado da porta, irrompe quarto adentro e diz que é hora de irmos.

Ash toma minha mão e saímos para a ala de convivência.

— Vai ser só por um tempinho — sussurra Ash, mais como uma forma de tranquilizar a si mesmo do que a mim, acho. — Logo, logo vai estar todo mundo junto de novo. — Engulo um soluço e o abraço.

— Vem, temos que ir — chama mamãe.

— Mas você ainda tem que dar tchau para o papai — argumenta Ash, com a mesma expressão de confusão vaga que vejo em seu rosto sempre que minha relação com nosso pai é mencionada. Mamãe e eu cuidamos para que sejam raras essas ocasiões. Eu e ela nos entreolhamos.

— Verdade — diz, fazendo um aceno positivo e decidido de cabeça.

— Ele está no quarto. Vai lá, mas não demore.

Preferiria não ter que fazê-lo, mas com Ash me observando, finjo que existe pelo menos algum sentimento normal de pai e filha entre nós. Bato com gentileza à porta, mas quando ele não responde, abro devagar.

Está de pijama ainda, listrado, sentado com o corpo recurvado e tenso na beirada da cama.

— Você ainda está aqui — diz.

Ah, pai, mesmo em um momento como este, mesmo no fim da linha, você não pode mentir e fingir um pinguinho de sentimento? Não mereço nem um boa sorte, *ou um* sentirei sua falta, *nadinha?*

Nada. De modo que me endireito e respondo com frieza, ainda que com certo tremor na voz:

— Já estou indo daqui a pouco.

Ele assente, olhando para os joelhos. Busco ver algo nele — tristeza, raiva —, mas sua expressão é indecifrável. Minha impressão geral é de que parece estar apenas aguardando. Passou dezesseis anos aguardando que eu convenientemente desaparecesse de sua vida, e agora, se conseguir esperar mais alguns minutinhos, terá seu maior desejo atendido.

— Então está bem, pai — digo, engolindo com dificuldade. — Adeus.

Fico esperando. Nada, só as linhas de expressão se franzindo cada vez mais.

Então saio. Deixá-lo para trás é o único aspecto dessa situação horrível pelo qual sou grata.

11

É tão estranho sair pela porta da frente como qualquer pessoa comum faria. Mamãe olha para mim como se estivesse esperando me ver em estado de choque por estar do lado de fora pela primeira vez na vida, de modo que me esforço ao máximo para fingir assombro, para encarar tudo que ela imagina que seja uma nova perspectiva.

Ela me leva até a pequena estrutura arqueada externa onde deixamos estacionado nosso diminuto automóvel. Li em algum lugar que, antes da Ecofalha, os carros eram monstros imensos que comiam combustíveis fósseis com apetite voraz. Queimavam gasolina de verdade, com motores que funcionavam por meio de explosões controladas. Eram juggernauts violentos que relampejavam pelo mundo aos bilhões, como vastas hordas migratórias de alguma espécie de criatura destrutiva.

Ainda usamos as palavras "automóvel" e "carro", mas os poucos que existem em Éden (quase todos nos círculos internos) não são nada parecidos com seus homônimos. Nosso veículo movido à água é um ovo elegante em rosa-escuro, com uma carapaça tão fina que podemos ver o mundo através de um filtro rosado. Ele me lembra os óculos de Lark.

Sentamos com conforto no centro, e mamãe coloca os controles no modo manual. Normalmente, basta o usuário declarar aonde quer ir, fechar os olhos e ficar escutando música até chegar a seu destino. Como os *bots* que passam zunindo pela cidade, os carros de Éden são programados para evitar colisões, e, em geral, são completamente autônomos. Poucas pessoas usam a opção manual. Claro, mamãe não quer registros do lugar aonde estamos indo.

Tenho que aguentar firme, penso enquanto encaro o cenário fugaz, a paisagem que, depois das duas noites que passei fora, agora me parece praticamente familiar. Muito devagar, começo a perceber como é séria minha situação. Não é apenas o fato de que este é o fim da minha vida como a conheço. De repente, o perigo parece quase real. Antes, quando me esgueirei para fora, senti medo, claro, mas havia sempre uma pontinha de empolgação por trás de tudo, como quando participei com Lark daquela caça simulada com raios laser. Sair escondida era um desafio, e poder voltar para casa tendo angariado experiência e experimentado aventura era uma vitória.

Agora, porém, há alguém ativamente me caçando. A ficha caiu.

Estendo a mão para pegar a da minha mãe, deixando apenas uma permanecer no volante. Ela me lança um rápido olhar amoroso, depois volta a encarar a estrada. São cerca de 3 horas da madrugada e as ruas estão quase desertas. Até os *bots* de limpeza estão recarregando as baterias. Ainda assim, ela tem que ser cuidadosa. Um acidente seria desastroso.

— Está finalmente vendo o mundo exterior — comenta mamãe, apertando meus dedos enquanto manobra o automóvel pelas vias radiais, para longe do olho esmeralda brilhante do Centro. — E não teve nem que derrubar os muros do pátio para isso — brinca. — Sempre soube, desde o início, que seria difícil para você. Mas agora a minha menininha de gênio forte está crescendo para se tornar uma mulher de gênio forte. Rowan, tenho tanto orgulho de você.

Enuncia as palavras de maneira muito clara e pontuada, como se tentasse gravá-las a fogo na minha memória.

— E, enfim, vai poder ter a liberdade que merece.

— Mas a que preço!

Ela balança a cabeça.

— Eu... Nós teríamos pagado qualquer quantia para que você tivesse uma vida normal. Por sorte, podemos nos dar a esse luxo.

— Não foi o que eu quis dizer.

— Eu sei — responde ela baixinho. — Mas para tudo existe um preço, para cada decisão que tomamos. O que eu paguei desde o momento em que você nasceu foi alto, cobrado em moeda feita de culpa pela vida que a forcei a levar. E seu pai... — Ela para de falar, e noto pela primeira vez que temos o mesmo hábito de trincar o maxilar em momentos de extrema emoção. Acho que estes últimos dias foram a primeira ocasião em que a vi chateada e para baixo de verdade. Sempre pareceu tão calma, tão estável e contente... Embora agora fique me perguntando se mantinha o equilíbrio e as aparências em casa para facilitar a vida do resto de nós.

— O que tem o meu pai? — indago sem muito tato.

— Não... Não é nada.

É claro que sei apenas pela voz, pela movimentação dos músculos da sua mandíbula, que se trata do exato oposto de "nada".

— Só temos mais alguns momentos juntas, mãe. Você me deve honestidade. — Vejo-a se retrair um pouco com uma careta. — Ele me odeia, e nem sei por quê. É só pelo fato de eu ser uma inconveniência? Um obstáculo no caminho dele para a grandeza?

— Ah, querida — começa, e já sei que quer mentir. Mas acaba dizendo, enfim: — Ele não a odeia, Rowan. Odeia a si mesmo.

Com a voz titubeante, me conta o que ela mesma só foi descobrir poucos anos antes, quando papai estava bêbado, exausto, fraco, esmagado demais pelo peso da culpa que carregava para manter segredo por mais tempo.

Quando descobriu que mamãe estava grávida de gêmeos, ele decidiu — sem consultá-la — que tentaria abortar um dos dois. Durante o que deveria ter sido um exame pré-natal de rotina, usou um aparelho de ultrassom modificado que criou para destruir um de nós.

Escolheu sua vítima de forma aleatória? Deixou que o acaso decidisse qual de nós, Ash ou eu, seria o primeiro filho, o único filho — ou se nenhum de nós seria?

Não. Era um filho homem que ele queria.

Quando havia bilhões de pessoas lotando o planeta, homens e mulheres nem sempre eram tratados com igualdade. Ash e eu costumávamos rir disso quando estudávamos história antiga juntos. Imagine, alguém pensar que mulheres eram inferiores aos homens! Sempre acreditei que não houvesse esse tipo de preconceito aqui em Éden.

Meu estimado papaizinho, no entanto — ele queria um filho criado à própria imagem. Queria um menino que pudesse moldar para ser como ele, para seguir seus passos, que crescesse para se tornar um grande médico ou político.

— Ele tentou apontar o aparelho...

— Pode chamar pelo nome certo, mãe — corto. — A arma. — Imagino a mim mesma, aninhada no útero junto com Ash, quente e segura... Com meu pai apontando uma arma para minha cabeça.

— Ele apontou em você, mas alguma coisa aconteceu. Estava falando de modo quase incoerente quando me confessou tudo, e nunca voltei a tocar no assunto depois, mas ele me disse que você se mexeu no último segundo. Que você estava quase colada no Ash, que... que o abraçou. Puxou-o mais para perto, e o raio acabou acertando seu irmão no seu lugar. Seu pai desligou no mesmo segundo, mas algum estrago já tinha sido feito. Ele acertou Ash em cheio no peito. Danificou os pulmões dele.

Para minha surpresa, uma parte ínfima de mim quase sente pena do monstro que é meu pai. Ao longo de dezesseis anos conviveu com o peso do crime que cometeu. Todos os dias é obrigado a olhar para o filho doente e pensar *é minha culpa*.

E todos os dias também é obrigado a olhar para a filha e pensar *tentei matá-la e falhei*.

A história me deixa enjoada.

Há algo que não consigo compreender.

— E você o perdoou depois disso tudo?

Mamãe permanece em silêncio por um longo momento, manobrando o carro para fazer uma curva complicada que contorna uma torre de alga.

— Não — sussurra, enfim. — Mas foi melhor para todo mundo não nos separarmos. — Inspira fundo. — Rowan, sei que você quer falar mais sobre isso, mas não tem mais relevância agora. Não podemos mudar o passado. Mas... temos que entendê-lo. Escute com atenção. Guardei uma coisa na sua mochila. Algo que encontrei lá em casa faz muito tempo, mais ou menos na época em que você nasceu. aquilo... aquilo mudou a forma como vejo as coisas. Me fez acreditar que... *Bikk!*

Vejo seus olhos se arregalarem para algo lá longe na estrada adiante.

— Ah, Terra amada, não!

A nossa frente estão os faróis em azul e verde, piscando, de uma blitz de inspeção de Camisas-Verdes. Acabamos de entrar em uma das vias radiais estreitas que conectam um círculo a outro. Não há ruas laterais, e a largura desta em que estamos mal ultrapassa a de nosso carro. Poderíamos dar meia-volta, mas seria muito óbvio que estávamos evitando a barricada. Viriam atrás de nós em uma fração de segundo.

Posso ver as alternativas cruzando como lampejos o rosto de mamãe, a mais evidente é o instinto de correr, fruto do pânico. Não sei. Se estivesse a pé, e sozinha, tentaria. Mas automóveis não foram construídos para exceder o limite de velocidade de 40 quilômetros por hora, e se tentássemos abandoná-lo e fugir, mamãe jamais conseguiria ser tão ágil quanto eu. Além disso, descobririam com facilidade quem é o proprietário do veículo.

Mamãe, porém, já tem uma resposta.

— Finge que você está dormindo. Puxe sua boina para baixo para cobrir o rosto e se recoste na porta, inclinada. Devo conseguir tirar a gente dessa com um pouco de lábia. — Dá um risinho fraco. — Afinal, trabalho para o Centro, e tenho amigos no alto escalão. — Uma menção ao nome de papai com certeza ajudaria. Que ironia, pode ser que ele realmente salve minha vida desta vez.

Tenho confiança de que vai dar tudo certo. Sei que os Camisas--Verdes costumam respeitar qualquer um que exiba um crachá do Centro. Ainda assim, posso sentir o corpo tremer enquanto o rearranjo em uma bolinha na posição fetal. Seguimos devagar em direção ao ponto de inspeção. Demoramos tanto que até parece tolice não termos dado meia-volta, mas tenho que acreditar no julgamento de mamãe.

Ela fala comigo em voz baixa à medida que vamos nos aproximando das barricadas e das luzes piscando.

— O centro cirúrgico fica em uma sala nos fundos de um salão de modificação chamado Serpentina. — Compreendo o que está dizendo. É um lugar onde pessoas que creem que deveriam ter nascido em corpos animais conseguem suas escamas, garras e chifres. — Fica no penúltimo círculo, na zona leste. É um prédio laranja, quase da cor da sua túnica. Tem uma cerca elétrica em volta, mas o terceiro painel à esquerda no cantinho a sudeste fica desligado das três às quatro da madrugada. Você pode escalar e passar por cima. Aí é só bater à porta dos fundos, duas batidas no alto, depois mais três lá embaixo. Vai conseguir lembrar tudo?

— Sim — murmuro com a boca colada à manga que esconde meu rosto.

— E não importa o que aconteça, fique sempre com a mochila à vista. Mantenha-a segura.

Espera... É a mochila que tenho que manter em segurança? Não a *mim*?

— O quê...?

— Shh — adverte. — Tem uma coisa lá dentro para você. Que vai... Fique abaixada! Estão vindo na nossa direção. Estão com as armas sacadas. — Inspira, surpresa. — São armas *de verdade*?

Não tenho tempo para perguntar o que ela quis dizer com isso, mas tenho uma ideia terrível do que possa ser. Todos os Camisas-Verdes portam uma espécie de pistola, o tipo que paralisa o alvo com uma carga elétrica suspensa em plasma. Eles a chamam de "armas". Mas sei que, antes da Ecofalha, costumavam existir objetos mais letais, denominados da mesma forma, que atiravam balas com capacidade de perfurar o corpo humano. Foram criminalizadas aqui em Éden. Mamãe poderia mesmo estar se referindo a...?

Tento não me mover, mas sei que minha respiração acelerada vai acabar me entregando se prestarem atenção. Por mais que me esforce, não consigo acalmá-la a fim de simular que estou adormecida. Tento escutar o que está sendo dito.

— Por favor, saia do veículo, senhora — ordena um deles de imediato com a voz grave e rouca.

Posso até ouvir o sorriso na voz dela, e aplaudo em silêncio sua tranquilidade.

— Estou a serviço do Centro — diz, e tenho certeza de que está virando a cabeça para ele para que possa escanear seus olhos com mais facilidade. — A minha assistente e eu estávamos nos círculos externos coletando material para os arquivos, e acabei pegando o caminho errado. Já estou seguindo para dentro agora, ou ainda para fora?

Ele não responde à pergunta e apenas repete:

— Saia do veículo.

A voz de mamãe se endurece levemente.

— Já disse que estou a serviço do Centro. Tenho documentos valiosos aqui comigo que precisam ser...

— Saia do carro — volta a dizer o homem, impassível. — Agora.

Sei que mamãe está começando a soar desesperada, mas para o Camisa-Verde a emoção deve apenas passar por raiva quando alega:

— O meu marido é o Dr...

Ouço a porta se abrir e depois sons de desentendimento e agressividade.

— O que você acha que está fazendo? — grita ela. — Tem ideia de quem sou? Você está interferindo em pesquisas do Centro.

— Silêncio! — comanda o oficial. — Tenho ordens para fazer buscas em qualquer veículo originário dos círculos internos, sem exceções. Chame sua assistente para passar pela leitura ótica, e em dois tempos vocês duas estarão de volta à estrada.

— Ela... ela está dormindo. Foi forçada a fazer hora extra. Não a acorde, por favor. — Está balbuciando agora, e todos os nervos em meu corpo anseiam por ajudá-la. Mas sigo suas instruções, permanecendo recurvada em posição fetal, tão indefesa quanto um bebê no útero da mãe, mesmo quando a ouço dizer: — Me solta! — Seguido de um grito de dor.

Continuo imóvel, obedecendo às ordens de mamãe, confiando em sua capacidade de me proteger, mesmo quando ouço alguém puxar a maçaneta da porta do meu lado. Um segundo depois, meu corpo está escorregando quando meu apoio é retirado. Transformo meu grunhido de alarme em um som sonolento e mantenho os olhos fechados. Escuto o ruído que o cascalho faz quando esmagado por passos apressados e:

— Deixa a moça dormir! Ela é minha assistente, está aqui sob a minha tutela! Vocês não têm o direito!

Mas sinto mãos me levantarem sob as axilas, tentando me puxar para fora. Quero chutar, socar, correr, gritar, mas tudo o que faço é me recurvar mais, os olhos fechados. Odeio me sentir impotente. Mas mamãe disse...

As mãos me liberam. Em seguida, ouço um som que faz com que minhas pálpebras se abram de supetão. Um baque sólido, substancial. O homem bateu em mamãe?

Procuro pela escuridão, meus olhos levando algum tempo para se adaptarem. Há uma figura de pé, e outra caída no chão. Mas quando minha visão clareia, identifico que é mamãe quem ainda está de pé, ofegante, com o escâner ocular portátil do Camisa-Verde em sua mão. O oficial está esparramado aos pés dela, grunhindo baixinho. Há sangue na têmpora do homem... e no escâner.

Já arranhei os joelhos caindo, fiz meus dedos sangrarem ao escolher os apoios de mão errados em uma escalada. Mas nunca tinha visto sangue originado de violência antes. Aquilo me gela o corpo, mesmo que a vítima tenha sido um homem que sei que é meu inimigo.

Gritos vêm da barricada. Três ou quatro outros Camisas-Verdes estão correndo para nós, embora mal consiga vê-los atrás de mamãe. Sua postura está empertigada. Parece impossivelmente resoluta.

— Vai! — sibila para mim.

Fico parada fitando o homem caído.

Ela agarra meus braços e me sacode.

— Corre, o mais rápido e para o mais longe daqui que conseguir. Encontre um lugar seguro para se esconder, e amanhã você tenta de novo chegar ao centro cirúrgico. Me promete que só vai correr, sem olhar para trás. Promete que isto tudo não vai ter sido em vão.

Ela abaixa para pegar algo de dentro do carro e, quando volta a sair, joga a mochila contra meu peito.

— Eu te amo — sussurra. — Nunca se esqueça disso. — Depois me empurra para longe dela com tanta força que cambaleio. — Corre!

E a obedeço. É minha mãe, então apenas faço o que ela manda. Não é assim que as boas filhas deveriam se comportar?

Da mesma forma como as boas mães protegem os filhos.

A qualquer custo.

No processo de me virar para começar a correr, a vejo dar o bote, semelhante a uma pantera, no primeiro Camisa-Verde se aproximando. Congelo, incerta. Vislumbro um lampejo metálico na luz fraca da quase aurora. Está tentando atirar em mim? Mas quando mamãe o ataca, o tiro erra. O estampido é ensurdecedor, ecoando em minhas orelhas. Outro tiro, como uma explosão de muito perto, perto demais, e ouço algo passar assoviando ao lado de minha cabeça.

Armas de fogo reais. Armas de fogo reais e letais.

Enquanto continuo parada no lugar, tensa, estagnada e aterrorizada, mais um estouro se segue. Vejo mamãe fazer uma pirueta graças ao impacto, uma flor escarlate desabrochando em seu peito. Seus olhos, ao passarem por mim, já estão perdendo o brilho, mas ainda vejo confusão, medo por meu bem-estar, a pergunta *por que ainda está aí?*

E por isso corro. É o que faço melhor. Sou velocidade sem raciocínio lógico, sem emoção, sem dor. Apenas músculo e fôlego e a potência do meu corpo enquanto me distancio da minha mãe agonizante.

12

Corro como uma máquina, sem pensar, sem sentir, implacavelmente ágil e anestesiada. Tudo o que importa é continuar me movendo. Mal lembro por quê. Uma perna na frente da outra; repita. Mesmo depois de os estampidos de tiros atrás de mim já terem cessado, mesmo depois dos gritos, dos passos pesados de bota no chão e outros sons de perseguição terem se evaporado atrás de mim, sigo correndo em velocidade máxima. Pois não há mais nada que eu possa fazer.

Costumava correr assim no pátio de casa, as batidas infindáveis dos meus pés afastando para longe minhas frustrações, a exaustão era como um anódino. Nunca imaginei que estava treinando para matar a maior dor de todas. Não corro para escapar dos Camisas-Verdes atrás de mim. Estou fugindo do que vi nos olhos de mamãe ao cair. O olhar que dizia que estava satisfeita de abrir mão da própria vida para me dar a chance de viver. É demais. Não quero o fardo do seu sacrifício

Devia ter ficado com ela. Devia ter morrido com ela.

Mas ainda assim corro, para longe, para qualquer lugar. Perdi todo o senso de direção. Onde quer que esteja agora, a iluminação é fraca, e ainda tenho pelo menos duas horas pela frente antes de o sol nascer. Posso imaginar que estou rumando em um mundo de nada, um vazio. Já nem consigo mais sentir meu corpo.

E num primeiro momento, não sinto quando, quilômetros mais tarde, meu pé topa com algo no escuro, e meu corpo se retorce de maneira violenta enquanto tombo com força no chão. Fico de pé em segundos, correndo outra vez, mas depois de três passos já estou saltitando. Torci o tornozelo esquerdo.

Não interessa! Tenho que continuar! Eu me obrigo a continuar me movendo, mas cada passo é uma agonia. Posso sentir a pele começando a se retesar conforme o inchaço aumenta.

Não! Não posso deixar que isso me pare. Porque se posso sentir a lesão, também serei capaz de sentir outros tipos de dores. Uso a parede mais próxima como apoio e vou mancando pela escuridão, plantando o pé no chão com cuidado a cada passo e fazendo careta diante da tortura que é. A dor sobe como um raio pela perna... Parece alcançar meu coração. Despenco diante de um umbral, e as lágrimas começam a escorrer, soluços imensos que me cortam o fôlego.

Agora que parei de correr, tudo dói. Está tudo inchado e machucado. Antes não conseguia parar de me mover. Agora estou certa de que vou ficar aqui agachada nessa entradinha até o fim dos tempos. Vou afundar dentro dessa Terra morta e nunca mais me reerguer.

Choro até quase não poder respirar, até meus soluços transformarem-se em engasgos ofegantes e entrecortados. E quando já não resta mais nada dentro de mim — nem lágrimas, nem força —, uma estranha sensação de calma me inunda. De meu abrigo escondido nessa entrada recuada, assisto ao nascer do sol.

Enquanto a nesga de céu que ainda posso enxergar pelo espaço entre as construções começa a tomar um brilho rosa, envolvo os joelhos com os braços e fico lá, simplesmente observando o mundo despertar ao meu redor. Sei que todo o sofrimento e a dor da minha perda vão voltar, que, na verdade, jamais me deixarão, mas, por um momento, na minha exaustão mental e física, me permito apenas vivenciar o mundo. Fico me perguntando se é assim que um animal deve se sentir, sempre fixo no presente, sem arrependimentos nem expectativas, apenas *existindo*.

Não lembro se cheguei a ver alguém enquanto corria, tudo não passava de um grande borrão. Agora, com o mundo clareando, começo a identificar o movimento furtivo de pessoas pelas ruas. Parecem querer chegar a seus destinos o mais depressa possível, sem ser detectadas.

A luz me revela um local de sujeira e miséria. Detritos e escombros se acumulam nas ruas, e a calçada é irregular e quebrada como se tivesse sido destroçada por um terremoto. É diferente de tudo que já vi, ou imaginei. Não saberia refazer esse caminho, mas algo me diz que consegui chegar a um dos círculos externos. Suponho que talvez até ao último deles.

Trinco o maxilar, forço os lábios um contra o outro para não tremerem. Este é o lugar mais perigoso em toda a Éden. Quem se importa com os Camisas-Verdes me perseguindo? Ouvi histórias de terror sobre o círculo da periferia, sempre sussurradas quando mamãe achava que Ash e eu não estávamos ouvindo.

Se algum Camisa-Verde me alcançar, pode ser que eu tire a sorte grande e seja condenada à prisão perpétua.

Se metade das histórias for verdade, a morte é quase certa neste lugar para os que não se provem os residentes mais resilientes e fortes.

Tento lembrar tudo o que Lark me contou a respeito dos círculos externos. O dela não era nem remotamente tão ruim quanto este deve ser, mas têm que compartilhar algumas semelhanças. Naquelas duas longas noites que passamos juntas conversando sobre todo e qualquer tópico imaginável, ela me falou sobre gangues variadas, sobre como transitar pelas ruas sem ser notada. Chegou até a me explicar um pouco sobre os símbolos sutis que podem ser encontrados pintados ou arranhados em uma porta para indicar que aquela casa oferece trabalho, ou alimento aos desesperados. Outras marcas funcionam como uma advertência para as pessoas manterem distância de certos lares ou até mesmo prédios inteiros. Mencionou os sinais que as pessoas podem fazer para revelar suas afiliações, suas intenções.

Mas tudo isso foi apenas de passagem. Era só entretenimento, conversas usadas como pretexto para ouvirmos a voz uma da outra. Ah, se tivesse me contado mais, em maiores detalhes... Se eu tivesse prestado mais atenção a suas palavras, em vez da curva que sua boca fazia quando ela falava...

Agora tenho que manter o foco na sobrevivência. É fácil dizer que ficarei sentada aqui para todo o sempre, mas já sinto algo acordando dentro de mim, o ímpeto urgente de agir, de me salvar. O rosto da minha mãe não para de me assombrar, os olhos amorosos, preocupados, mas eu o afasto. Vou deixar para chorar mais tarde — em breve, tenho certeza disso. Mas por ora tenho que encontrar um esconderijo enquanto penso em como sobreviverei à próxima hora.

Ou minuto. Alguém está atravessando a rua dilapidada, vindo na minha direção.

Um homem — ou é o que acho, considerando-se seu tamanho — vem ziguezagueando para onde estou, cambaleando da esquerda para a direita. É um aglomerado de trapos ambulante, uma confusão de tecido esmaecido e sujo. O grosso pedaço de madeira que usa como bengala bate com força no chão a cada novo passo.

É melhor me levantar? Correr? Certa vez li uma passagem a respeito de predadores em um livro de eco-história. Dizia que seus instintos os forçava a correr atrás de qualquer ser que tentasse uma fuga. Se você permanecesse imóvel, um tigre poderia decidir não atacar. Se virasse de costas e corresse, atacaria e quebraria seu pescoço.

É por isso que continuo sentada em meu cantinho protegido enquanto o desconhecido faz sua travessia sem qualquer graciosidade até mim. Mais de perto, posso ver como seu rosto está incrustado de sujeira. Fazendo uma curva na lateral esquerda da face, há uma mancha que poderia ser sangue seco, ou então barro avermelhado. Usa óculos de armação preta quebrada e lentes sujas. Não sei dizer se é jovem ou velho. Cheira terrivelmente mal, a urina e pão mofado. Parte de mim se retrai toda, mas outra anseia poder ajudá-lo. Mas não tenho dinheiro, nem comida, nada além de roupas chamativas demais e, presumo, a promessa de uma recompensa pela minha cabeça.

Estou tão fascinada — de uma maneira chocada — por sua aparência e fedor repulsivos que me dou conta tarde demais de que o encaro com olhos arregalados.

Bikk! Não sei que quantia o Centro estaria disposto a pagar por informações que levassem à minha captura, mas tem que ser mais do que essa pobre criatura miserável jamais viu na vida. Contará à primeira figura de autoridade que encontrar (embora eu não tenha visto nem sinal de Camisas-Verdes ou quaisquer outros oficiais do governo por aqui), e a caçada será reiniciada.

Sei exatamente o que deveria fazer. Deveria investir contra ele como se *eu* fosse a predadora, forçá-lo ao chão, surrá-lo até estar inconsciente ou talvez até coisa pior, me dar a chance de escapar. Tenho certeza de que é assim que a vida funciona aqui na periferia.

Tenho condições de fazer isso. Por mais cansada que esteja, sinto-me forte. O medo e o sofrimento combinados fazem meus músculos se contraírem, meus punhos se cerrarem. Vou mirar nas pernas, derrubá--lo, fazer o que tiver que ser feito. Começo a me sentir enjoada...

Mas antes que eu possa agir, o homem recua um passo titubeante.

— Se esconde e espera — murmura enquanto usa a bengala robusta para escrever um número na camada de terra e sujeira dos escombros do prédio que cobrem o chão: 6572. Espera apenas um segundo antes de varrê-lo para o esquecimento com o pé; a poeira subindo em volta da bota. Tira os óculos remendados e imundos e deixa que caiam perto de mim em um movimento casual. Quando se vira, vejo, ou acho que vejo, seus olhos brilharem em tons multicoloridos de castanho-claro, verde intenso e dourado.

Outro segundo filho! Bem, já não sei se ainda é filho de alguém. É idoso, creio, embora não possa ter certeza com toda aquela imundice na superfície. Mas sobreviveu esse tempo todo. Se ele conseguiu, então também consigo.

Vejo-o manquejar para longe. Quero correr atrás dele, fazer-lhe várias perguntas, implorar por respostas.

E depois penso: é esse meu destino, meu futuro? Uma existência rastejante e suja à margem da sociedade?

Ele desaparece antes que eu possa decidir o que fazer. Então pego os óculos para esconder os olhos e começo a pensar. Ele tem razão: neste círculo de miséria, me destaco de todas as maneiras erradas. Há algumas pessoas na rua agora, caminhando, furtivas, sem me notarem. Em contraste marcante em relação aos membros do meu círculo original, estão todas vestidas com cores escuras e sóbrias, preto esmaecido e outras cores turvas. Mesmo coberta de poeira, suada e desgrenhada, minhas roupas são obviamente vibrantes e caras. Sinto uma pontada de vergonha. Nunca percebi como minha vida era fácil até este momento. Preciso fazer algo urgente a respeito da minha aparência. Posso não ter nenhum dinheiro, mas já me vejo sendo roubada apenas pelos meus trajes, depois abandonada, nua, no meio da rua.

Ou *não* abandonada, o que seria muito pior.

Teria como conseguir uma muda de roupas em algum lugar? Não saberia nem onde procurar. Terei que sujar as minhas e torcer para que o brilho acetinado e luxuoso não transpareça. Se pelo menos ainda estivéssemos nos dias da pré-falha, seria fácil — naquela época ainda havia terra de verdade. Aqui, embora as ruas sejam bem sujinhas, é tudo partícula e poeira de prédios ruídos, alimentos estragados e misteriosas poças viscosas. Com as unhas, reúno uma porção de sujeira acumulada na entradinha onde me escondi e a esfrego nas mangas laranja-ouro. Depois, adiciono um pouco ao rosto ensopado de suor e lágrimas. Desfaço a trança nos cabelos e puxo os fios para a frente, para cobrir o rosto.

Sei que não é o suficiente. Agora, em vez de parecer uma garota dos círculos internos que se perdeu, pareço uma garota dos círculos internos que enlouqueceu. Mas terei que me virar com o que tenho. A grande questão do momento é: posso mesmo confiar naquele mendigo? Ele me deu os óculos para esconder meus olhos, mas e aquele número que escreveu no chão? Só pode ser de algum prédio. Ou talvez um código qualquer? Mas do quê? Em todo caso, não posso continuar aqui o resto do dia. Estou escondida, não estou atrapalhando ninguém, mas com o sol despontando, as pessoas vão começar a me notar, e atenção é a última coisa de que preciso.

Para encontrar abrigo melhor, terei que me aventurar a sair em pleno dia.

Finja que não está com medo. Foi o que Lark me aconselhou quando percebeu que eu estava nervosa, tendo que andar por entre aquelas pessoas pobres, moradores de rua, as gangues em seu círculo natal (que agora me parece tão civilizado). *Ande como se fosse daqui. Não faça contato visual, mas também não abaixe a cabeça. Finja que você é dona do mundo inteiro.*

E, pensando nisso, invoco toda a confiança que tenho e dou um passo para fora. Na crescente luz da manhã, este local parece mais uma zona de guerra. Como é possível que qualquer um viva nessas condições? A ideia que me incomoda há dias se solidifica de repente. Como pode haver pobreza em Éden? O princípio dessa cidade de sobrevivência sempre foi a sustentabilidade. Estão dispostos a me matar, e a qualquer segundo filho, a fim de manter a população controlada para que haja quantidade suficiente de alimento e água e dos outros recursos essenciais para todos.

Por que algumas pessoas têm tanto, enquanto outras têm tão pouco? Não faz sentido. Os residentes do círculo interno não precisam de boates exóticas, refeições fartas e caras e roupas luxuosas. Se abrissem mão de um pouco que fosse, as pessoas aqui teriam um pouco mais. Ao redor vejo janelas quebradas, crianças esquálidas estendendo tigelas vazias para os transeuntes, implorando por qualquer migalha. Há uma cratera na rua onde parece que caiu uma bomba. Não há *bots* de limpeza, nem de segurança...

Por que o EcoPan não divide os recursos de forma igualitária?

Sou arrancada de minhas conjecturas por um grupo caminhando com propósito pela rua. São seis ou sete, todos vestidos em tons de marfim e estampa de poá. Parecem tão limpos, diferente da imundice, que fico imediatamente aliviada... Até se aproximarem, e eu perceber que os salpicos nas roupas são, na verdade, sangue. Ainda está vívido e fresco.

— Se perdeu, garotinha? — pergunta um deles em tom pegajoso fingindo preocupação.

— Agora já está encontrada — comenta uma mulher, e todos riem do gracejo patético.

Começam a me cercar.

— O que você tem aí nos bolsos?

— Ela nem bolso tem.

— Mas com certeza tem que ter alguma coisa boa escondida em *algum* lugar — rebate outro em uma insinuação maliciosa. — Vamos dar uma olhada.

Sinto a mão de um deles e algo em mim transborda. Soco o mais próximo no nariz, lançando novos borrifos decorativos de sangue pelo ar e machucando minha mão bem mais do que imaginara. Uma cotovelada derruba um segundo, e esse novo método me parece bem melhor. Por alguns instantes, eles mal reagem. Não deviam estar esperando que uma garota do círculo interno fosse capaz de se defender. Alguns estão até rindo das dores dos companheiros. Estão certos de que não sou uma ameaça.

E não sou. Mas tampouco farei papel da vítima submissa que vão roubar e atormentar o quanto quiserem. Faço o que sei fazer melhor. Corro.

A noite deve ter sido longa para o grupo. Posso sentir cheiro de álcool e mescalina sintética. Fazem uma encenação de perseguição, mas mesmo com meu tornozelo gritando por socorro e meus passos mancos, consigo me livrar deles depois de menos de um quilômetro.

Sinto as lágrimas se formando outra vez, mas são de frustração. É assim que será minha vida a partir de agora, sendo abordada ora por Camisas-Verdes, ora por bandidinhos, até que um deles finalmente vença? A nossa sociedade não é supostamente quase perfeita, um paraíso de preservação para os últimos seres humanos? Por que as pessoas são amigáveis, felizes, relaxadas e abastadas no Centro, e aqui na periferia só pensam em atacarem-se uns aos outros?

Alguém está se aproximando.

— Não chega perto de mim! — grito, vendo-a se acovardar e afastar outra vez. É uma mulher de meia-idade com uma trouxa sob o braço. Não era ameaça (era?) alguma, e a tratei como se fosse um monstro. O que está acontecendo comigo?

Tenho que encontrar o prédio que aquele segundo filho maltrapilho mencionou. Se é que se tratava mesmo disso. A maioria das construções não exibe qualquer marcação. Algumas poucas têm números com espaços vazios de onde um algarismo qualquer caiu. Outras têm sua numeração pintada com tinta spray, parcialmente obscurecida por grafite exaltando uma gangue ou outra. Aquela diz 5994 em verde. Prossigo até encontrar outra: 6003. Estou indo na direção certa, pelo menos. É uma pequena vitória, e sinto meu coração um pouco mais leve. Mas o que me aguarda lá? Uma emboscada por parte de outra gangue, oficiais do Centro, ou, quem sabe, aquele mesmo mendigo estranho em carne e osso? Talvez seja um hobby seu atrair menininhas perdidas...

Pessoas me encaram, seja por curiosidade, hostilidade ou avaliação, e respondo olhando feio para elas também. Finalmente acho o prédio que o homem devia estar falando. É cinza e baixo... E está apinhado de gente. Sinto cheiro de comida, e meu estômago ronca. Como pode meu corpo ainda pensar que algo como fome tem alguma importância?

É uma casa de caridade, que distribui alimento aos pobres. Em outras palavras, aos residentes desse círculo que não são fortes o bastante para conseguirem tomar à força, ou manter consigo, aquilo de que precisam. Crianças descalças saem de lá com pedaços de pão ázimo e pasta básica de alga, sem graça, mas nutritiva. Penso na imensa variedade de sabores disponível de onde venho. A comida lá tem o mesmo gosto (ou é o que nos garantem) da que existia nos dias pré-falha, ainda que não seja de fato feita de frutas e vegetais. Aqui, parece que gosto não interessa. As crianças engolem o pão e a alga como se estivessem preocupadas que alguém pudesse arrancá-los delas.

E é aí que, mais perto da periferia, alguém faz isso mesmo. Uma menininha esquálida chora quando um garoto mais robusto tira sua porção das mãos dela. Olha cheia de tristeza para baixo, para os míseros farelos que ficaram no punho fechado. De repente, lá está o mendigo, movendo-se com agilidade em meio à multidão, os farrapos descoordenados balançando ao vento de forma dramática. Nem sombra dos passos cambaleantes desta vez. Acerta o menino nos ombros com a bengala. Ele deixa cair o pão furtado e corre. Vai aterrissar no chão com a pasta de alga virada para baixo. É evidente que a menininha quer pegá-lo e comê-lo no mesmo instante, mas o homem toma sua mão e a puxa com gentileza na direção da casa. Já está usando um novo par de óculos. Com a mão livre, ele o levanta, me lança uma piscadela com o olho dourado vívido e segue para dentro. Vou me misturar aos demais aqui fora, aguardar que ele retorne. Tem que poder me ajudar.

Observo mães paradas na fila com crianças que correm e se abraçam nas coisas e riem e choram, tudo que fazem quando estão entediadas e têm que esperar. Embora os trajes das mães estejam desgastados e rasgados, embora haja desespero atrás de seus olhares, quando fitam os filhos, são exatamente iguais a minha mãe. Guardam tanto amor, carinho e preocupação. Fariam qualquer coisa por seus pequenos. Meus olhos ficam quentes, a garganta se fecha, quando duas criancinhas vêm brincar de pega-pega ao redor das minhas pernas. A mãe me examina com curiosidade, mas não parece me julgar ou condenar. Chama as duas e me lança um breve sorriso antes de se virar. Parece que não represento ameaça, mas tampouco cabe a ela se preocupar comigo. Relaxo, só um pouco...

... O que, como estou aprendendo, costuma ser má ideia.

Um burburinho passa pela multidão, que começa a se fechar a meu redor. Não sei o que está acontecendo, mas todos se movem como uma entidade única, um animal multicelular munido de algum propósito misterioso, e assustador. Estou sendo encurralada por uma parede de pessoas. Não olham na minha direção, mas posso sentir o calor de seus corpos à medida que umas vinte pessoas se aproximam sutilmente de mim.

É quando escuto uma voz, alta e autoritária.

— Estamos procurando uma garota do círculo interno. Alguém aqui por acaso viu algum forasteiro?

Estão querendo me prender! Estão me mantendo cativa aqui no centro para uma captura fácil, pela recompensa! Vou abrindo caminho às cotoveladas, empurrando mães e filhos para longe, até me libertar do aglomerado.

— Ali! — grita um Camisa-Verde, e mais uma vez estou fugindo aos tropeços, uma meia corrida lenta e dolorosa. Olho rapidamente para trás. As pessoas voltaram a se mexer, como um cardume de peixes ou uma revoada de estorninhos, com a intenção de se colocarem entre mim e os dois homens que me perseguem. São ações tão suaves e coordenadas que tudo parece quase acidental, circunstancial. Os Camisas-Verdes ordenam aos gritos que saiam da frente, e abrem caminho à força para correrem atrás de mim. A essa altura, porém, já ganhei boa vantagem sobre eles.

Ouço uma bala acertar a parede ao meu lado. E, sem pensar, faço uma breve pausa e olho para o buraco que se criou na superfície. Não é resultado de uma carga elétrica. É uma bala de metal, sólida, real, que vai me dilacerar a carne!

Não tenho alternativa senão continuar em uma linha reta. Os Camisas-Verdes terão a visão desobstruída para me acertarem. Outro projétil passa zunindo a meu lado, e desvio, ziguezagueando no que espero que sejam movimentos imprevisíveis. Assim apresento alguma dificuldade em vez de me comportar como um alvo fácil. *Bikk!* Não há lugar algum onde possa virar, entrar? Nada de becos, nada de portas abertas.

— Cessar fogo! — grita alguém. A voz é familiar. Ouço pés batendo no chão lá longe... mas nem tão longe assim, não o bastante. Estão se aproximando!

Estou exausta demais para correr mais rápido. Em pouco tempo, sequer serei capaz de continuar. A lateral de meu tronco tem espasmos como se uma garra estivesse apertando minhas costelas, meu tornozelo inchado lateja e mal consigo tomar fôlego.

Tenho que escapar desse campo aberto. Finalmente, vejo uma pequenina rua lateral escondida entre dois prédios. Faço uma curva brusca em sua direção e vou me apoiando na parede enquanto sigo correndo, cheia de dor. Mas o espaço entre as duas paredes começa a se estreitar! A ruazinha se afunila para acabar em um beco sem saída repleto de pilhas e mais pilhas de lixo fedido.

Viro, mas é tarde. Os dois Camisas-Verdes bloqueiam a entrada. Um deles levanta a arma para mim. Pressiono o corpo contra a parede, caio de joelhos e me dobro como se fosse uma bolinha... e espero que o fim seja rápido.

Ouço ruídos de embate, um baque. Olho para cima e vejo um oficial ainda de pé, o outro estirado abaixo dele. O que continua lá parado também tem uma arma na mão... mas está apontando para o colega inconsciente no chão, não para mim.

Reconheço o jovem e robusto Camisa-Verde loiro da minha primeira aventura na cidade. Rook, não era isso? Parece estar com medo. De mim? Não pode ser. Seria possível que fosse *por* mim?

Acena, mas permaneço encolhida em meio ao lixo.

— Anda! — sussurra com urgência. — Os outros vão chegar daqui a pouco!

Com cautela, me levanto e me aproximo. Seu rosto parece tão jovem. Não se encaixa com a silhueta corpulenta e o uniforme ameaçador.

— Você tem algum lugar seguro onde se esconder? — pergunta.

Balanço a cabeça em negativa. Ele olha para a rua na direção de onde veio.

— Mas *onde* é que ele foi se meter agora? — indaga em voz alta para si mesmo. — Olha, não dá para ficar e cuidar de você. Já vai ser um trabalho danado dar um jeito nisto aqui. — Gesticula para o companheiro desacordado. — Foge e se mete em algum buraco qualquer que encontrar. Mas volta para a fila do pão depois que escurecer. Ele vai encontrá-la.

— Quem vai me encontrar? — pergunto com um engasgo, completamente confusa. — Por que você está me ajudando?

Parece que a resposta para ambas as indagações é a mesma:

— O meu irmão mais novo.

Será que seu irmão também é um segundo filho?

Antes que possa fazer mais perguntas, ele deixa escapar um xingamento e rosna:

— Corre! — Vejo outros Camisas-Verdes chegando, marchando depressa em formação tática. Saio mancando, uma das mãos aparando a lateral doída, enquanto Rook se coloca entre mim e o esquadrão para impedir que atirem.

Mas ele começa a dar tiros. E erra todos, deliberadamente.

Decido seguir para o único lugar aonde os oficiais possivelmente não me seguiriam: o deserto devastado para além dos limites de Éden.

13

Mesmo com a ajuda de Rook, sei que estou longe de estar em segurança. Tenho um único aliado, em contraste com todo o poderio do Centro, todo um exército de Camisas-Verdes, os *bots* de segurança que me matariam, e até mesmo os pequeninos *bots* de limpeza que alertariam todos os outros a respeito de meu paradeiro.

Mas não, penso enquanto manco em um quase trote desajeitado. Pode ser que existam mais pessoas do meu lado. O irmão de Rook, por exemplo, quem quer que seja e onde quer que esteja. Embora não possa esperar nenhum auxílio da parte dele, a menos que consiga sobreviver a esse dia e me esgueirar de volta àquela fila à noite.

E há o andarilho maltrapilho, os olhos castanho-esverdeados de segundo filho piscando conselhos misteriosos para mim. E o que foi que aconteceu naquela casa de caridade? Quando toda aquela gente — em sua maioria mães e crianças — fechou-se ao meu redor, tive certeza de que faziam todos parte de uma conspiração para me capturar. Mas quando fui identificada e fugi, pareceram se colocar entre mim e meus perseguidores. Foi tudo obra da minha imaginação? Isso lança uma nova luz sobre minhas impressões originais. Embora ainda esteja um pouco cética, creio que talvez tenham me rodeado em uma tentativa de me esconder, proteger, resguardar.

Mas por quê? Sou uma estranha saída de um círculo interno. Uma segunda filha que ameaça a existência básica de Éden. Por que *qualquer um* me ajudaria?

A parte do anel externo que vi até o momento é suja, caindo aos pedaços, um lugar de desespero e miséria — mas ainda habitável, parece. À medida que vou seguindo em frente, no entanto, o que era ruim torna-se muito pior.

Construções inteiras parecem ter sido derrubadas de suas fundações e estar agora sendo tombadas pelas ruas como bêbados desgrenhados. Há buracos imensos na estrada que lembram até crateras feitas por bombas. Li a respeito das guerras que as pessoas fizeram nos dias anteriores à Ecofalha. Abatiam-se umas às outras pelas razões mais ínfimas: disputas por nuances incompatíveis de mitos e crenças, ou pela posse das formas tóxicas de combustível que forneciam energia ao mundo naquela época. Mas essas crateras têm que ter sido causadas por outros meios, certo? Canos de água rompidos ou infraestrutura deficiente. Não é possível que os últimos membros da espécie humana tenham querido promover qualquer espécie de guerra ou algo assim.

Seja qual for a causa, essa parte na extremidade do círculo é como outro mundo, uma paisagem alienígena de alvenaria destroçada e encanamento exposto, de sombra mesmo na claridade da luz da manhã. De solidão. Não vejo uma alma viva por aqui. O vento produz um som lamurioso ao passear pelas ruínas de uma cidade.

Mas estar sozinha é bom. É seguro. Sem dúvida, em algum lugar em meio à devastação, encontrarei um esconderijo onde poderei ficar até o cair da noite.

E é nesse instante que ouço vozes atrás de mim.

— Ali! Peguem-na!

Eu me esquivo para trás do que um dia foi a parede de uma loja de roupas. Uma placa desbotada ainda resiste, suspensa por um parafuso na estrutura tombada, anunciando as últimas modas a preços razoáveis. No instante em que desapareço atrás dela, uma rajada de tiros se aloja na parede. Tenho a impressão de que, dessa vez, o erro não é deliberado.

— Peguem-na com vida! — Ouço gritarem, mas não sei dizer se é Rook. Há outras razões que não seja compaixão que explicariam por que os Camisas-Verdes e o Centro poderiam me querer viva, ao invés de morta a tiros na rua. Tortura. Interrogatórios. Um exemplo público para todos os cidadãos de Éden...

Salto para fora do abrigo a fim de correr o mais depressa possível para o próximo prédio em ruínas. Uma rápida olhada para trás revela que estão se movendo devagar em formação tática, como se esperassem ser atacados. Talvez aqui nesse lugar sem lei tenham mais motivos para se preocuparem do que eu. Agradeço aos céus. Estou tão lenta agora que, se estivessem me perseguindo em alta velocidade, não me restaria qualquer esperança. Mas, contanto que continuem daquela maneira cautelosa, comedida, defensiva, posso mancar rápido o bastante para me manter à frente deles.

Por algum tempo, ao menos. Até meu tornozelo desistir de suportar meu peso, ou até fazer uma manobra errada e ser encurralada.

Ofegante, me encosto num muro repleto do que parecem ser antigos buracos de bala. O que aconteceu aqui? Os músculos da minha perna estão começando a tremelicar em protesto, a lateral está enrijecida, e, a essa altura, meu tornozelo está inchado o bastante para, pelo menos por um tempinho, ter todos os nervos comprimidos demais para me torturarem. Sei que não vai durar, e a qualquer minuto a dor lancinante recomeçará. Só rezo para que o osso consiga suportar meu peso.

Sei que não deveria parar para descansar, mas meu corpo tem vontade própria, e me recosto naquele muro por tempo demais. Um projétil acerta a alvenaria acima de minha cabeça, e, com lentidão agonizante, convenço minhas pernas a correrem.

Viro uma esquina... e topo com uma parede de 6 metros feita de metal e cabos retorcidos e emaranhados misturados a concreto, cheia de quinas e pontas afiadas. *Bikk!* Quando chegarem aqui terão caminho livre para atirar. A parede de destroços não me oferece nenhuma rota de fuga, nenhuma rachadura, e não tenho como escapar exceto pela direção de onde vim. Onde estão os Camisas-Verdes. Tento escalar — um dos meus talentos —, mas todo apoio que encontro corta minhas mãos ou desmorona sob seu peso. A superfície é impenetrável, impossível de ser escalada e se estende em ambas as direções até perder de vista.

Quero chorar. Não por tristeza dessa vez, mas por pura autopiedade. Estou tão cansada! Tudo dói tanto! Estou sedenta, ensanguentada, meu tornozelo está gritando agora e minhas mãos estão em carne viva... Não posso mais continuar. Posso ouvi-los chegando mais perto.

Não há mais esperança. Cheguei ao fim da linha.

Só quero deitar no chão. Que diferença faz agora? Permito-me afundar, e o alívio divino de finalmente ceder à gravidade — ou de ceder, ponto final — é tão bem-vindo que quase quero me esparramar aqui, levar as mãos para trás da cabeça e apenas fitar o céu, aguardando o fim inevitável.

Mas não o faço. Não posso. Não depois de mamãe ter aberto mão de sua vida em troca da minha. Estaria traindo seu sacrifício se desistisse.

Talvez não possa passar *por cima*, mas e *por dentro*?

Coloco-me de joelhos e começo a tatear o muro supostamente impenetrável de destroços. Não demoro muito para avistá-lo: um túnel. Quase.

Vá, o fantasma da minha mãe comanda, e me atiro no chão de barriga para baixo e começo a rastejar para dentro.

— Parada! — grita alguém no instante em que minha cabeça desaparece. Balas perfuram a parede ao redor, enviando partículas de concreto aos meus olhos.

— Pare! — exclama outra voz, a de Rook, tenho quase certeza. Mas pelo tom, identifico que não é uma ordem. É uma súplica. Meus ombros já entraram a essa altura, e me retorço e flexiono inteira a fim de manobrar pela abertura sinuosa. — Volte! — Rook chama no momento em que tento fazer meus quadris passarem, e quase fracasso, mas enfim consigo esprem̂e-los para dentro do espacinho com uma pequena avalanche de poeira. Ele não está fazendo teatro para os outros oficiais. Algo em sua voz me diz que de fato acredita que para onde quer que eu esteja rastejando agora, é para algo imensamente pior do que ser capturada por seus colegas.

Meus pés desaparecem do outro lado, e a última coisa que ouço é um Camisa-Verde dizendo:

— Deixe a garota ir. Se conseguir mesmo sair, já está morta de qualquer jeito.

Não paro. Se vou morrer, pelo menos será nos meus termos.

Vou me movendo pelo que me parece um labirinto de civilização arruinada, me perguntando como essa devastação aconteceu em nossa sociedade perfeita. As pessoas sabem a respeito disto, e sou a única pega de surpresa porque passei a vida encastelada dentro de casa? Era de esperar que Ash tivesse me contado, se soubesse. Quantas verdades eu não soube por um motivo ou outro?

Empurro e chuto e me debato e me contorço a fim de abrir caminho, sendo arranhada pelo concreto áspero e furada por fragmentos de plástico. Por que tudo isto não foi, no mínimo, reciclado? Há toneladas de material reutilizável mantendo este muro de pé. Ele se estende para um lado e para o outro até se perder de vista, e já devo ter rastejado por pelo menos uns dez metros dessa confusão poeirenta, sem conseguir enxergar o fim.

Em meu estado de exaustão, quase delirante, fico imaginando se vai continuar para sempre. Tive sonhos assim, em que tentava chegar até uma porta que parecia estar logo ali, do outro lado do cômodo, mas, por algum motivo, nunca era capaz de alcançá-la. E se esse não for apenas um simples muro, mas o mundo inteiro? E se Éden estiver cercada por todos os restos e dejetos das civilizações humanas mortas, poluição e lixo empilhados, infindáveis, que chegam às nossas fronteiras e ocupam o restante do planeta?

Minha sensação é de que passei uma eternidade rastejando, quando o espaço, enfim, se abre diante de mim. Passo por cima de alguma peça arcaica de maquinário, por dentro de um cano inclinado... E vou emergir em uma terra de contos de fadas monstruosa.

Mamãe, que tinha acesso a todos os registros antigos da pré-falha, costumava me contar as histórias que encontrava em livros empoeirados e caindo aos pedaços, feitos de árvores mortas em uma época que antecedia os datablocks. Uma delas, minha favorita, eu a fazia contar várias vezes: "João e o pé de feijão". É a narrativa de um menino que fizera uma troca aparentemente tola, abrindo mão do investimento seguro representado por uma vaca leiteira a favor do encanto de supostas sementes mágicas de feijão. Primeiro a mãe fica furiosa, mas depois a troca que o menino fez demonstra ter valido a pena quando as sementes crescem e se tornam um enorme pé de feijão que acaba lhe rendendo grande fortuna e — mais importante a meus olhos infantis — aventura.

É nesse conto que penso quando olho para cima... e para cima... e mais para cima. Elas se estendem toda a vida em direção ao céu, plantas-leviatã, de um verde tão escuro, que chega quase a ser preto. Não, não são plantas, me dou conta disso ao olhar com mais atenção. São talos sintéticos e gavinhas tecnológicas e folhas mecânicas que giram, seguindo a luz do sol, graças a engrenagens sibilantes. São como as "plantas" de fotossíntese artificial que decoram Éden, mas em escala gigantesca. Cada tronco tem largura de 3 metros; as folhas são tão grandes quanto casas. Têm o triplo da altura das torres de alga, as estruturas mais altas de Éden.

Há milhares delas.

São tão imensas que é provável que pudessem ser vistas do Centro. E, no entanto, sentada no topo do muro da minha casa, ou na torre abandonada com Lark, jamais tive sequer um vislumbre de algo assim. Meus olhos se voltavam apenas para a cidade, borrada a distância, e para o débil brilho cintilante — a última coisa que meus olhos foram capazes de registrar, e que presumi que fosse calor subindo do deserto desolado e escaldante.

Mas, ainda que esteja errada, e que não seja possível enxergá-las do Centro, com certeza eu as teria notado depois, quando estava passeando com Lark, ou no carro com mamãe, ou fugindo dos Camisas-Verdes. Sem dúvida as teria visto, avultando-se acima da parede de escombros. Teriam bloqueado todo o sol! Será que fiquei cega demais pela agitação e ansiedade para notar?

Olho para cima, para o campo de pés de feijão gigantes ondulando levemente. Não, não teria como deixar de notá-los.

Na floresta diante de mim só consigo enxergar as árvores, de modo que decido desbravá-la. Parece silenciosa de uma maneira antinatural. Não devia ser assim, penso. Nas selvas falsas que visitei — a boate Floresta Tropical e a empolgante arena de *laser tag* — havia pássaros, insetos e o ruído ronronante de patas que se movem e param. Havia vida naqueles locais, ainda que fosse artificial.

Aqui, nessa vasta mata fabricada, não há nada além de mim.

Caminho por horas a fio, perdendo o senso de direção. A densa folhagem bloqueia o sol, e quando sua luz consegue alcançar o chão, é em ângulos confusos e faixas de sombras. Em duas ocasiões me encontro de volta à pilha de destroços, um muro que alcança as raízes artificiais nos pontos em que se embrenham no concreto. Finalmente, de forma abrupta, os troncos acabam em uma linha uniforme e rígida, e o deserto se espraia, dourado, diante de mim.

O calor bate em meu rosto como um tapa, e cambaleio para trás, virando para longe da luz ofuscante. Olho para a sombra fresca dos talos grossos para permitir que meus olhos se adaptem... E, de repente, acho que entendo por que não conseguia enxergá-los de Éden. Por que ninguém conseguia.

Estão camuflados.

Não por mimetismo. Quando olho para as árvores mais próximas, posso vê-las com muita clareza. Mas quando encaro suas fileiras, desaparecem gradualmente diante de minha vista. Apenas a menor das imperfeições me permite perceber que não estão apenas nessa faixa de chão. Mais para trás, a mata parece um pouco distorcida, borrada. Depois disso, há um leve brilho metálico. Mais para trás ainda, noto uma espécie de visão dupla estranha — as árvores e o céu para além delas.

Tenho que encarar e caminhar, recuar e depois avançar pela areia escaldante para me dar conta de que cada folha individual, cada talo, está projetando uma imagem quase perfeita da paisagem atrás deles, dando a impressão de que não há nada lá. Como se cada uma das árvores fosse um datablock me mostrando uma reprodução.

Quando estava dentro da floresta, não havia ilusão. Aqui fora, posso *apenas* dizer que existe. Se estivesse um pouco mais distante, não teria nem ideia de que há talos ali.

Como pode ser possível que Éden não tenha conhecimento dessas árvores aqui? Durante minha vida inteira, pensei que eu fosse o único segredo que Éden escondia. Já não sei mais o que pensar da nossa cidade perfeita.

E agora? Não posso voltar, pelo menos não imediatamente. Talvez depois que escurecer possa me esgueirar de volta e chegar à fila do pão, como Rook falou.

Viro e dou de cara com um lugarzinho sombreado sob os troncos sintéticos, distante do calor do deserto que já ameaça criar bolhas em minha pele. É uma mudança dramática, como sair do forno para dentro da geladeira. Há uma diferença de pelo menos 22 graus entre essa floresta e o deserto, mesmo que estejam separados por poucos passos apenas. Além de absorver energia da luz do sol, esta floresta artificial também funciona como um escudo, protegendo Éden do calor deste descampado estéril e inóspito em que a Terra se transformou?

De repente, penso ouvir passos. Não tenho como ter certeza, porém. Talvez seja apenas o movimento dos talos mecânicos. O som é suave, sorrateiro, o mais leve dos ruídos crepitantes. Se o restante do mundo não estivesse tão silencioso, jamais o teria escutado. Ainda não vejo ninguém, mas as árvores gigantescas têm espaço o suficiente entre si para não oferecerem muitos esconderijos. Em questão de poucos segundos já serei capaz de enxergar quem quer que seja o intruso...

E ele a mim.

Não posso me esconder na mata. É aberta demais. Estou ferida e exausta para fugir de qualquer perseguidor, até mesmo de um recruta novato gorducho.

Então faço a escolha impossível. A escolha mortal. Tomando um último fôlego de ar fresco da sombra, vou mancando para o deserto e torço para que a pessoa que veio me caçar não seja tola o bastante para continuar me seguindo.

Engraçado o fato de que a sobrevivência possa depender de estar disposto a agir com mais estupidez do que seu inimigo.

Em poucos segundos meus pulmões estão queimando e ardendo. O ar é tão seco e rarefeito que o calor sobe em ondas invisíveis a meu redor. Suga toda a umidade do meu corpo, e o suor forma gotículas para depois secar de modo quase instantâneo. Meus olhos estão tão desidratados que as pálpebras começam a colar nos globos oculares toda vez que pisco, os arranhando. Respirar pelo nariz ajuda minha boca ressecada, mas não oferece qualquer solução para a questão da minha temperatura corporal, que parece continuar subindo a cada passo.

Mas persevero, pois minha sobrevivência, por algum motivo, me parece menos importante agora do que não ser pega. Passei a vida atrás de um muro. Não voltarei a ser prisioneira. Ainda que me matassem imediatamente após a captura, apenas mais um momento cativa já seria demais. Prefiro morrer.

Afirmação ousada, não?

No início é até fácil. A areia é praticamente elástica sob meus pés, e a novidade da sensação após tantos anos de superfícies sintéticas quase me deleita. Ela envolve meus pés doídos enquanto vou mancando adiante.

Depois de um tempo, no entanto, a areia começa a ficar mais solta e densa. Afundo até os tornozelos com cada passo e começo a me arrastar com esforço como se estivesse caminhando dentro d'água. Caio, e a areia queima minhas mãos, mas me forço a ficar de pé e continuo seguindo por este mar de areia implacável.

Começo a afundar cada vez mais, mas em meu estado de desidratação e quase delírio não me dou conta do que está acontecendo. Primeiro meus pés parecem geladinhos, e a sensação é tão agradável que paro alguns instantes para poder apreciá-la antes de prosseguir. Mas quando tento tirar um deles do chão, parece que algo o agarrou e não quer mais soltar. Fazendo força extrema, puxo a perna para cima e dou outro passo. Quando libero o pé, percebo que a areia grudou de uma maneira muito peculiar ao sapato. Tento espalmá-la, mas cola na mão também. Parece quase molhada, mas quando esfrego um dedo no outro, não sinto umidade.

Perplexa e confusa, tento avançar, mas agora é com o tornozelo ruim, e quando faço força, parece que estou arrancando o pé fora. Tenho que morder o lábio para sufocar um grito. É como se a areia estivesse me sugando para dentro dela! Em pânico, viro, mas meu corpo se move enquanto os pés permanecem plantados onde estão, e tombo em câmera lenta. Tento me amparar com a ajuda das mãos, mas não vão tocar em nada sólido. Acabam também mergulhadas nos grãos e chegam até a camada de areia movediça sob eles, enquanto vou caindo devagar, de rosto. A substância viscosa entra em minha boca e meu nariz enquanto me debato e luto para respirar; isso me cega.

Eu disse que preferiria morrer a ser capturada? No espaço de um instante, repenso minhas escolhas.

Bato os braços e chuto e fracasso, mas consigo tirar a cabeça de dentro da areia movediça para tomar um fôlego desesperado antes de voltar a naufragar. Não sei nadar; nunca entrei em águas mais profundas do que a de um banho de banheira. Mas acho que, mesmo se soubesse, não me ajudaria nesta estranha lama pegajosa. É densa, agarra-se a mim. Parece um ser vivo tentando me engolir.

Como se a própria Terra estivesse querendo me deglutir.

Sinto o corpo se resfriar, ficar mole. Paro de me debater. Por um segundo, é quase bom, desistir, ficar suspensa aqui, saber que não terei mais que correr, ou fugir, ou me sentir só outra vez.

É aí que algo se fecha ao redor de meu braço, me puxando para cima. Estou sendo arrastada para fora da fossa. Alguém me deita na areia ardente, e não me importa se é um Camisa-Verde apontando uma arma para minha cabeça. Beijaria suas botas se tivesse forças, apenas por ter me dado a dádiva de um último suspiro.

A mão de alguém afasta o visco da minha boca, do nariz, e a ação é quase tenra. Meus olhos ainda estão incrustados com a lama, e não posso abri-los. A cabeça gira, os pulmões convulsionam, tenho a sensação de que não estou conseguindo respirar.

Pouco antes de desmaiar, ouço alguém dizer:

— Você é uma garota difícil de salvar.

14

O mundo volta a ter foco para mim aos poucos. No começo, não consigo me mover. Mal tenho consciência de ter um corpo. Morri? Os sons retornam antes de todo o resto, antes que possa sentir meu corpo. Primeiro sinto um latejar, uma pulsação em meus ouvidos. Imagino que o oceano soe assim, o vaivém das águas num ciclo interminável. Meu sangue é como um oceano, a maré subindo, lenta, em minhas veias. Fico deitada na escuridão, desprovida de qualquer sensação real no corpo.

Um aroma sutil vem logo em seguida, quente e agradável, um cheiro animal, diria, se já tivesse encontrado com um. Quase chego a me sentir confortável... até o restante do meu corpo começar a acordar. Sinto os músculos quentes, a pele fria. Mas ainda não consigo ver, nem mesmo lembro como abrir os olhos.

Depois vem a dor, chocando-se comigo como se fosse uma parede de pedra, e deixo escapar um grunhido, um som grave e gutural. Tudo dói, com todas as dores existentes. Musculares, de tendões rompidos, de cortes e arranhões e queimaduras de sol e... um coração partido.

— Abre os olhos. — Não sei dizer se a voz vem de dentro ou fora da minha cabeça. Sinto dedos rasparem a crosta de areia movediça seca das minhas pálpebras. Mãos grandes. Mãos gentis.

Meus cílios tremulam. Está escuro. Passei o dia desacordada? Pisco, e o mundo vai voltando a fazer sentido à medida que recupero a consciência.

Orbes caleidoscópicos dourados olham de cima para mim, uma mistura hipnotizante de castanho, mel e cobre. Olhos de segundo filho. Conheço esses olhos, penso. Mas estão no rosto errado.

Eu os vi antes naquele mendigo maltrapilho. Mas essas íris incríveis pertencem a um jovem mais ou menos da minha idade, de cabelos castanho-escuros nem bem longos, nem bem curtos, puxados para trás, deixando à mostra uma testa larga e uma longa cicatriz curva na lateral esquerda da face. Já a vi antes, acho, embora não consiga lembrar bem...

Franzo o cenho em confusão, e o garoto ri de mim.

Fico com raiva, vendo a expressão de zombaria, tão despreocupada quando contraposta a todo o meu sofrimento. Está perto demais também. Fico desconfortável com a ideia de poder sentir seu calor corporal em minha pele. Sem pensar nas consequências, empurro-o para trás com o resto de força que ainda tenho e tento me levantar, instável.

Não dá muito certo. Meu corpo parece ter trincado. Caio por cima da minha mochila, depois meio que tento engatinhar e desmorono.

Estou certa de que ele vai revidar, mas quando o empurrei, apenas deixou-se recuar como se estivesse brincando com uma criancinha desajeitada. Ainda está rindo, o maldito! Rindo da minha dor e incapacidade de lutar contra ele.

— Quem é você? — indago. Estou agachada, desengonçada, a alguns passos dele, mas me sinto um pouco mais confortável com essa distância entre nós.

Ele rola com facilidade para se sentar, relaxado, ainda sorrindo.

— Acho que tenho mesmo que dar algumas explicações. Você sabe o que eu sou, não sabe? — Ele me fita com atenção, intensidade, os olhos dourados arregalados.

Assinto.

— Sei *o que* é. Mas quero saber *quem*.

— O meu nome é... Lachlan. — Noto a pausa. Estava decidindo se ia mentir ou não? Qual foi sua escolha?

Penso nos olhos familiares e tento adivinhar.

— E é filho daquele homem em trapos que me encontrou mais cedo?

Uma sombra de sorriso tremelica no canto de sua boca, mas ele se recompõe.

— Não exatamente. Eu *sou* o homem em trapos.

Meu queixo cai.

— É um disfarce bem eficiente, não acha?

Mal posso acreditar. Em meus pensamentos, tento acrescentar as várias camadas de sujeira e fedor a ele, imaginar os cabelos sujos e desgrenhados, vesti-lo naqueles farrapos todos. Se estreitar os olhos, sou capaz de enxergá-lo.

— Tenho alguns disfarces. Mendigo, estudante, Bestial, mulher. Facilita para alguém como eu andar por Éden sem atrair muita atenção. — O sorriso volta a querer aparecer. — Diferente de você, nem sempre consigo correr mais rápido do que os Camisas-Verdes. Aquilo foi um feito bem impressionante.

— Você me viu?

Mais uma vez, a menor das hesitações. Acho que se não fosse pelo fato de as pessoas em geral ainda serem uma novidade para mim, oscilando entre fascinantes e assustadoras, não estaria prestando atenção o suficiente para notá-lo. O que está escondendo?

— Vi parte da sua fuga. Só o finalzinho. Já tem um tempinho que estou procurando você, sabe.

Encaro-o.

— Você sabia de mim? — Ele assente, e as peças começam a se encaixar em meu cérebro. — É você o irmão do Rook?

Lachlan confirma.

— Devia ter ouvido a maneira como ele contou a história toda. Você, uma segunda filha, aparece na frente dele do nada, e a única coisa entre você e as câmeras daquele *bot* de segurança eram os ombros gigantes dele. *Pare*, diz ele, tentando tirá-la da linha de visão do robô. E o que você fez?

Deixo a cabeça tombar para a frente quando lembro a maneira como empurrei Rook para trás. Ele estava me ajudando! Pensei que estava sendo tão valente, e, no fim das contas, foi aquilo que quase me fez ser pega. Talvez tenha sido o alerta inicial que o Centro recebeu da minha existência.

— E aí ele teve que atacar o *bot* e rezar para não ter feito uma leitura decente de você. O supervisor do Rook ficou tão furioso que o coitado acabou sendo transferido para os círculos externos por seis semanas como punição. O que, considerando tudo, foi uma coincidência feliz, afinal.

— Teriam me matado se o Rook não tivesse atacado aquele outro Camisa-Verde hoje.

— Meu irmão é um cara do bem. Ele se alistou só para poder... me ajudar. — Quero lhe dizer que reparo nas pausas, que sei que está deixando detalhes de fora, mas mordo a língua.

Em vez disso, digo:

— Nem acredito que estou olhando para outro segundo filho. Sempre achei que tinham que existir outros, mas nunca pensei que ia conhecer um. Somos quantos?

Ele dá de ombros.

— Não sei. — Antes que possa perguntar se já conheceu outros, ele me corta: — Como foi que você veio parar tão longe de casa?

Uma centelha de suspeita e desconfiança.

— Você sabe onde moro?

— Em um dos círculos internos, é o meu palpite. Foi onde o Rook topou com você. Ou você com ele.

Não consigo reprimir um sorriso, e o que ele me lança em resposta faz minhas bochechas corarem. Pareço incapaz de desviar os olhos dos dele. Outra pessoa como eu! Conhecer Lark foi incrível, mas isto é incomparável. É como encontrar um familiar perdido. Minha gente. Bom, meu tipo de pessoa, ao menos.

— Para onde você estava indo quando os Camisas-Verdes a descobriram? — insiste. Abro a boca para lhe contar, mas algo me suplica que tenha cautela. Esse sentimento extraordinário de camaradagem quase me atropela, avassala, e quero confiar nele, mas sei que é fruto do fato de que ele também é um segundo filho. Ou *parece* ser. Tudo o que aconteceu nestes últimos dias me tornou uma pessoa desconfiada. Vi um homem com os olhos de uma cobra. Se ele pôde mudá-los tão radicalmente assim, o que impediria Lachlan de usar lentes que lhe emprestem a aparência de um segundo filho? E se for uma armadilha?

— Saí porque queria explorar o mundo — explico com cuidado.
— Peguei o autoloop e me perdi, aí... acabei aqui.

Ele assente, mas não sei dizer se de fato acredita em mim.

— Para pessoas como nós, não é fácil aqui fora.
— Como você conseguiu sobreviver tanto tempo? — indago. — Mora com a sua família?

Ele morde o lábio, e o gesto faz com que pareça muito mais jovem.

— Não — responde, uma palavrinha mínima que diz tanto.
— Me conta — peço, com gentileza.

Ele faz minha vontade, e, ao fim da narrativa, há lágrimas em meus olhos, mesmo que eu achasse que já tivesse chorado todas.

Não é um irmão gêmeo, mas um acidente. A maioria das mulheres é esterilizada após dar à luz, mas se há alguma dúvida a respeito da sobrevivência do primeiro filho, o governo permite que permaneçam férteis até o perigo ter passado, anos, no mínimo, para terem certeza. Tomam contraceptivos supostamente infalíveis, mas parece que infalibilidade não existe, afinal. Rook foi um bebê prematuro (embora não restem dúvidas de que a natureza tenha compensado o erro mais tarde) e uma criança fraca. Lachlan foi concebido dois anos depois do nascimento do irmão, e os pais — comerciantes de um dos círculos intermediários, donos de uma pequena cadeia de supermercados — decidiram que ficariam com ele, escondido.

— Vivi da mesma forma como você deve ter vivido: sozinho, sempre cheio de ansiedade, sempre um pouco revoltado, com raiva, ouvindo sobre o mundo da boca de um irmão que sempre foi recebido de braços abertos aonde quisesse ir. Meus pais me amavam, até onde eu sabia, cuidavam de mim. Eu era feliz... a maior parte do tempo. Mas hoje sei como foi difícil para eles viverem com o medo constante de serem presos. Aquele tempo todo estavam procurando uma família adotiva para mim.

— Como deviam fazer — digo, fazendo um aceno de aprovação com a cabeça. — É a única chance que um segundo filho tem de ter uma vida normal.

— Até mudarmos o que é "normal" — retruca ele, uma paixão ardente nos olhos.

Então ele deixou a família amorosa aos dez anos e foi morar com a nova. Já foi difícil aceitar essa ideia aos dezesseis, nem posso imaginar como teria sido ser arrancada da minha casa nova desse jeito. Os pais lhe disseram que teria uma vida maravilhosa pela frente, esconderam as lágrimas, e o pequeno Lachlan tentou se fazer de forte por eles. Talvez se surpreendesse e as coisas acabassem não sendo tão ruins, disse a si mesmo.

Foram piores. Muito piores.

Ele não me conta os detalhes. Parte de mim também não os quer. Mas a julgar pela tensão em todo seu corpo, foi provavelmente muito mais horrível do que qualquer coisa que minha mente pudesse imaginar.

— Eles me obrigavam a fazer coisas — revela, impassível. — Me ameaçavam dizendo que se eu abrisse a boca, iam me denunciar. A mim e a minha família inteira. Não podia dizer não. Pelo menos não quando tinha só dez anos.

O combinado foi que lhe arranjariam as lentes do mercado negro para que pudesse levar uma vida normal. Mas nunca fizeram isso. Ele acha que simplesmente embolsaram o dinheiro que os pais pagaram. Assim, mesmo naquela nova casa, ele continuava aprisionado, embora com frequência saísse à noite, me conta, para cumprir as tarefas que o forçavam a fazer.

E quando ele tinha dezesseis anos o pai adotivo morreu, e Lachlan foi embora para sempre. Ele não diz, mas tenho a impressão de que pode ter tido alguma participação na morte do homem. Os punhos se cerram e depois se abrem, de maneira metódica, enquanto fala a respeito.

Então ele voltou para sua primeira casa, talvez não esperando que tudo voltasse a ser como antes, mas acreditando que o ajudariam, o esconderiam, que não faziam nem ideia do tipo de vida para o qual o tinham enviado. Rook o recebeu com lágrimas e risos. Estivera procurando o irmão desde que foi embora. Já os pais...

Os dez anos de terror foram demais para eles, e os últimos seis tinham sido um alívio. Disseram a Lachlan, sem se comover, que não era bem-vindo. Fecharam a porta em sua cara.

— Depois disso, vivi na rua, aceitando qualquer ajuda que Rook conseguisse me dar. Fiz alguns amigos, aprendi a me virar. Não é mais tão ruim agora.

Eu teria expressado mais simpatia por sua história, mas ele a narra de forma tão indiferente, tão pragmática, que me faz pensar que não receberia bem muita emoção no momento. No meu caso, pensar no sofrimento de outra pessoa parece anestesiar o meu. Quero lhe contar sobre minha mãe, tirar todo aquele peso dos ombros. Mas não consegui me convencer a confiar nele ainda.

— Bom para você, que ainda tem uma casa e pessoas com quem contar — comenta ele. — Você *tem*, não tem?

— Eu... — O segredo me manteve a salvo por dezesseis anos. Foi apenas quando o abandonei que minha vida se estilhaçou. Deixei meu abrigo seguro. Confiei em Lark. (Não, ela jamais me trairia. Sei disso. Não, *sinto* isso.) O instinto me diz para ficar calada agora. — Por que deveria confiar em você? — indago, olhando feio para ele, com hostilidade. Talvez esteja sendo ingrata. Ele me salvou, afinal. Mas não posso depositar minha fé em qualquer pessoa. Mamãe, Ash, apenas nos dois. Agora só resta Ash, e não há nada que possa fazer para me ajudar. Agora está quase tão sozinho quanto eu.

Lachlan não parece surpreso ou chateado diante da minha desconfiança.

— Não devia. E eu não devia confiar em você. Verdade, somos dois segundos filhos. Nós dois vamos enfrentar a mesma punição se nos pegarem... e pode acreditar, é bem pior do que você acha.

— Pior do que a morte? — pergunto. — O que pode ser pior do que isso?

Ele engole em seco, e sei que está tentando controlar as emoções.

— Reze à Terra para você nunca ter que descobrir. Mas tenho certeza de que um segundo filho nem piscaria antes de trair outro em troca de promessas de proteção. As pessoas podem ser fracas, ou egoístas, ou só amedrontadas, e fazer coisas terríveis por isso. Eu não confio em *você*... ainda. Mas acho que já dá para você confiar em mim pelo menos um pouquinho, não dá? Afinal, eu a salvei, mesmo também correndo um risco considerável. A nanoareia foi projetada para engolir qualquer ser vivo que tente atravessar o deserto.

— Está me dizendo que alguém fez aquela coisa? Achei que fosse natural.

— É quase idêntica à areia movediça, tirando o detalhe de que se movimenta. Ela busca sinais de vida, rastreia, caça... E depois come o que encontrar pela frente.

— *Come?*

— Osso e tudo. Depois de um tempo, a nanoareia excreta ácidos para digerir qualquer matéria orgânica que tenha engolido.

Freneticamente começo a limpar a lama e areia esmigalhadas dos braços e pernas.

— Calma, calma aí! — exclama Lachlan, mergulhando para a frente a fim de segurar meu pulso. Congelo, e ele parece perceber, súbita e agudamente, o contato dos seus dedos com minha pele. Sei que foi o meu caso. Solta, mas ainda sinto o calor persistir onde seus dedos fizeram pressão. — É um processo demorado, e o ar faz com que perca efeito. Você está completamente a salvo agora.

E o mais engraçado de tudo é que, quando olho para ele, sinto como se estivesse mesmo.

É, na verdade, o primeiro estranho que conheço. Lark não era uma estranha, pois já tinha ouvido tanto a seu respeito, ao longo de tantos anos, que foi como se estivesse, enfim, me encontrando ao vivo e em cores com minha melhor amiga. Tive contato casual com algumas outras pessoas, como os outros jogadores na partida de *laser tag*. Mas essa é a primeira vez que passo um longo tempo sentada e encarando um completo desconhecido.

Meu cérebro continua me dizendo para não confiar — para não confiar em ninguém a essa altura, não importa quantos fatores testemunhem a seu favor —, mas alguma outra parcela de mim, meu coração, pele, sangue, diz que posso acreditar nas boas intenções de Lachlan.

É tudo graças a seu rosto? Aquela testa larga que inspira confiança, a força da linha reta que faz seu nariz, os olhos afastados tão sinceros — sua aparência inspira honestidade, simples assim. Tudo a respeito dele grita *Pode confiar em mim*. E apenas isso já me enche de suspeitas. Mas estou tão cansada, tão dolorida, tão triste. A saída mais fácil seria me apoiar nele. Acreditar nele.

— E não basta ter salvado você da nanoareia — continua ele, e acho que noto aquela sombra de sorriso retornando. Começo a querer ver o resto. — Também a carreguei por aquele deserto inteirinho, e depois disso, quase dois quilômetros pela floresta. E você não é nenhum peso-pena. — Ele pisca para mim. Ninguém nunca piscou para mim antes.

— E isso tudo *depois* de ter corrido atrás de você pelo círculo inteiro, quase. Então realmente posso dizer que me esforcei para salvá-la.

É verdade. Quase de imediato, sinto vergonha das minhas suspeitas. É irmão de Rook, e Rook também me salvou em duas ocasiões. O próprio Lachlan é um segundo filho. Não há por que desconfiar dele. Se não fosse por ele, a uma hora dessas eu já teria sido lentamente digerida por uma fossa de nanoareia.

E é por isso que, hesitando um pouco, lhe conto sobre os planos e arranjos que mamãe fez para me enviar a uma família adotiva depois de feitos os implantes das minhas lentes. Conto como, apenas poucas horas mais cedo, fui acordada aos sacolejos, levada para me encontrar com o cibercirurgião que faria a operação. Como fomos emboscadas naquele bloqueio rodoviário. Como mamãe deu a vida para que eu pudesse escapar.

Abraço a mochila e começo a chorar em silêncio, o corpo tremendo. Sinto seu braço me envolver. Fico tensa, depois relaxo, então me apoio nele, molhando seu ombro com minhas lágrimas.

— Sinto muito pela sua mãe.

— E agora estou sozinha no mundo — concluo, cheia de pesar. — Nunca mais vou poder voltar para casa. Meu pai nem ia me querer lá, e mesmo se quisesse... os Camisas-Verdes vão descobrir quem a minha mãe era, e depois vão encontrar o meu pai e meu irmão através dela. O que vai acontecer com os dois?

— Não sei — admite ele com gentileza. — Mas, agora, o que a gente tem que fazer é se preocupar em mantê-la em segurança. Depois disso, pode até ser que a gente pense numa maneira de ajudar sua família.

Não faço ideia de como poderia fazer isso. Nós dois contra todo o poder e influência do Centro? Ainda assim, algo nele me dá esperança. Soa confiante demais, competente demais para estar errado.

Ou está apenas me dizendo o que preciso ouvir agora, para superar esse momento de dificuldade?

Seja como for, fico grata.

— Obrigada por ter me salvado — agradeço, com timidez, de onde estou encostada sob a curva de seu braço. Ele afrouxa o abraço reconfortante e me sento direito... e deslizo um pouco mais para o lado, me afastando. — É bom... é bom ter alguém aqui comigo. Outro segundo filho. Acha que somos os únicos?

Ele fica em silêncio por um longo instante, me encarando com tanta intensidade que quero desviar os olhos. Mas sustento seu olhar até ele sussurrar, enfim:

— Tenho uma família inteira de segundos filhos, Rowan.

15

Por um instante não consigo respirar. Mais segundos filhos? Uma *família* deles?
— Você acha que já recuperou as forças para conseguir andar?
Assinto, vigorosamente. Se isso significa conhecer mais segundos filhos, tenho forças o suficiente para qualquer coisa! O sono aliviou várias dores, deu tempo aos cortes para que criassem casca, e até mesmo o inchaço em meu tornozelo já diminuiu um pouco. Não vou vencer corrida alguma, mas posso andar.
— Onde eles estão? — pergunto, e meu entusiasmo deve estar aparente em meu rosto, porque ele ri e responde:
— Vamos devagar. Você esperou dezesseis anos para conhecer mais de nós. Pode esperar mais uma horinha ou duas.
— Estão aqui nesta selva? Ou no círculo mais externo? — Recebo outro de seus misteriosos sorrisos travessos como recompensa.
— Os segundos filhos estão em todas as partes — diz. — Por toda a Éden, bem debaixo dos seus pés, e você nunca nem ia ficar sabendo. — Ele fica de pé em um pulo e me estende a mão. Mesmo já me sentindo bem melhor em relação a doze horas atrás, fico grata pela ajuda.
— Temos que andar depressa, mas sem chamar atenção — explica. — O que tem aí dentro dessa sua mochila? Dá para se livrar dela?

Pego-a do chão e penduro nos ombros. Sequer olhei para ver o que há lá dentro, mas é a única coisa que me resta de casa, de mamãe, e força alguma nesta Terra fará eu me separar dela.

— Isso responde à pergunta — comenta ele, e começa a andar. Apresso-me em segui-lo, sentindo que o decepcionei de alguma forma.

— Quando estivermos de volta na cidade, você precisa fazer exatamente o que eu disser. Entendido? Estão procurando ativamente você, e as próximas horas serão muito perigosas. Por sorte, conheço uma pessoa que tem como reduzir bastante os riscos. — Ele desacelera para esperar por mim. — Ainda bem que você é alta. Tem o visual certo.

Ele conhece um caminho mais fácil através do emaranhado de escombros do que aquele que tomei, e faço a travessia sem novos arranhões, ou quase. Saímos nos fundos de um prédio, e ele me guia para dentro, usando uma porta que mal se aguenta nas dobradiças.

— Essas pessoas *todas* são segundos filhos? — indago. Na luz fraca, vejo corpos estendidos em cantos, deitados em colchões improvisados, ou direto no chão frio. É difícil divisar detalhes, mas os rostos parecem desolados. Enquanto serpenteamos depressa por eles, avisto uma moça com um elástico bem apertado preso no braço. Abaixo dele, veias azuis-quase-pretas parecem querer saltar para fora da carne. Há uma agulha na curva interna do braço...

Lachlan me puxa pelo cotovelo para longe.

— Não. Nunca deixaríamos um segundo filho chegar a esse ponto. Cuidamos dos nossos. Protegemos uns aos outros, do Centro, de nós mesmos... até a morte.

Sinto um arrepio profundo percorrer minha espinha.

— E essas pessoas não precisam de proteção também? Mesmo não sendo segundos filhos?

Acho que pisei em um calo.

— Eles têm todas as oportunidades que a legitimidade pode oferecer — estoura. — Se escolhem se destruir, o problema não é nosso.

Não sei. Há algo em seus olhos quando fita os viciados que me faz achar que os pensamentos que guarda dentro de si não condizem com suas palavras.

Atravessamos o prédio em um instante, saindo em uma via estreita que nos leva até quase outra construção, a poucos passos de distância. Usando uma janela baixa, deslizamos para um apartamento vazio no subsolo e percorremos corredores até emergirmos em outro lugar. Repetimos o processo várias vezes, navegando pelo que são, em sua maioria, porões de prédios decrépitos, galpões abandonados e comércios desertos, saindo para o ar livre apenas por poucos segundos de cada vez, usando as estruturas como se fossem um labirinto de túneis para viajar fora de vista.

Não demora muito tempo até eu ter perdido todo o senso de direção. Não sei se percorremos quilômetros rumo ao Centro, ou em círculos. Finalmente, nos esgueiramos de um porão para um prédio adjacente, subimos cinco lances de escada e paramos diante de uma porta trancada com escâner de digitais. Lachlan pressiona o polegar no leitor. Parece movê-lo, irrequieto, enquanto espera.

Franzo o cenho.

— É uma boa ideia deixar suas digitais registradas?

— Você está pensando direito — responde ele. — Mas, por sorte, o escâner é só enganação. A porta destranca quando faço pressão com o dedão em um determinado ritmo. A leitura da digital é só para quando alguém não sabe qual é o código. Aí podemos identificar quem está querendo entrar sem autorização.

Esperto. Aparentemente há um mundo inteiro de truques em Éden que jamais imaginei existir.

Lá dentro, encontramos uma mulher de meia-idade vestida com o típico terninho dos oficiais do Centro. Por instinto, me encolho atrás de Lachlan, mas ele a cumprimenta pelo nome.

— Ei, Rose, está com a lista aí? — Espio detrás de seu ombro e examino os olhos da desconhecida. Têm aquele verniz opaco e sem vida dos implantes. Não é uma segunda filha, portanto.

— Que pergunta, seu metido. Quando foi que você me viu *sem* ela?

Ele lhe dá um breve abraço e um beijo no rosto.

— E quem é a moça? — pergunta ela.

— Ninguém... ainda. Vou levá-la até os outros agora.

Rose arqueia as sobrancelhas e me estuda de cima a baixo.
— Ela já passou pelos testes? Não devia nem estar aqui se não for o caso.

Lachlan me lança uma olhadela.

— Nos últimos dias ela passou por mais testes do que muito segundo filho por aí.

— Mas não tantos quanto outros — rebate a mulher, encarando-o com rigidez. — Mas se você diz que é de confiança...

— Ela é.

— Então venham comigo. — Ela nos guia até um cômodo nos fundos, depois a um armário repleto de uniformes de Camisas-Verdes.

— O de tenente, como de praxe, para você, Lachlan?

— Patente, mas sem responsabilidade demais, é bem a minha cara mesmo.

— E, vejamos, acho que ela vai de recruta. — Retira dois trajes das prateleiras e atira um deles para mim. — Pode ir se trocar. Ali. — Vou para trás de um biombo e começo a despir as roupas imundas e rasgadas, com a sensação esquisita de estar nua no mesmo cômodo que dois estranhos, minha altura fazendo com que os ombros e metade do peito fiquem à mostra por cima da divisória. Depois de vencida a luta contra o uniforme, saio de trás da tela, e Rose ajeita o tecido com um puxão. — Alinha essa farda, recruta! — diz, puxando o cinto para alinhar a fivela com o zíper da calça.

Encaro minha imagem no espelho, vestindo o uniforme do inimigo. Meus olhos me parecem assustados... Até Rose me entregar um par de óculos bem escuros. A partir daí, pareço tão ameaçadora quanto qualquer Camisa-Verde. Meu reflexo me amedronta um pouco.

Vestidos como figuras de autoridade, cruzamos Éden sem sermos perturbados. Nos círculos externos, as pessoas abrem caminho para nós. Mais próximo do Centro, a maioria nos ignora, embora alguns residentes nos cumprimentem com acenos de cabeça, acreditando que sua posição de elite na sociedade significa que não têm nada a temer. Parte do tempo usamos o autoloop para chegar aos lugares, mas no final já estamos a pé outra vez. Rose me deu uma grande etiqueta com a palavra "Prova" estampada para afixar a minha mochila, que, não fosse por isso, chamaria atenção por não fazer parte da farda. Assim, sou apenas uma recruta encerrando minha participação em um caso.

Há um breve momento em que reconheço ruas por onde caminhei com Lark, e a lembrança traz uma pontada. Olho cada rosto que passa, achando que posso vê-la. Mas a uma hora dessas estaria na escola, e não me reconheceria com esse uniforme, e eu não ousaria me aproximar dela, ainda que a visse.

O passo de Lachlan acelera, e ele me guia pelas vias com uma velocidade que me desorienta de novo.

Finalmente ele diz:

— Você confia em mim?

— Confio — respondo sem titubear, sem nem refletir se é de fato verdade ou não. As pessoas insistem em me fazer essa pergunta.

— Então me siga.

Ele me puxa abruptamente para uma ruazinha lateral, chuta uma grade já um pouco solta para o lado e aponta para o que me parece ser um poço negro sem fundo. Sua largura não deve ultrapassar a de meus ombros. Recuo um passo involuntário.

— Não pensa. Não questiona. Só pula. — Sua expressão é de empolgação, como se estivesse se perguntando o que farei, se vou decepcioná-lo.

Nunca tive medo de escalar. Embora jamais vá ter a oportunidade de vencer uma montanha, sei com certeza que, não importa a altura que suba, nunca me incomodaria. Cair, por outro lado, a antítese fundamental de escalar, me deixa morta de medo.

E se isso tudo não passar de um artifício, uma armadilha? E se estiver trabalhando para o Centro, e esse for um buraco para minha perdição? Que outro jeito seria mais fácil de se livrar de uma segunda filha do que convencê-la a saltar de modo espontâneo para a morte? Este pode muito bem ser um abatedouro cheio de corpos de...

Ele me empurra.

Minhas mãos tentam se agarrar à beirada, mas estou caindo... Caindo... A passagem se estreita. As laterais são perfeitamente lisas, não há nada em que possa me segurar a fim de desacelerar a descida. As paredes estão se fechando. Ficarei presa aqui para sempre, abandonada para morrer...

Quando sinto o corpo roçar a superfície, porém, o túnel começa a se inclinar, e em vez de estar tombando, estou deslizando sem obstáculos. A inclinação diminui para se nivelar, e em pouquíssimo tempo já estou perdendo velocidade e indo parar de forma delicada. Agora que acabou, e a adrenalina está deixando meu corpo, percebo que foi até divertido. Gostaria de repeti-lo... sem toda a parte do medo da morte.

Estou em uma câmara de pedra. Pedra! Rocha! Minerais reais, naturais, como as paredes de casa! Este só pode ser um sistema de cavernas subterrâneo. Faixas fosforescentes no chão oferecem um brilho suave, e começo a examinar, cheia de assombro e perguntas, as espirais e rachaduras na gruta, as estalactites que pendem do teto como dentes afiados e irregulares. Estou tão absorta na visão espetacular que Lachlan topa comigo por trás quando chega deslizando.

— Falei que era para você fazer tudo do jeito que eu mandasse — diz ele com rispidez. — Não há tempo para indecisão na vida de um segundo filho. Qualquer erro seu pode ser o último.

Depois disso, é uma corrida sinuosa por passagens e curvas que me deixam aturdida. Tento prestar atenção na direção que seguimos — e tento admirar a incrível rede de cavernas naturais que jamais pensei existir sob Éden —, mas Lachlan me puxa atrás dele com velocidade vertiginosa. Tenho certeza de que passamos pela mesma formação rochosa em três ocasiões diferentes.

Isso aqui é um labirinto completamente desconcertante! Dou-me conta de que os túneis confusos são a melhor barreira de proteção imaginável, talvez mais eficientes até do que seguranças armados. Ainda que encontrassem a entrada, o que não me parece provável, os caminhos impossíveis aqui de baixo desencorajariam qualquer invasor.

Finalmente, ele desacelera, em uma passagem que parece ser igual a qualquer uma das demais — paredes de pedra em arco, luzes débeis mal iluminando nossos pés.

— Chegamos — anuncia Lachlan, e se vira para sorrir para mim.

— Pronta? Está prestes a conhecer seus irmãos e irmãs. Uma família inteira de segundos filhos. — Ele pega minha mão e dá um aperto rápido antes de soltar.

Sinto a respiração saindo depressa e sorrio em resposta. Pessoas como eu! Segundos filhos que construíram uma vida para si! Não faço ideia de que tipo de vida é, mas estou tonta de empolgação diante da perspectiva de descobrir.

Lachlan pressiona um painel oculto na extremidade da câmara cavernosa e a rocha parece se partir. Uma fenda se abre, revelando uma porta, muito astutamente escondida na pedra. Ela range quando se abre para um vazio negro adiante.

— Pode ir — incentiva Lachlan, o sorriso tão alegre e acolhedor. Não repito o equívoco que cometi no bueiro. Sem questionamento, sem medo, dou um passo para a escuridão impenetrável.

Há movimento, mãos em meu corpo, algo pesado e molhado sendo enfiado à força por cima de minha cabeça, me prendendo, sufocando.

— Não! Soltem-na! — Ouço Lachlan gritar. — Rowan! Não! — Escuto sons de embate, mas estou sendo arrastada para longe. Sinto uma picada no braço, e o mundo se embaça por um tempo...

Quando recupero os sentidos, o saco pesado continua cobrindo minha cabeça, amarrado ao redor do pescoço, apertado. Posso sentir as fibras dos cordões caindo pelos ombros.

— Ela acordou. — Ouço um ruído de água mexendo e alguém despeja a água gélida em cima de mim. Empapa o saco, fazendo com que grude em meu nariz e minha boca. Não consigo respirar! Quando balanço a cabeça, consigo abrir um pequeno espaço entre os lábios e a lona, apenas o suficiente para poder tomar um pouco de fôlego. Mas não é suficiente, sinto-me tonta, me afogando em terra seca.

— Diz qual é o seu nome.

Viro na direção da voz desconhecida. A mão de alguém agarra a parte posterior do saco, junto com mechas do meu cabelo, e puxa minha cabeça para trás com força, deixando minha garganta à mostra. Estou exposta, vulnerável. — Onde foi que conseguiu esse uniforme? Quem era o garoto com você? — Ele me sacode até os dentes rangerem. Mas não respondo.

Pelo que me parece um período interminável, eles me interrogam, a respeito da minha identidade, da de Lachlan, de onde venho e aonde estava indo. Não abro a boca, nem para mentir. Nem quando me dão um tapa no rosto. Nem quando me puxam para ficar debaixo de uma torneira que goteja em um *ping, ping, ping* constante em meus nariz e boca. Inspiro quantidades miseráveis de ar através da lona encharcada, meus pulmões absorvendo mais líquido do que oxigênio.

Desmaio por duas vezes, e em cada uma das ocasiões eles me levantam para ficar reta, tiram o saco do rosto a fim de me permitirem um pouco mais de liberdade para respirar, mas apenas até recobrar a consciência... depois me inclinam para trás novamente. Não sei quanto tempo o processo dura. Minha sensação é de que são horas.

A voz se aproxima da minha orelha, rosnando através do tecido.

— As coisas só vão piorar. Se começar a falar agora, pode ser uma testemunha do Centro contra os outros. Vai se safar desta fácil. — Soa quase razoável a essa altura. — Aquele moleque não está nem aí para você. Você não passa de uma pecinha, um peão nos esquemas traidores dele. Só está *usando* você.

— Não — começo a balbuciar. — Ele me salvou. Estava me levando para um lugar seguro.

— Onde? — exige saber a voz.

— Não sei. Por favor, me deixe ir.

— Qual é o seu nome?

Mordo a língua.

— Qual é o nome dele?

Balanço a cabeça, e ele me estapeia na têmpora.

O interrogatório recomeça, em um pesadelo interminável. Tenho a impressão de que se pudesse ver meus captores, fitá-los nos olhos, poderia suportar a provação com mais facilidade. Mas essas mãos pesadas e vozes ríspidas me atacando na escuridão sufocante quase chegam a ser mais do que posso tolerar. Não quero lhes contar nada. Mas tenho a sensação terrível de que vou, se isso durar muito mais tempo.

Começo a chorar, e toda vez que tento respirar, sinto o gosto do sal das lágrimas. Falo, implorando, suplicando, jurando que não sei de nada... E à medida que o tempo se estende, imagino ouvir triunfo na voz do meu algoz. Posso não estar lhe oferecendo nenhuma informação útil, por enquanto, mas estou abrindo a boca, aterrorizada, desesperada, e ele sabe que é só questão de tempo agora.

É então que comete um erro. Em um de seus momentos de policial bonzinho, quando está ao pé de minha orelha, fazendo ofertas tentadoras de clemência em troca de revelações, prometendo que estarei a salvo, que basta lhe contar o que precisa saber, ele diz a coisa errada.

— Sua mãe não morreu para você poder proteger essa escória, que nem aquele garoto que pegamos com você.

Uma fúria ardente me sobe pelo corpo inteiro, queimando o medo. Como se atreve a mencionar minha mãe! Foi ele quem a matou? Ele, ou alguém como ele.

Quase rosno sob o capuz ensopado. Minha mãe morreu por *mim*. Para me dar a oportunidade, por menor que fosse, de ter uma vida decente, em segurança.

Não importa que promessas esse homem faça, jamais terei essa chance se me aliar ao Centro e aos Camisas-Verdes. Talvez este seja o fim da linha. Talvez acabe encarcerada, ou assassinada. Mas se o que Lachlan me disse for verdade, há uma comunidade de segundos filhos em algum lugar por aí, levando a existência protegida e feliz que minha mãe queria para mim com tanto desespero. Pelo bem deles, e pela memória de mamãe, não lhes direi coisa alguma.

A cabeça do meu interrogador ainda está junto à minha enquanto murmura suas palavras de persuasão. Os dedos afundam em meus ombros.

— Tiras as mãos de mim, seu Camisa-Verde de *bikk!* — explodo e lhe dou uma cabeçada no nariz.

Ouço um *craque* profundamente satisfatório, um xingamento... e a voz de Lachlan dizendo:

— Já chega, Flint. Acho que ela provou que não vai ceder sob pressão.

16

O saco molhado é arrancado da minha cabeça e me vejo em um cômodo de pedra desprovido de ângulos retos, uma câmara redonda, cavernosa. Lachlan está de pé a alguns metros de mim, o rosto duro. Há outro homem na sala também, imponente, com seus quarenta e poucos anos e cabelos grisalhos. Os olhos são azuis meio acinzentados, quase tão sem vida quanto os de implante, mas os anéis azul-escuros ao redor da íris os marcam como naturais, e a ele em geral como um segundo filho. O sangue pinga do nariz levemente deslocado.

— Todo mundo cede, basta dar tempo ao tempo — afirma Flint, o rosto impassível.

Olho de um homem para o outro.

— Isso tudo foi um teste? — indago, incrédula. — Não era real?

— Foi tudo muito real — responde Flint. — É isso que vão fazer com você, e coisa pior, se a pegarem. Tínhamos que ter certeza de que não abriria a boca. Pelo menos não imediatamente. Todos os segundos filhos aqui são responsabilidade minha, e não posso arriscar a segurança deles permitindo a entrada de alguém fraco ou que não seja digno de confiança.

Parte de mim está aliviada. Estava certa de que aquele pesadelo continuaria até se tornar insuportável, que só terminaria com a minha morte. Mas outra parte — a que deu aquela cabeçada no rosto de Flint — está furiosa que tenham me feito de tola, me assustado, me torturado.

Dos dois, é Lachlan quem está mais próximo. As feridas que fiz nos nós dos dedos socando aquele membro da gangue da periferia se abrem de novo em contato com o osso da maçã do rosto dele. Nem me incomodo, pois a pele dele também se corta, paralela àquela cicatriz de lua crescente sob seu olho. Ele recebe o golpe sem se retrair, sem o menor dos movimentos de retaliação.

Flint me envelopa com os braços e me levanta do chão sem esforço, me virando e me colocando fora do alcance de Lachlan. Estou tremendo, e entrelaço as mãos para não deixar transparecer... e para não socar mais ninguém. Violência não parece surtir muito efeito nesses dois, de qualquer forma.

— Como você pôde fazer uma coisa dessas comigo? — pergunto, minha voz furiosa e magoada. — Lachlan, achei que isso era para ser uma irmandade, uma família de segundos filhos. Contei tudo sobre mim para você, confiei tudo a você. Por que você não podia retribuir da mesma forma?

Estou esperando um pedido de perdão, mas ele me olha com firmeza e diz:

— O Subterrâneo é bem maior do que um indivíduo sozinho, mais importante do que uma noite de sofrimento. Faz poucos dias que ficamos sabendo da sua existência, então sabemos menos ao seu respeito do que costumamos saber dos outros segundos filhos. A maioria é encontrada quando são muito novos, bebês, ou antes até de nascerem. Nossos métodos de rastreio são sofisticados... pelo menos mais do que os do Centro. Mas você escapou do nosso radar, e só a encontramos por pura sorte. A maioria dos segundos filhos vem para cá tão cedo que desde sempre *são* parte da família. São leais. Mas você...

— Não sabemos qual é a sua filiação — complementa Flint.

— Passei a vida inteira prisioneira por causa das políticas do Centro! — estouro com fúria. — Vivi com o medo constante da prisão ou da morte. O governo matou a minha mãe! Vocês têm mesmo dúvidas quanto à minha filiação, a essa altura?

— As pessoas podem ser surpreendentes... até para si mesmas — argumenta Flint. — Ninguém sabe o que é capaz de fazer nas piores situações, até elas se tornarem realidade. Mas, por ora, estou disposto a deixá-la ficar aqui no Subterrâneo. É uma de nós... irmã.

Ele me estende a mão. Encaro-a, considerando. Consigo compreender por que fez o que fez. De verdade. Em teoria. Mas o fato de que foi *comigo* muda tudo de figura. Há um universo de diferença entre o que é racionalmente necessário e o que uma pessoa decente deveria fazer. A lógica nem sempre deveria vencer.

Mas minha mão encontra a dele e aperta firme. Uma onda parece varrer por dentro de mim. Flint é um líder nato, sei por instinto. Só de olhar para ele já tenho a sensação de que tem tudo perfeitamente sob controle. É inspirador, e sinto que posso depender dele. *Irmã...* Já não estou mais sozinha.

Mas quando Lachlan me oferece a mão, o encaro com frieza e desvio os olhos. Trocamos confidências. Falamos sobre nossas vidas. Não devia ter permitido que eu tivesse que passar por algo assim. Compreendo por que Flint fez aquilo, e o perdoo, mas por algum motivo não consigo estender meu perdão a Lachlan. Pode não fazer sentido, mas é o que sinto.

— Venha — chama Flint, tocando de leve em meu ombro. — Vamos apresentá-la ao Subterrâneo. — Saímos da câmara de tortura, agora só mais um cômodo qualquer, para algo que jamais poderia ter imaginado.

Estou dentro de uma joia. Uma joia facetada, reluzente, cheia de nuances.

— Ainda... ainda estamos debaixo de Éden? — gaguejo, sem crer em meus próprios olhos.

Fito uma enorme caverna de cristal, de talvez 800 metros de comprimento. O teto e a maior parte das paredes da caverna gigante são recobertos por pedras translúcidas e brilhantes que sobressaem, parecem até gelo colorido. Em tons sutis e reluzentes do rosa mais claro e do ametista, de prata esfumaçado e azul-turquesa e puro diamante cristalino, elas me rodeiam, refletindo a fraca iluminação artificial, tão belas, que, por um segundo, não noto a surpresa ainda mais extraordinária abaixo delas. No centro da cintilante caverna de cristal, crescendo quase até o teto e espraiando seu dossel ao longo de mais de trinta metros, está uma árvore.

Uma árvore. *Uma árvore viva.*

O tronco é monumental, de seis, talvez nove metros de largura, cheio de veios e nós e caroços. Raízes se estendem acima do solo ao redor da base, antes de afundarem na Terra. Terra? De verdade? Não pode ser. O chão da caverna parece o de uma floresta, Terra revestida com uma camada de folhas marrons caídas.

Meus olhos sobem para a árvore novamente, e pela primeira vez na vida, faço o gesto que costumam utilizar no templo. Meu punho vai se erguendo do centro do abdome até o rosto, a mão se espalma, como se fosse uma semente crescendo, brotando. Sinto assombro reverente, como se devesse cair de joelhos aqui, esconder o rosto diante de algo tão radiantemente belo, tão perfeito quanto uma árvore.

A aurora desponta acima da copa verde, viva, fazendo os cristais lá em cima parecerem dançar, e lágrimas silenciosas caem dos meus olhos.

— Não pode ser real — murmuro. Mas sinto o aroma fresco e doce, e sob essas notas, algo rico e úmido. Folhas, e Terra. Jamais senti cheiro igual (nem eu, nem ninguém, ao longo de várias gerações), mas algo profundo em mim reconhece o perfume de imediato. Em algum lugar no meu sangue está a memória da natureza, e essa parte de mim exulta.

O céu transita do cinza para o pérola tingido de rosa conforme o sol ilumina um horizonte invisível e banha o mundo com a gentil luz da manhã. Essa parte em particular só pode ser fruto de ilusão, tecnologia. Estamos no subsolo, rodeados por rocha de todos os lados. De alguma forma, criaram um simulacro quase perfeito da aurora. Mas não se trata apenas de cor, ou luz. Sinto o calor tocar minha pele da direção onde o sol está nascendo. Os cristais no teto e nas paredes reluzem, estonteantemente vividos.

— A árvore é de verdade — diz Lachlan, a meu lado. Estou tão deslumbrada, que nem penso em me afastar. — E a Terra também.

— Mas... árvores não existem mais. — Foi isso que nos ensinaram. O mundo está morto, a terra é tóxica, todos os seres vivos foram extintos, à exceção de poucos liquens e organismos unicelulares resistentes... e um punhado de seres humanos.

— Ainda existe uma.

— Mas como?

— Aaron Al-Baz, claro — responde Flint, a voz baixa e reverente. — O homem que nos salvou. O homem que vai salvar o mundo. Criou uma Éden perfeita, e os seres humanos a corromperam. Nosso objetivo é fazer Éden voltar a ser o paraíso que ele projetou para ser.

— Que lugar é este?

— Uma espécie de Éden reserva, um backup da cidade — revela. — É onde as pessoas teriam que ter passado a viver se Éden não tivesse ficado pronta a tempo, ou se o mundo estivesse ainda mais tóxico do que o previsto. O Subterrâneo. Ele manteve esse local como um plano B secreto, para o caso de os seres humanos conseguirem arruinar tudo mais uma vez lá na superfície. É autônomo e perpétuo, programado com comandos e automação inteiramente independentes do EcoPan.

É incrível, penso. Sempre nos ensinaram que o EcoPan tomou para si o controle sobre todo e qualquer sistema computacional e eletrônico no planeta.

— Mas ele sabia que o homem não pode viver completamente apartado da natureza — continua Flint —, e por isso se esforçou para conseguir preservar essa árvore. A terra é solo orgânico de verdade, tirado da superfície, é terra da pré-falha, limpa, boa, não contaminada. Tem quinze metros de profundidade, para as raízes poderem mergulhar fundo. Painéis escondidos por entre os cristais simulam a luz do sol. Para a árvore, ela continua na superfície, nada mudou. Tem à sua disposição luz solar, água, nutrientes, estações diferenciadas... E nos oferece quase todo o oxigênio de que precisamos para sobreviver aqui embaixo, mesmo estando completamente fechados.

— Ele tem que ter nos amado muito, Rowan, para nos dar tudo isto — comenta Lachlan. Recuso-me a olhar para ele. — Tem que ter amado demais os seres humanos, para nos salvar assim de nós mesmos.

— Tenho trabalho a fazer — anuncia Flint, de modo abrupto. — Lachlan, mostre o lugar a ela.

Tento protestar, mas Flint se vira e parte.

Lachlan tenta tomar minha mão, mas a afasto antes mesmo que possa tocá-la. Sempre que olho para ele, sinto o saco encharcado em volta da cabeça e sufoco. Ele recua um passo e faz um aceno de cabeça, gesticulando para que eu siga na frente, me dando espaço. Quero ficar e admirar a árvore, mas ele diz:

— Sei que você quer tocar nela.

Não resisto à oferta. Marcho na frente, mas é tudo que posso fazer para não sorrir.

As paredes são altas, galerias perfiladas em vários níveis. Posso identificar uma série de cômodos que parecem grutas. A câmara de interrogatório da qual acabo de sair fica a quatro andares acima, nas paredes recurvadas do salão cavernoso. Desço quase voando lances de escada esculpidos em pedra, atraindo os olhares curiosos de algumas pessoas. Vou olhar para eles mais tarde. Há poucos dias, eu achava outros seres humanos empolgantes. Mas uma árvore! Por ora, nada mais sequer existe.

Corro pelo chão de pedra lisa até meu pé topar com solo fofo. Paro e olho para baixo, para minhas botas. Lachlan está logo atrás de mim.

— Tire o sapato — incentiva, e obedeço, rindo quando os dedos descalços fazem pressão na Terra natural, verdadeira. Coloco as mãos nela; ajoelho. Em êxtase, a beijo. Devo estar fazendo papel de idiota aos olhos alheios, com minúsculos grãos terrosos nos lábios, mas não me importo. Jamais pensei que teria uma experiência como essa na vida. Todos em Éden são obrigados a tolerar artificialidade ao longo de gerações para que, um dia, nossos descendentes possam conhecer a glória da natureza.

Meus olhos encontram os de Lachlan, e ainda sorrio... até me lembrar da noite de tortura. O sorriso morre, e me coloco de pé, virando de costas para ele.

A árvore se avulta diante de mim, um verdadeiro colosso, não passo de uma anã ao me aproximar dela. Pego uma folha morta do chão e a esfrego com gentileza entre os dedos, liberando uma explosão daquele aroma ácido e estimulante que permeia o ar e me faz sentir tão alerta e viva.

E então estou tocando a árvore, um pouco hesitante primeiro, como se fosse um amor recém-descoberto, depois pressionando o rosto no tronco áspero e fragrante, abraçando-o. Minhas lágrimas molham a madeira, são absorvidas, e desaparecem.

Com os braços ao redor da árvore imensa, meu queixo no tronco, olho para cima, para a ramagem e sua imensidão de tons de verde, claros e escuros. Enquanto a admiro, uma folha se destaca de seu galho e vem flutuando devagar até o chão, oscilando para a esquerda e para a direita em um balançar elegante. Vem pousar na palma da minha mão. Posso guardá-la? Uma folha é mais preciosa do que qualquer joia. Não me importa se acabar na forca por isso — deslizo o tesouro por baixo da camiseta, aninhando-o junto ao coração. É um presente da árvore para mim.

— Para! Cuidado! — grita uma voz atrás de mim, e giro, em alerta máximo, pronta para os Camisas-Verdes, para qualquer coisa.

Qualquer coisa, exceto me ver sob o ataque de uma horda de pessoinhas em roupas feitas de retalhos.

Não vejo crianças desde a época em que eu era uma, e isso se resume a Ash. É estranho ver este bando de seres humanos pequeninos que gritam e riem alto, e me preparo para o impacto enquanto correm para mim, não tendo ideia do que planejam fazer, não possuindo qualquer compreensão do comportamento infantil normal.

Mas não é para mim que estão correndo. Como uma unidade, se atiram em cima de Lachlan, grudando nas pernas dele, dando gritinhos agudos e fingindo bater nele de brincadeirinha. E aquele homem grande e endurecido, o mesmo que permitiu que eu fosse torturada, está no chão em um segundo, sob uma pilha de criancinhas, gargalhando, fazendo cócegas nelas, deixando que lhe apliquem mata-leões, carregando-as nas costas...

Qual é o verdadeiro Lachlan? O que declarou que me torturar era uma medida perfeitamente aceitável? Ou o que está agora deixando que uma menininha de quatro anos e marias-chiquinhas puxe seus cabelos?

Ele me lança um sorriso rápido, quase como se pedisse desculpas, antes de um menino pequeno pular de barriga em cima da cabeça dele, o derrubando.

— Lach! — chamam. — Você voltou! Sentimos sua falta, Lach! O que você trouxe para a gente? Lutou com alguém? Lach, conta uma história do Lá de Cima!

— Já chega, molecada — diz uma mulher gorducha, de aparência maternal, colocando-se atrás do grupo de crianças. — Deixem o Lachlan respirar.

A menininha de marias-chiquinhas a encara com olhos arregalados e sinceros e diz, enfática:

— Mas o Lach é nosso *preferido*.

A mulher assente.

— Já ouvi essa antes, acho que vezes demais até. — Ela lança um olhar brincalhão para Lachlan enquanto ele se levanta e limpa a sujeira das roupas com as mãos.

E é aí que percebo, enquanto as crianças olham amorosamente para Lachlan, que foi por isso que fez tudo aquilo. Esses pequenos segundos filhos são a razão pela qual achou que seria justificável torturar uma garota que acaba de perder a mãe, que foi caçada sem dó pelas ruas. Precisam ser protegidos a todo custo. Agora que compreendo, me pergunto se eu faria igual. Não sei... mas entendo por que Lachlan fez, e descubro que não consigo mais sentir raiva dele.

A mulher estende a mão para mim.

— Eu sou Iris, a mãe aqui do Subterrâneo. Seja bem-vinda. — Eu me apresento, e ela me diz que posso procurá-la se precisar de roupas ou outros itens de uso pessoal. — Não podemos te oferecer todos os confortos mundanos, como loção ou lixas de unha e coisa e tal, e podemos ser até um pouquinho primitivos aqui, mas gosto de pensar que conseguimos preservar os melhores aspectos da civilização.

Ela dá um apertão amigável em meu ombro e reúne as crianças, levando-as para longe. Todas me cumprimentam ao passarem, me fazendo sentir em casa. Todas, menos a menina de marias-chiquinhas. Ela aperta minha mão, cheia de formalidade, e declara:

— Você pode gostar do Lach um pouquinho, mas não muito. Ele sempre diz que *eu* sou a favorita dele. Não esquece! — Sacode um dedo em advertência para mim e foge. Consigo manter uma expressão séria no rosto até ela sair de vista.

— Vou levá-la para conhecer seu quarto — diz Lachlan. — Sei que deve estar precisando tomar um banho e se trocar. Tem alguma muda de roupa aí dentro? — Acena com a cabeça para a mochila.

Nem sei. Não tive tempo de abri-la.

— Vou ver o que consigo arranjar que possa caber em você.

— Obrigada... Lach — agradeço, e ele abre um sorriso de lado para mim enquanto me guia até minha câmara.

17

Uma vez sozinha, a cama me parece tão convidativa que quero me atirar nela, me comprimir inteira em uma bolinha sob os lençóis lisos da cor de folha nova e dormir por anos. Mas estou tão imunda que não consigo imaginar sujar os lençóis, de modo que entro na pequena alcova que é meu banheiro e deixo que a água fria caia sobre mim até estar quase, se não completamente, limpa outra vez.

Estar neste quarto, no próprio Subterrâneo, é como estar no coração da Terra. Os cômodos foram escavados na rocha, e todas as superfícies são polidas, conectadas, sem pontas nem quinas, como é o restante de Éden. Sei que foram feitos por mãos humanas, que não são cavernas naturais, mas, graças à qualidade natural do material, parece que foi a própria Terra que fez esse lugar para eles.

Para *nós*. Sou parte disso tudo agora.

Enfim, deito na cama, ainda úmida e fresca do banho, e fito o teto, em algum lugar entre feliz e triste e exaurida. Minha mochila está no chão a meu lado. Sei que preciso olhar o que tem guardado nela logo, fazer um inventário... mas também sei que uma vez que tiver mergulhado de cabeça na última coisa que mamãe preparou para mim, toda a dor que mantive afastada retornará. Meu luto será eterno, mas sei que não posso me permitir chorar para sempre.

Então, dirijo os pensamentos para esse local maravilhoso e estranho em que me encontro. Lachlan disse que há cerca de duzentas pessoas morando aqui, de crianças a idosos, todos segundos filhos. A comunidade vem crescendo e florescendo no subsolo há cerca de cinquenta anos, desde que um segundo filho redescobriu esse mundo oculto. Ainda que muitos de seus membros se aventurem pela cidade lá em cima em busca de suprimentos, é destacado o suficiente de Éden para ter desenvolvido uma cultura própria.

Ainda não descobri como é a vida aqui embaixo, mas até nas roupas posso ver as diferenças. Em Éden, a moda é arrojada e agressiva, deliberadamente chamativa e provocativa. Aqui, as cores são mais sóbrias, mais naturais. O caimento é relaxado, fluido, e não raro o material é feito de retalhos bonitos, criado por uma mistura de tecidos que combinam e se complementam, volta e meia intercalados com elementos chocantes — mas estranhamente harmoniosos — que tornam o conjunto todo extraordinário. A miscelânea de malhas de alguma forma não dá a impressão de ser remendada e improvisada, mas uma escolha voluntária, o ato de juntar o melhor de tudo e misturá-lo para criar algo superior.

Quase todos que vejo carregam um pedaço de cristal. A maioria usa como pingente em um cordão ao redor do pescoço. Uma jovem bonita fixou o seu, um fragmento roxo, na faixa de cabelos que adorna suas madeixas ondulantes. Vejo um homem mais velho sem qualquer joia visível levar a mão ao bolso e tirar de lá um pedaço polido de cristal translúcido, que esfrega, meditativo, enquanto conversa comigo.

Não vejo nenhum em Lachlan, mas noto o cordão fino ao redor do pescoço, uma trança vermelha e laranja com textura que parece pele de cobra. Talvez também ande com um cristal, afinal.

Não cheguei a conhecer ninguém fora Iris e as crianças, mas o comportamento de todos aqui parece tão relaxado, tão moderado. Ninguém está na correria para chegar ao trabalho, ou para sair e se divertir, como é comum nos círculos internos; nem rumando por aí em busca de dinheiro, ou fugindo do perigo, como é frequente nos círculos externos. As pessoas aqui no Subsolo parecem operar sob a influência de um relógio interno diferente. Ninguém tem aquela aparência assombrada, perseguida, sitiada da gente de Éden. Todos lá em cima, agora que tenho outra perspectiva, parecem cafeinados, pressionados, um pouco tensos demais.

Talvez seja a árvore que os acalme, a proximidade apaziguadora da natureza. Talvez seja um alívio estar, finalmente, em um lugar onde se encaixam de verdade.

Começo a sentir isso também, inspirando o aroma de folhagem, saboreando o toque gelado do ar da caverna em minha pele. Acabo me sentindo centrada o suficiente para olhar dentro da mochila.

A primeira coisa que tiro de lá quase me faz perder o prumo: meu chimpanzé de pelúcia maltrapilho. Mamãe deve tê-lo resgatado do lixo e guardado na bolsa quando eu não estava olhando. Abraço-o com força... mas depois o coloco de lado, com delicadeza.

Há uma muda de roupas e um par de sapatos macios. Um enfeite de cabelos com lindas filigranas que mamãe costumava usar. Um novo caderninho de desenho e um conjunto de lápis.

E, num plástico lacrado, um caderno de anotações.

As páginas são feitas de uma substância que não reconheço, alguma espécie de plástico, eu acho. O tipo que usamos é completamente reciclável, mas aprendi em eco-história que as pessoas costumavam usar outro, de natureza distinta, que não era facilmente degradável e que permanecia no meio ambiente para sempre. Plásticos sufocavam oceanos inteiros, e os animais que viviam neles. Estremeço ao tocá-lo... Embora tenha que admitir que uma substância duradoura assim seja o material perfeito para um livro. À prova d'água, à prova do tempo, o que quer que esteja escrito aqui dentro perdurará séculos.

Em letra manuscrita apertadinha e estranha, descubro um manifesto, ou talvez uma confissão. Às vezes, as palavras são perfeitas em sua lucidez, claras como se estivessem em um livro didático. Em algumas passagens, porém, a linguagem é divagante e incoerente, a escrita se torna quase ilegível, como se a única maneira de o autor se expressar em palavras fosse as rabiscando o mais rápido, o menos reflexivamente, possível.

Tenho fortes suspeitas de quem é o autor antes mesmo de virar a última página. A folha chega ao fim... No meio. A metade final do caderno foi arrancada, extraída sem cuidado, extirpada. A assinatura comprimida foi acrescentada em tinta diferente na última página remanescente que ainda se segura, débil, à lombada, balançando, quase solta, no espaço onde ficavam as folhas perdidas. Encaro o nome.

Aaron Al-Baz. Profeta da ruína ambiental. Fundador de Éden. Salvador da Terra.

E, se essas, suas próprias palavras, forem mesmo verdade, um monstro delirante psicótico.

Releio o caderno, depois uma terceira vez para garantir que entendi. Demoro horas para analisar a narrativa e, quando termino, ainda não consigo acreditar. Aaron Al-Baz é um herói, semideus, a razão pela qual nosso pequeno grupo de seres humanos ainda sobrevive, e a única razão pela qual a Terra voltará a florescer um dia depois da devastação global que causamos. É o que todos os livros escolares ensinam. Todos os templos o elevam como uma entidade quase divina.

Tenho que contar a alguém a respeito do que li — é o meu primeiro pensamento. Mas no mesmo instante, vem uma batida à porta, e Lachlan entra sem esperar resposta. Enfio o caderno embaixo da roupa de cama e me obrigo a abrir um sorriso amigável. Tem que parecer forçado e doído, mas ele não comenta. Sabe que tenho motivos mais do que suficientes para estar me sentindo desamparada.

Preciso de mais tempo para digerir o que li. A sociedade se mantém unida graças a uma crença comum. O que acontecerá se tal convicção for esmagada? Tenho que refletir. O segredo já passou mais de duzentos anos guardado. Pode continuar assim por mais uma hora ou duas.

Mas estou entorpecida quando Lachlan me leva para conhecer alguns dos mais proeminentes membros do Subterrâneo. Há cozinheiros, costureiros, músicos, contadores de história, médicos, até um clérigo para o templo. Sempre quis ir a uma missa. Agora, tudo a respeito do ritual me soaria falso.

Não, tudo não. Não a mensagem de esperança, a necessidade desesperada de revivermos o meio ambiente e nos reconectarmos com ele, para amá-lo, respeitá-lo e cuidar dele.

Mas no que diz respeito ao foco principal daquela idolatria, o homem por trás de tudo... Meu lábio se recurva para baixo de modo involuntário. Mal consigo prestar atenção ao que estou fazendo. Esqueço meu sorriso, esqueço nomes, fico lá parada como um poste estúpido.

Antes de ter conhecido todos, Lachlan se desculpa por mim.

— Ela precisa descansar um pouco — diz — e de paz. Vamos lhe dar um tempinho.

Compreensivo, o povo contente e relaxado do Subterrâneo segue adiante com sua vida. Parecem prontos a me aceitar, não importa quanto meu comportamento pareça indelicado ou rude.

Lachlan me leva de volta às raízes da árvore. Algumas serpenteiam acima do solo antes de mergulharem fundo na Terra. Assim que me aproximo dela, já me sinto mais calma.

— Sabe que tipo de árvore é? — indaga Lachlan. Sua voz é suave aqui, gentil.

No passado, eram milhares de espécies de árvores no mundo. Em meus livros de eco-história li a respeito de algumas. Grandes carvalhos, delicados vidoeiros-brancos, os bordos dos quais era extraído um xarope doce, os abetos, tão abundantes, que eram cortados e levados para dentro das casas para as festividades de inverno, decorados com luzes.

Mas não sei que árvore é essa.

— Se chama canforeira — explica Lachlan. — Crescem até se tornarem uma dessas gigantes que você está vendo aí, e a mais antiga de que tinham registro na época da Ecofalha tinha mais de dois mil anos.

— E foi por isso que... — Não consigo dizer seu nome. — Foi por isso que os criadores do Subterrâneo escolheram essa espécie?

— Em parte, sim, e pelo cheiro também. — Inspira fundo. — Pense em todos os corpos que estão amontoados aqui em baixo, fechados e proibidos de irem lá fora. Não gosto nem de imaginar o fedor que isto aqui teria sem o aroma das folhas da canforeira dominando o ar.

Quero tanto lhe contar tudo, ainda que fosse apenas para dividir o peso da descoberta. Mas mordo a língua, e ele continua.

— A árvore também tem propriedades medicinais. Não extraímos em quantidade muito grande, claro, mas o óleo de cânfora pode tratar problemas pulmonares, e até cardíacos, se administrado em doses pequenas. Em doses maiores, é venenoso.

É informação interessante, mas minha única vontade é olhar e me maravilhar com o fato de que uma árvore existe, pura e simplesmente. Quero tocá-la mais uma vez, sentir as folhas entre as pontinhas dos dedos.

— Mas essa árvore, em particular, mesmo em comparação com todas as outras, é especial. É um símbolo da capacidade que a natureza tem de sobreviver, não importa que coisas terríveis os seres humanos façam. Você se lembra de ter lido em alguma das suas aulas de história sobre um grande conflito chamado Segunda Guerra Mundial?

Lembro, vagamente, mas, na minha cabeça, isso acaba se misturando com todos os demais conflitos sem sentido do nosso passado.

Então ele me refresca a memória a respeito de uma parte específica da guerra — quando um grupo de seres humanos lançou uma bomba atômica no território de outro grupo. E sequer se tratava de um campo de batalha: foi em uma cidade cheia de criancinhas em idade escolar e mães e comerciantes simples e jardins e parquinhos.

A cidade, as pessoas, as árvores, foram todas incineradas em questão de segundos. Disseram que nada poderia ter sobrevivido, que nada jamais voltaria a crescer lá.

Mas chegada a primavera, um pequeno número de brotinhos chamuscados emergiu da terra com a promessa de vida nova. A natureza resistiu ao pior que os seres humanos podiam fazer na época.

— Essa árvore cresceu de um corte de uma dessas outras árvores sobreviventes — conta Lachlan, tocando o tronco com reverência. — Um símbolo milagroso da capacidade regenerativa da natureza. Aaron Al-Baz tinha esperança... nós também temos... de que a Terra seja misericordiosa assim outra vez. Infelizmente — acrescenta —, não se pode dizer o mesmo dos seres humanos. — Sua voz se endurece. — Fazemos escolhas ruins, negligenciamos o próximo. — Olha para mim com seriedade. — Somos tudo o que nos resta! E, ainda assim, criminalizamos parte da nossa população, tornamos ilegal toda uma parcela dela. Sei que os suprimentos vão se esgotar se não houver controle da reprodução humana, mas é mesmo aceitável que uma sociedade civilizada mate suas crianças, por qualquer razão que seja? Tem que ter outro jeito!

Lachlan soca a madeira. Fico um pouco chocada, mas a árvore é forte.

— Tem tanta coisa errada com Éden, tanta coisa que tem que ser consertada. Nos distanciamos tanto das ideias originais do Aaron Al-Baz, seus princípios de gentileza e compaixão.

Deixo escapar um som engasgado, e ele me olha com estranheza. Tenho que lhe contar!

— Rowan, nós, segundos filhos, não estamos só nos escondendo aqui embaixo. Não estamos simplesmente sobrevivendo e tolerando. Somos filhos de Éden. — Faz uma pausa para me deixar digerir o que está me contando. — Estamos fazendo um plano para tomar Éden de volta e torná-la um lugar onde todo mundo vai poder estar a salvo, onde todos serão iguais, livres. Temos aliados lá em cima.

— Tipo seu irmão?

Ele assente.

— E vários outros além dele. As dificuldades que um segundo filho enfrenta são poucas em comparação às dos pobres. Há centenas de nós. Mas as subclasses, os carentes, os desesperados estão aos milhares. Você viu os círculos periféricos. Como pode existir pobreza e crime na Éden perfeita que Al-Baz projetou? A utopia dele foi corrompida por líderes loucos por mais poder. Al-Baz não nos perdoaria nunca se visse no que deixamos Éden se tornar.

Sua voz é baixa, mas grave e ressonante. Ele parece mais alto, sua postura mais reta.

— Rowan, a revolução está a caminho, e precisamos da sua ajuda.

Fico tão chocada que, por um instante, esqueço o que acabei de descobrir no manifesto de Al-Baz.

— *Minha* ajuda? O que alguém como eu pode fazer?

— Você pode me dar as suas lentes.

Pisco, como se os implantes já estivessem em meus olhos.

— Ainda não estão comigo.

— Mas você sabe onde ia fazer a cirurgia, não sabe? Sabe quem é o cibercirurgião? — Ele está tenso e ansioso, inclinado para a frente como se estivesse pronto para saltar, dar o bote. Em mim?

— A minha mãe me disse aonde a gente estava indo aquele dia. Acho que consigo encontrar o lugar.

— Me fala onde.

Mas, não sei explicar, algo me detém. A sensação que tenho é que, depois de abrir mão dessa informação importante, pode ser que essas pessoas já não sejam mais úteis para mim. Ela me parece um trunfo, quase, ou pelo menos uma moeda de troca, que me dá a chance de barganhar. Minha descrição é vaga, inexata, confusa. Ele balança a cabeça e diz que não consegue pensar em lugar algum que se encaixe com o que lhe contei.

— Em que círculo fica?

— Um dos externos. Acho que eu conseguiria encontrar — ofereço. — Acho que se visse a área, me lembraria com mais clareza da descrição que mamãe deu. Posso levar você lá.

Ele me encara por um longo momento, e tenho quase certeza de que está ciente de que o que disse é bem menos do que o que sei de fato. Mas, contanto que esteja disposta a levá-lo até lá, parece satisfeito.

— Vamos agora então! — diz. — Acha que já descansou o suficiente?

Olho para ele, incrédula.

— Você acha mesmo que seria seguro para mim voltar à superfície agora? E... *ainda* é dia, não é? — Os painéis solares no teto da caverna apontam que sim, mas meu corpo não está convencido.

Ele solta um suspiro.

— Você está certa, claro. É só que passei tanto tempo esperando uma oportunidade assim! Você tem ideia de quanto tempo estamos procurando um cibercirurgião com talento o bastante para criar lentes que passem por legítimas? Ouvimos falar... não foi mais do que um sussurro... dessa pessoa que você ia encontrar, mas não conseguimos rastreá-la. Há rumores de alguém tão competente que conseguiria até hackear EcoPan, mas não sabemos se existe de verdade. Seus pais devem ter usado todos os contatos deles dentro do governo... e muita grana... para encontrar e contratá-lo.

Digo-lhe que não fazia ideia de que o esquema era grandioso assim. Da forma como mamãe expusera as coisas, outros segundos filhos antes de mim já tinham feito implantes de lentes conseguidas no mercado negro.

— Alguns fizeram, sim — diz ele. — Mas nem sempre são muito boas. Até dão a impressão visual de serem olhos de primeiro filho, e alguns conseguem passar por escaneamentos de identidade básicos, mas ninguém nunca conseguiu fazer lentes que se integrem completamente com as redes neurais, que sejam boas o bastante para enganar qualquer oficial do Centro ou *bot* de segurança, ou até o próprio EcoPan. Se os boatos forem verdade, esse homem sabe fazer tudo isso. Preciso encontrá-lo e fazer o implante dessas lentes que ele preparou para você.

Sou tomada por uma incerteza momentânea. Mamãe sacrificou a vida para que eu pudesse viver como uma primogênita. Minha única chance de ser uma pessoa normal depende daquelas lentes. Depois de feito o procedimento, em algum lugar lá em cima, uma família está a minha espera. Isso tudo ainda é possível? Ou as autoridades já sabem demais para que o plano original ainda seja executável?

Abaixo a cabeça. Claro que é impossível. E tenho o Subterrâneo agora. Não é o que sempre sonhei... mas pensando assim, o que é? É claro que posso abrir mão das lentes.

É só então que me dou conta das implicações dessa conversa, e, chocada, compreendo que estou magoada.

— Você está querendo dizer que vai pegar aquelas lentes para você? — indago. — Vai se passar por primogênito e viver na superfície, em Éden? — As palavras *enquanto continuo aqui, prisioneira outra vez,* permanecem não ditas. Não admitiria em voz alta, mas uma parte pequenina da razão pela qual morar aqui no Subterrâneo me parece atraente é o fato de que Lachlan também é um residente. Não quero que vá embora.

— Nosso plano é infiltrar alguém no Centro, no alto escalão. É um projeto de anos, e já está tudo encaixado, exceto pelo último componente essencial... as lentes. Depois que conseguir um par, tenho uma combinação com uma família do círculo interno que simpatiza com a nossa causa e que vai me receber. Tenho arranjos para entrar na Academia Oaks.

Inspiro rapidamente, surpresa. É a escola mais elitista de Éden, aberta apenas aos filhos dos oficiais do Centro. Ash estuda em uma instituição excelente... mas a Academia Oaks é para a verdadeira nata de Éden.

— Pode acreditar, tivemos que lançar mão de todo tipo de recurso que temos disponível aqui no Subterrâneo, chantagem, suborno, ameaças. Flint está enlouquecido, porque está acostumado a estar à frente de todas as operações. Mas esse é um plano de longo prazo que depende de alguém se aproximar das famílias mais influentes de Éden, e ele não tem como fazer nada do tipo. E, óbvio, já é velho demais para se passar por aluno de colégio. Mas quando eu entrar na Academia com a história que inventamos, vou estar na posição perfeita para ter acesso ao Centro... por intermédio dos filhos e filhas das pessoas lá dentro.

Faz sentido. Um adulto como Flint não pode simplesmente surgir do nada, mas um jovem, um suposto órfão indo morar com parentes, poderia se infiltrar com muito mais facilidade naquele meio social. Acredito que Lachlan tem o carisma necessário também.

Mas parte de mim construiu fantasias a respeito de fazer amizades aqui no Subterrâneo, e não quero perdê-lo assim tão rápido. Não faz sentido algum, mas agora que já não tenho mais ninguém, suponho que esteja mais inclinada a me agarrar com todas as forças às poucas conexões que fizer, ainda que tenhamos nos conhecido há poucas horas. Gosto dele, para ser sincera. Lachlan ora me irrita, ora me encanta. Quero conhecê-lo melhor.

— Amanhã, depois de o sol se pôr — declara ele. — Você pode usar esse tempo para conhecer melhor a gente, e vai poder descansar bastante antes de sair.

A ideia de me aventurar por Éden outra vez me deixa nervosa, e também estou ansiosa graças a tudo que descobri sobre Aaron Al-Baz, mas não demoro muito para notar que as pessoas aqui no Subterrâneo possuem um efeito calmante. Sinto-me instantaneamente à vontade perto de todos. Como se estivesse em casa. Conversamos sobre as coisas mais simples, até triviais — minhas comidas favoritas, curiosidade a respeito das últimas modas na superfície —, às discussões políticas mais ardorosas, sobre igualdade e liberdade. Fico tímida e calada por algum tempo, mas, enfim, o ar de tranquilidade a meu redor me incentiva a me abrir um pouco.

Lachlan vem e vai, querendo se certificar de que estou bem de tempos em tempos. Sempre que o vejo, tenho vontade de puxá-lo para o lado e lhe contar tudo que descobri sobre o fundador de Éden. Mas ele vai embora antes que possa superar minhas incertezas. É algo tão imenso... Blasfêmia! Mas ele, e Flint, e toda a Éden deveriam saber a verdade.

Estou no meio de uma conversa com um senhor idoso, falando sobre cavernas mais profundas, mais até do que a câmara da canforeira, cujas paredes de pedra seriam de uma escalada desafiante, quando um alarme perfura meus ouvidos. Olho ao redor, frenética, o barulho ensurdecedor assaltando meus tímpanos, mas não vejo qualquer sinal de perigo.

A aura de calma que estivera aqui, porém, evapora-se instantaneamente. Aquelas pessoas contentes e gentis estão agora sérias e focadas. Armas surgem do nada. Há gente correndo aqui e ali, entrando em formação, agachando, mirando...

— O que está acontecendo? — pergunto, segurando o braço de Lachlan quando passa por mim na correria.

— Se abaixa! — É tudo o que tem tempo de dizer antes de seguir depressa para uma aberturazinha na parede da caverna, pendurar a alça de um rifle sobre o ombro e começar a subir a canforeira.

Ainda não consigo enxergar qualquer perigo, mas o som agudo e pulsante do alarme incessante está perfurando minha cabeça. Não vou ficar acovardada no chão. Não sei para onde correr, de modo que tomo a decisão impulsiva de seguir Lachlan. O instinto me diz para escalar.

Ele parece surpreso ao ver que o sigo, mas não zangado. Queria ter tempo de aproveitar a escalada. É diferente da superfície de pedra que estou acostumada, então me toma um tempo até estabelecer um ritmo. Perto da base, uso as entradas e nós no tronco. Mais alto, tenho que me agarrar aos grossos ramos e me remexer, depois mais alto ainda, envolvo os galhos com as pernas e escalo com o corpo inteiro. É emocionante e exaustivo.

Na copa, não muito distante do teto de cristal, ele para, espremendo-se para chegar a uma parte recurvada. Aponta com olhos para um esconderijo similar um pouco mais no alto, e escalo até lá enquanto ele se instala no galho, segurando-se com as coxas para poder apoiar o rifle em um ângulo, apontado para a entrada principal. Posso ver as portas com facilidade por entre as folhas, mas qualquer um no chão teria dificuldades para me derrubar, ou a Lachlan. Ele está na posição perfeita para atirar.

O Subterrâneo está preparado para a batalha... mas nada acontece, fora o alarme aterrorizante, enfim, ser desligado. Lachlan mantém-se onde está por mais cinco minutos, e mordo o lábio, aguardando.

Depois, um segundo alarme, um zumbido repetitivo e mais baixo. Vejo os ombros tensos de Lachlan relaxarem.

— Barra limpa — declara. — Daqui a pouco vão passar as suas instruções particulares para esses treinos de defesa, mas você foi bem. Se manteve fora de perigo, não atrapalhou ninguém, e pode ser que dê uma boa olheira, se a colocarem para ficar aqui em cima. Bom trabalho.

Volta a pendurar o rifle sobre o ombro e começa a descida. Eu o sigo de novo — descer é muito mais difícil do que subir.

— Quer dizer que não tinha nenhuma ameaça real? Foi só um treino?

Ele faz uma pausa na descida e olha para mim.

— Não se engane, a ameaça é muito real. O Subterrâneo está em perigo constante. — Abre um sorriso torto. — Afinal, estamos em guerra.

18

Após jantarmos cedo, todos juntos, uma refeição simples e deliciosa, servida pelas crianças (que tentam, e fracassam, manter a expressão muito séria), vou imediatamente para a cama. Com a missão de encontrar o cibercirurgião que está à minha espera amanhã à noite, acho que terei dificuldades para dormir tão cedo. Na superfície já deve estar quase escurecendo, e aqui, enquanto sigo cansada para minha câmara, os painéis no teto imitam o pôr do sol em tons suaves de laranja, cuja luz filtra por entre os ramos e galhos da canforeira.

Fecho a porta — não tem tranca, o que me preocupa, mas acabo concluindo que não há perigo aqui embaixo, a não ser o lá de fora, Lá em Cima, como chamam. Mas acho que adormeço quase que de imediato, pois, no segundo seguinte, já estou em outro lugar.

Parte de mim está ciente de que é um sonho, mas, por algum motivo, não me deixa nem um pouco menos perturbada. Caminho por um campo de flores e grama alta. Posso vê-lo. Posso sentir o cheiro da fragrância verde que sobe no ar conforme meus pés vão esmagando as ervas ao caminhar. Parece completamente real. Adiante, enxergo formas, rentes ao solo, e me aproximo, sorrindo, acreditando que podem ser animais.

O fedor atinge meu nariz antes que possa compreender o que são. Cadáveres, de corpos humanos, espalhados pela linda campina, seus braços e pernas contorcidos, os rostos distorcidos em sua agonia final e congelados assim até a carne se decompor. Processo que definitivamente já se iniciou. O aroma das flores se torna enjoativo, doce demais, e depois se dissolve no cheiro de sangue e degradação.

Em um primeiro momento, ainda consigo ver a grama sob os corpos. Mas à medida que continuo andando — e porque é um sonho não posso parar, nem chorar, ou fugir —, a quantidade vai aumentando, como se a própria Terra os estivesse fazendo brotar do chão. Uma plantação de cadáveres humanos.

Vou abrindo caminho, com dificuldade, como se estivesse dentro d'água, até eles surgirem empilhados uns sobre os outros, e eu ser obrigada a dar passos mais largos por cima deles, depois escalar, e finalmente me arrastar montanha de decomposição acima. A carne apodrecida se desprende deles sob meus dedos enquanto avanço. Não posso parar, pois há alguém aguardando no topo da montanha de mortos. Um homem alto, esguio, de cabelos escuros, o cavanhaque aparado e bem-cuidado. Sei que tenho que chegar até ele.

Ele olha para baixo, e seus olhos são tão gentis. Como pode ser, quando está de pé sobre dez mil cadáveres? Cadáveres que ele criou. Pois, claro, o homem é Aaron Al-Baz.

Ele estende a mão para mim como se quisesse me ajudar a chegar ao cume, mas hesito. Inclina a cabeça para o lado, me fitando com curiosidade, e diz:

— Extinção é algo natural.

Essa não teve nada de natural, tenho vontade de dizer, mas em meu sonho sou muda.

— Os seres humanos evoluíram até o ponto em que poderiam varrer a si mesmos da face da Terra — diz naquela voz macia e razoável. — E o teriam feito, no final. Era apenas uma questão de quantas outras espécies teriam levado consigo. A minha solução foi a melhor.

Minha versão do sonho consegue balançar a cabeça em negativa.

— Foi difícil — continua ele, com uma sombra de tristeza cruzando seu rosto. — Mas foi a coisa certa a fazer. Você vai ver, com o tempo.

Incapaz de resistir, estendo a mão para pegar a dele. Mas ao invés de me puxar para cima, ele me empurra com violência para baixo, e estou tombando, fazendo piruetas sobre a pilha de corpos, aterrissando em um emaranhado deles, aprisionada em uma rede de cadáveres que me engole como areia movediça...

Acordo aos gritos!

Já estou fora da cama, estou no corredor antes mesmo de ter certeza se já estou desperta ou ainda adormecida. Ninguém acorda, ninguém espia para fora do quarto. A rocha sólida deve ter abafado o som dos meus berros.

Poderia procurar Flint. É o líder, o responsável por toda essa gente, e agora por mim também. Deveria lhe contar o que sei. Poderia ir até Iris, deixar que me envolvesse com os braços roliços maternais e me reconfortasse, como se eu fosse parte da sua prole de segundos filhos.

Mas em vez disso é para Lachlan que me viro. Sou atraída para ele, de maneira irresistível, em meu momento de necessidade.

Ele tinha me mostrado onde ficava sua câmara, de passagem apenas, enquanto fazia o tour pelo Subterrâneo comigo, mas não chegou a me convidar a entrar. Seu quarto é um dos poucos ocupados no nível superior de galerias. Subindo as escadas correndo, me dou conta de que, se as autoridades de Éden encontrassem esse lugar e fizessem um ataque, Lachlan seria o primeiro na linha de fogo. Claro, também seria o primeiro com mira desobstruída para atirar nos invasores. Conhecendo-o (e, estranhamente, quase sinto como se o conhecesse de fato), é provável que tenha pensado nesses aspectos quando escolheu onde morar. Seria escudo ou sacrifício para os vulneráveis segundos filhos que estava defendendo lá embaixo. Ele faria o que fosse necessário.

Bato com violência à porta. Não tenho a compostura para fazê-lo com educação. Quase que de imediato, ela se entreabre, e vejo não o rosto de Lachlan, mas o cano de sua arma, o brilho de seu olho mal perceptível atrás dela.

As primeiras palavras que saem da sua boca são:

— O que aconteceu? — Abre a porta mais alguns centímetros e olha por cima dos meus ombros, em busca de perigo.

— Eu... tive um pesadelo — confesso.

Ele relaxa de maneira visível, e me pergunto se sua expressão é de quem está um pouco decepcionado comigo. Como se esperasse que pudesse superar algo tão trivial como um sonho ruim sozinha. Não entende que é muito mais do que isso — um pesadelo a respeito de uma verdade terrível.

Ele abre a porta com um suspiro.

— Não vou conseguir dormir mesmo. Não faz muita diferença se quiser entrar, então.

Por alguma razão, espero me deparar com um quarto sério e ascético: paredes nuas e armamento. Mas não é nada como imaginei. Araras de roupas são quase peças decorativas por aqui. Compreendo que são fantasias, os disfarces que usa para poder andar livremente pela cidade. As extravagantes cores da moda do círculo interno são dominantes, mas suavizadas aqui e ali pela presença de vários uniformes — de trabalhadores da área de reciclagem, entregadores e outros profissionais de Éden que passariam despercebidos aos olhos dos residentes. Consigo até identificar a coleção de farrapos que dá forma ao disfarce de mendigo, complementada por uma peruca e barba falsa.

Mas as paredes são o que há de mais surpreendente. Cada centímetro está coberto por algum trabalho artístico. Fascinada, me aproximo para ver melhor. A maioria foi claramente feita por crianças, imagens intensas e coloridas de pequenos bonecos de palito sorridentes de mãos dadas com um homem, também de palitinho, alto, que sem dúvidas representa Lachlan. Sem exceção, os Lachlan de cabeça de balão desenhados pelas crianças têm sorrisos enormes nos rostos.

Embora os desenhos infantis predominem, há outros mais bem-feitos e sutis. Um é um esboço simples feito a lápis de uma senhora sentada em uma cozinha, uma bola de massa fresca sobre a mesa diante dela. Os traços são esparsos, mas evocativos, levantando sugestões. Quase consigo sentir o cheiro de pão assando. Em um cantinho está o título, *Vovó*. No outro, o nome da artista: Iris. Posso ver a vida de Iris passar diante dos meus olhos em um instante — criada por uma avó amada, deixada desamparada e sozinha quando a idosa morreu. E agora está aqui, avó de uma imensa família. Por que deu esse desenho a Lachlan? Para lembrá-lo que todos aqui são como parentes?

Depois, vejo algumas poucas pinturas que só podem ser descritas como obras de arte. Foram feitas em material áspero, emolduradas sem habilidade e presas à rocha com adesivo... mas o talento é espantoso.

Cada uma mostra um animal, em uma pose que sugere não saber que está sendo observado. Um leopardo deitado com magnificência indolente; um esquilo de pé nas patas traseiras, mastigando uma noz que segura com as dianteiras; um golfinho rompendo a superfície do mar espumoso, apenas o bastante para tomar fôlego, o olho embaçado sob as águas.

Ao redor das criaturas, seu habitat é representado com brilhantismo nos mais ínfimos detalhes. A selva do leopardo é exuberante e verde; o oceano do golfinho, sapecado por sargaço e alevinos prateados. Mas à medida que a cor se estende para os limites das telas, as minúcias começam a se dissipar. A riqueza diminui, o colorido torna-se mais sóbrio. Seu mundo está desaparecendo. De repente, posso enxergar um certo pressentimento nos olhos dos animais. Sabem que sua existência está chegando ao fim.

No canto superior direito, em letras pretas garranchosas, está o nome do artista. Lachlan.

— São incríveis — digo, e tenho a sensação de que o elogio mundano soa insincero. Quero me desmanchar em exaltações, falar das emoções que as pinturas me evocam, a nostalgia outonal inspirada por algo que jamais vivi, a perda que transcorreu antes de meu tempo. Mas sinto vergonha, não consigo encontrar as palavras.

Lachlan dá de ombros.

— É só um passatempo — diz, não dando importância ao próprio talento. — Não que tenha muito tempo de sobra.

Tento explicar minha reação diante das pinturas.

— Elas capturam aquele sentimento de ter algo escorrendo por entre os dedos, toda a inevitabilidade... Tenho certeza de que as pessoas, em algum momento, souberam que o fim estava chegando, que não havia como evitar a Ecofalha. Quando ainda tinham os carros e aparelhos de ar-condicionado e safras embebidas de pesticidas e ainda podiam fingir que tudo continuaria assim para sempre, mas também sabiam que as beiradas do mundo estavam se dissolvendo, e não havia mais nada que pudessem fazer. — Estou com o cenho franzido, cheia de dificuldades para me expressar.

— Um homem podia ter feito algo — rebate Lachlan com convicção.

— Aaron Al-Baz tentou parar essa catástrofe trazida por mãos humanas, mas ninguém quis escutar. Não podia impedir que destruíssem o mundo, mas podia salvá-los. Nos salvar. Temos que fazer jus à memória dele, para sermos merecedores, no dia em que finalmente pudermos voltar para o mundo lá fora, quando estiver curado.

— Ele é seu herói, não é? — indago baixinho.

— É o herói de todos.

— E se não fosse? — forço-me a perguntar.

Lachlan está mexendo na arma, fazendo algo cujo propósito não consigo nem imaginar, mas que está tomando toda a sua concentração. Parece pensar que estou sugerindo algo hipotético, um exercício intelectual em forma de debate.

— Se ele não fosse um herói de verdade, por que nossos ancestrais foram salvos e trazidos para este último refúgio humano: Éden? — pergunta, sem prestar muita atenção, enquanto faz algum ajuste ínfimo na mira do rifle.

Obrigo minha voz a sair com mais firmeza:

— Lachlan, é sério. O que aconteceria com as pessoas de Éden, do Subterrâneo... com você... se descobrissem que o Aaron Al-Baz não era esse homem bom que todos pensam que foi?

Tenho sua atenção agora. Ele levanta a cabeça, o corpo inteiro tenso, como se tivesse acabado de identificar algum perigo.

— Só o fato de estarmos aqui, ao passo que todas as outras espécies animais no planeta não existem mais, me parece prova suficiente da bondade dele. — O tom é desafiador, quase antagônico, e parte de mim quer abrir mão e deixar tudo de lado. — Se as pessoas de Éden descobrissem que não é bem assim... — Parece confuso por um segundo. Ele não consegue conceber aonde quero chegar, ou quais poderiam ser as consequências. — Seria uma ruptura geral. De tudo em que todo mundo acredita.

— Achei uma coisa — revelo muito baixo. — Foi minha mãe que me deu, na verdade, antes de... — Engulo em seco. — Ela achou lá em casa, escondido atrás de uma parede de pedra. Era a casa onde o Aaron Al-Baz morou logo depois da Ecofalha.

De modo que me sento na cama dele e lhe conto tudo que descobri.

Aaron Al-Baz foi um visionário, que viu a destruição iminente do ecossistema global muito antes de qualquer outra pessoa. Era um gênio, e aplicou a tecnologia da época para primeiro tentar deter a devastação e, depois, quando seus esforços se provaram impossíveis, para remediá-la. Fez as máquinas, os computadores, os programas, todos trabalharem a serviço dele para dar início ao processo, que duraria gerações, de salvar o planeta. Mas antes disso, decidiu livrar-se dos responsáveis por envenenar e incinerar nosso mundo.

Não foi a Ecofalha que deu cabo da espécie humana. Foi Aaron Al-Baz. Ele fez isso para salvar o restante da Terra.

Fazia sentido, de uma maneira doentia, inumanamente lógica. O planeta estava morrendo por culpa das pessoas. Ele podia tentar consertar os estragos feitos por mãos humanas... ou cortar o mal pela raiz. Em algum momento da vida, o gênio louco desenvolveu um vírus que erradicaria quase 100 por cento da população. Seu talento não conhecia limites; simplesmente criou um programa que elaboraria um patógeno irrefreável e deixou que seus lacaios mecânicos o tornassem realidade. Então, quando os cientistas liberaram suas partículas na atmosfera em uma tentativa de reverter o aquecimento global, Al-Baz liberou a doença.

Claro, certificou-se de que ele fosse imunizado. A família também. Quanto ao restante da humanidade, deixou que o acaso ficasse responsável.

Seleção natural, foi como o descreveu no manifesto.

Reduziu a população a uma fração de seus bilhões originais. Depois, reuniu parte dos sobreviventes e os instalou em Éden, para aguardar o dia em que os seres humanos poderiam repovoar o planeta.

E o restante das pessoas que sobreviveram à praga? Os que não foram aceitos em Éden? Foram deixados entregues à própria sorte, para morrerem, devagar, no mundo moribundo, junto às demais espécies animais.

— Não — refuta Lachlan, impassível, quando termino minha narrativa. É a primeira palavra que fala desde que comecei. Ele ficou o tempo inteiro sentado na cama a meu lado, em silêncio, quase inexpressivo, salvo por uma curva leve para baixo das sobrancelhas.

— Mas tenho provas — insisto, achando que não acredita em mim. — Uma admissão do próprio Aaron Al-Baz. Posso mostrar para você. — Começo a levantar, mas ele me puxa para sentar outra vez.

— Não — repete, baixo, mas firme.

— Mas...

Está segurando minha mão na dele, de modo que nem faço uma segunda tentativa de me levantar. Olho para as articulações dos dedos dele, para as marcas das cicatrizes brancas onde a pele foi rompida em incontáveis ocasiões. Tantos socos, tanta luta. Foi sempre assim sua vida. Mas está calmo agora. De um modo quase antinatural. O único indício de sua agitação é a maneira nervosa como acaricia minha pele com o polegar, várias e várias vezes no mesmo local.

— Você chegou a contar isso para mais alguém? — indaga. E balanço a cabeça em negativa. — Então não conte. Por favor — acrescenta, e posso ver preocupação profunda dentro de seus olhos.

— As pessoas não merecem saber a verdade?

Olha para baixo, para minhas mãos, por um instante, e fico me perguntando o que pode ler a meu respeito dali. Unhas curtas, todas quebradas agora, ainda que limpas após o banho. As pontas dos dedos calosas, resultado de ter passado meus dias escalando o muro do pátio. A pele também aberta sobre as minhas articulações, feridas novas, começando a se curar com uma linha escarlate. Minha primeira cicatriz de guerra. A primeira de muitas? Sinto como se estivesse à beira de algo grandioso, e perigoso, e sublime.

— O Aaron Al-Baz não é só o *meu* herói — começa Lachlan. — É o padroeiro de Éden. O que estamos planejando fazer... a revolução que vai tornar todos os cidadãos de Éden livres e iguais... vai ser feita em nome dele. É a nossa pedra de toque, nossa inspiração.

— Mas ele era um monstro!

— Ninguém sabe disso — argumenta. — Ninguém pode saber. Vai nos levar direto para o caos. É a última coisa que precisamos agora. O Centro está fazendo coisas horríveis, mas, pelo menos, Éden continua inteira e a salvo. A água continua jorrando, as pessoas, comendo, e as condições mortais que o meio ambiente lá fora apresenta são mantidas longe de nós. Queremos fazer uma transição suave.

— Você me disse que estão em guerra — lembro.

Ele faz que sim.

— Uma guerra sutil. Uma batalha combatida de dentro, com a menor quantidade de sangue derramado possível. Você se lembra daquelas crateras que viu nos centros mais externos?

Lembro.

— São da última tentativa de rebelião dos círculos periféricos. São de bombardeios.

Estou chocada. Quase mais do que quando li a verdade sobre Aaron Al-Baz.

— Como assim? Nunca teve nenhuma rebelião! Ninguém nunca lançou bombas aqui dentro de Éden. Não está nos livros de história.

— E o que *está* nos livros de história? — pergunta ele com rispidez.

— Só aquela velha narrativa da Terra pré-falha. A vida do Al-Baz. História ambiental. Mas o que os livros falam sobre as gerações que viveram em Éden?

Penso a respeito disso. Há os livros de educação cívica, explicando os ocupantes de Éden. Há volumes falando sobre o sistema governamental. Listas dos chanceleres e gabinetes de ministros anteriores Mas história de verdade? Dos anos que os seres humanos passaram vivendo em Éden? Não. Presumi que fosse porque nada de notável tivesse acontecido. Simplesmente vivíamos nossas vidas, esperando o dia em que poderíamos voltar para o mundo. Nunca me ocorreu que história podia estar sendo feita em Éden.

— Não tem nada nos livros, e os primeiros filhos... — Faz uma pausa, esfregando a testa. — É como se não tivessem qualquer recordação daqueles dias. Já tentei conversar sobre isso com alguns aliados nossos, e eles sempre ficam confusos, ou riem, ou simplesmente negam tudo. Crateras? Dizem que só podem ser resultado de tanques reservatórios de água que se romperam no subsolo. Mas os segundos filhos lembram. Os mais velhos, pelo menos, e relataram tudo para nós.

Aconteceu há setenta anos. Os residentes miseráveis da periferia tentaram tomar o poder, armados de pedras e porretes e algumas poucas armas. Estavam em número pateticamente pequeno. O Centro retaliou. Com brutalidade.

— Por que os primeiros filhos não lembram?

— Não sei — admite Lachlan. — Algum tipo de lavagem cerebral? Um acordo mútuo que iria ignorar as partes desagradáveis da vida? Não faço a menor ideia. Mas o que importa é que não chegamos aos pés do Centro no que diz respeito a armas e pessoal. Vamos fracassar, gente vai morrer, e as pessoas carentes vão estar numa situação ainda pior do que antes. Alguém tem que se infiltrar no coração do Centro. De lá, todo tipo de método, seja influência, chantagem, e até violência, vai ser usado para gerar mudanças. No final, toda a Éden tem que estar nos apoiando, os ricos e os pobres, primeiros e segundos filhos, sem exceção. Por isso é vital que o nome de Aaron Al-Baz permaneça imaculado. Essas pessoas nunca aceitariam me seguir, ou ao Flint. Mas Al-Baz é alguém em que todos acreditam. Precisamos de toda a população do nosso lado, mas a mudança essencial tem que vir de dentro. As cabeças que estão no poder têm que abrir mão dele e cedê-lo ao povo.

— Isso tudo me parece impossível. Por que eles fariam uma coisa dessas?

— Não vamos deixar outra escolha — explica, e o tom da sua voz me faz ficar tensa. Ele percebe isso pela minha mão. — Não se preocupe, vou me certificar de que você fique fora disso. Depois de amanhã, claro. Depois de me levar até aquele cibercirurgião, vai poder relaxar e aproveitar seu status de membro legítimo de uma sociedade acolhedora pela primeira vez.

Ele se atira de costas na cama, ainda segurando minha mão, sorrindo para mim.

Mas não acho isso justo.

— E se eu quiser ajudar? Tem que ter alguma coisa que possa fazer.

Lachlan parece orgulhoso de estar me ouvindo fazer a sugestão, e fico radiante por dentro. Mas diz:

— Você já teve que passar por coisa demais.

— Não foi mais do que tudo por que você passou — insisto.

— Mas ninguém deveria ser obrigado a passar por isso. Se vencermos, ninguém vai passar por isso de novo, nunca mais. Teremos paz, segurança, prosperidade, para todos em Éden.

Olho para ele, deitado na cama, exausto e apaixonado, e sou tomada por um impulso louco. Recordo-me do beijo de Lark naquele momento sossegado que passamos juntas, a maneira como me persegue e assombra, me confunde, me extasia. E me pergunto: beijar Lachlan me faria sentir o mesmo?

Ele se senta de repente, como se tivesse acabado de se dar conta de sua vulnerabilidade.

— Tenho uma coisa para você. — Tateia pelo bolso e tira algo lá de dentro. Estende a mão fechada. Tudo o que consigo enxergar é um pedacinho de corda trançado por entre os dedos.

Estico a palma da mão, e ele a cobre com a sua, deixando as articulações nodosas descansarem lá por um instante antes de abrir os dedos. Sinto algo cair. Quando olho, encontro um pedacinho deslumbrante de cristal rosa-claro de cinco centímetros de comprimento, as seis faces lindamente polidas.

É tão cristalino! Seguro-o diante do rosto e olho para Lachlan através dele. Seu rosto suaviza-se em tons de rosa.

— Todo segundo filho da caverna tem um pedaço de cristal. É um símbolo da nossa unidade. Agora você é uma de nós.

— É lindo — digo, acariciando a pedra fria. — Perfeito.

Arrebatada pelo presente, e ainda mais por suas implicações, me inclino para ele, com a intenção de beijá-lo na bochecha. No último segundo, ele vira um pouquinho a cabeça, e meus lábios tocam os dele.

Apenas o mais leve dos toques. Não recuo. Nossos olhos se encontram, olhos de segundos filhos, e fico parada naquela posição, sua respiração na minha boca, esperando para ver o que fará, o que farei. A lembrança do beijo de Lark me domina, depois perde um pouco de força enquanto encaro Lachlan. Não faço ideia do que quero. Mas Lachlan faz.

Do nada, sua mão está em meus cabelos, me puxando para ele em um beijo que é feroz, fantástico, assustador em sua intensidade. Sinto-me incrivelmente viva... mas quando levo a mão ao seu rosto, os dedos dele se entrelaçam em meus cabelos e me afastam. Inspiro, surpresa.

— Você devia dormir um pouco antes de a gente sair — diz com firmeza, embora eu note que sua respiração está rápida como a minha, e suas pupilas, enormes e luminosas.

Sei o que significa, claro, mas finjo não saber. Não quero ficar sozinha.

— Boa ideia — digo, e me deito ao seu lado, a cabeça aninhada na curva de seu braço. Posso ouvir seu coração acelerado.

Ele não me pede para ir embora.

Ainda que meu corpo esteja confortável, também estou um pouco tensa com a estranheza de tudo que está acontecendo para conseguir pegar logo no sono. Minha mente está agitada e girando, saltando daquela verdade terrível que descobri a respeito do herói de Éden para o beijo, depois para Lark, e de volta ao começo, em um ciclo.

Enquanto escuto o som tranquilizador da respiração estável de Lachlan, minha mente se esvazia, o corpo relaxa, e adormeço...

19

Acordo com um sobressalto, achando que alguém está tentando derrubar a porta. Fico confusa, primeiro por não estar na minha cama em casa, depois ainda mais quando me dou conta de que Lachlan está deitado ao meu lado. Joguei o braço por cima dele em algum ponto da noite, e ele o retira para rolar por sobre minha barriga e se colocar de pé. A arma já está em suas mãos.

— O que aconteceu? — pergunta ao abrir a porta, a mesma pergunta que me fez quando vim procurá-lo. Deve viver sempre em alerta, tenso, esperando o pior acontecer.

Encolho-me toda, de repente me dando conta de que estou na cama de Lachlan no meio da noite. Vestida, claro, mas quem quer que esteja à porta vai pensar...

— Não estamos encontrando a Rowan em lugar nenhum. — É a voz de Flint, e soa raivosa. — Não está no quarto dela, nem em nenhuma das áreas de convivência. Você me disse que podíamos confiar nela. Se saiu de fininho e resolveu nos trair...

Com um sorriso indecifrável no rosto, Lachlan abre a porta devagar, revelando minha presença no quarto, sentada, sem jeito, na cama dele.

— Ah! — exclama Flint, e olha para o menino com as sobrancelhas arqueadas.

— Não é o que... — Eu e Lachlan começamos a dizer ao mesmo tempo, mas Flint interrompe.

— Levanta, Rowan. Preciso de você. Agora. — Ele começa a vir na minha direção.

— Por quê? — indaga Lachlan, e noto que sutilmente se coloca entre mim e Flint. O gesto protetor instintivo me toca de uma maneira indescritível.

— Capturamos um intruso andando pelos túneis.

— E você precisa da Rowan para quê? — pressiona Lachlan, olhando para mim.

— Você vai ver.

Perplexa, ajeito os cabelos despenteados e o sigo. Lachlan se mantém próximo, logo a meu lado. Acho que vejo a mão fazer menção de segurar a minha, mas ele parece mudar de ideia e manter a compostura. Ainda assim, é bom tê-lo perto.

Flint nos guia depressa pela galeria, depois dois andares para baixo. Paro abruptamente quando reconheço nosso destino final: a câmara de interrogatório. Posso sentir o saco molhado me sufocando, e sou forçada a dobrar o corpo para a frente, sem conseguir respirar, envolvendo o tronco enquanto tento tomar fôlego.

Lachlan coloca um braço ao meu redor, se abaixa a meu lado.

— Inspira pelo nariz, expira pela boca. Devagar. Com calma. Está tudo bem. — Preciso de um minuto, mas minha respiração retorna a algo parecido com seu ritmo normal. Endireito o corpo e tento manter a dignidade, mas é difícil quando lembro a tortura pela qual passei naquela sala.

Flint entra primeiro, seguido de Lachlan. Ele bloqueia minha visão com os ombros, mas posso ver duas pessoas lá dentro. Uma delas é a mulher que conheci brevemente sob a canforeira, segurando algo que parece uma meia pequena cheia de areia.

A outra está amarrada à cadeira com um saco por cima da cabeça, e meus pulmões convulsionam-se outra vez, mas me mantenho sob controle aos olhos dos outros. Vejo braços nus cobertos de hematomas, e enquanto observo, a mulher do Subterrâneo — Flora, era esse o seu nome — toma impulso e acerta a pessoa no ombro.

A prisioneira solta um gemido.

— Por favor... — As palavras são abafadas pelo tecido ensopado, mas conheço aquela voz, conheço a penugem dourada naqueles pobres braços feridos.

— Lark! — grito e me atiro para ela. Flint me segura com violência pelos ombros e me força a recuar.

A cabeça dentro do saco vira na minha direção. De repente, posso ver o corpo inteiro de Lark ficar rígido, forçando as amarras. Tento me desvencilhar de Flint, mas ele não me libera. A cabeça dela se debate para a frente e para trás, e, depois de um longo instante, o corpo volta a ficar rijo para então perder toda a tensão, murcho.

— Ela tem convulsões — grito, chutando as canelas de Flint, em vão. — Me deixe ajudar!

— Você a trouxe até aqui? — rosna Flint, ignorando meus esforços, e lembro que foi este o homem que me torturou. Passou a ser tão agradável desde então, o tom sempre cordial e inspirador. Agora lembro a voz do meu interrogador, e tento me encolher e afastar. Mas ele me segura com força e me sacode. — Mandou algum tipo de mensagem para ela? Quem é? Para quem está trabalhando?

— Solte a Rowan — ordena Lachlan, e se a voz é suave, as intenções claramente não o são. Os punhos estão cerrados, o maxilar trincado, e acho que está pronto para atacar o líder do Subterrâneo. Flora olha por cima do ombro, surpresa, e Flint me larga de forma abrupta. Os dois homens se encaram por um longo e tenso momento. Depois, o mais velho recua.

— Você conhece esta garota? — indaga, mantendo agora uma distância mais respeitável de mim... e de Lachlan.

— Ela é minha amiga — digo. A cabeça de Lark está virada para mim agora, e quero arrancar aquela lona dela, confortar e tranquilizá-la, mas não me atrevo.

— Achei que você tivesse dito que ela foi mantida presa em casa toda a vida dela — diz Flint a Lachlan.

— E foi, até poucos dias atrás. Mas também não sei quem é essa garota.

— Ela é a melhor amiga do meu irmão — explico. — A conheci quando saí de casa escondida. Ela sabe que sou uma segunda filha, mas nunca contaria isso a ninguém... nunca! Ela vem dos círculos externos e... também ajuda outras pessoas. — Não sei realmente o que Lark faz, mas sei que está de alguma forma envolvida com a resistência ao Centro.

— O que ela estava fazendo, xeretando lá fora? — Flint exige saber.

— Por que vocês não perguntam a ela, em vez de a espancarem? — desafio, encarando Flint com firmeza. Depois, me coloco entre os dois homens. Ninguém tenta me impedir quando começo a mexer nas cordas que prendem o saco de lona molhado ao pescoço de Lark. Mas a água fez os nós incharem, e não consigo desatá-los.

— Aqui, me deixe fazer isso — diz Lachlan, revelando um canivete de lâmina curva. Ele corta os cordões, e minha confiança nele é tanta que sequer chego a me preocupar com a proximidade do fio mortal da carne da minha amiga.

Arranco o saco e, estranhamente, é para Lachlan que ela olha primeiro. As duas pessoas que já beijei na vida, conhecendo-se ao vivo e em cores nessas estranhas circunstâncias.

Depois, ela vira os olhos para mim, e o rosto se enche de alívio.

— Você está viva! — exclama.

Uso a barra da camiseta para secar seu rosto.

— O que você está fazendo aqui, Lark? — pergunto, muito perto da orelha dela, tanto que chega quase a ser um beijo.

— Estava procurando você. Coloquei todos os meus contatos da Beira atrás de você também.

— Você tem conexão com a Beira? — interrompe Lachlan.

— Bando de amadores — resmunga Flint. — Bons samaritanos iludidos.

Lachlan lhe lança um olhar desdenhoso.

— Pelo menos estão tentando. O que tem de errado em tentar fazer o bem? Qualquer coisa é melhor do que nada.

— Até que fiquem no nosso caminho ou nos exponham, ou tragam o Centro direto até a nossa porta, onde eles não têm nada que meter o bedelho.

— O que é a Beira? — indago.

Lark responde.

— É o oposto do Centro. Tentamos reunir e unificar as pessoas, gente de todos os círculos, todas as rendas, todos os graus de educação.

— Um clubinho — ironiza Flint com um bufo.

Lark olha para ele com fúria, tão cheia de paixão, mesmo ainda estando amarrada, que meu coração se emociona diante de sua coragem, de sua força.

— Nós estamos fazendo tudo o que podemos. Informamos as pessoas do círculo interno sobre os problemas que os outros anéis periféricos enfrentam. Arrecadamos dinheiro, tentamos ajudar os mais pobres. Escondemos rebeldes. Ajudamos segundos filhos.

Flint parece incrédulo.

— Que segundos filhos vocês já ajudaram?

— A Rowan, claro. É a primeira que conheci. Desde aquele dia, os membros da Beira estão de olho na casa dela, e a seguem quando sai às escondidas, para terem certeza de que ela está a salvo.

Sinto o coração afundar no peito quando Lachlan e eu nos entreolhamos.

— Você *contou* sobre mim para mais gente?

— Só alguns membros de confiança da Beira. A gente se conhece faz anos. Eles são completamente leais.

— Sua idiota! — vocifera Lachlan. Ele dá um passo em direção a Lark, a expressão irada, e por um segundo temo por ela. Mas então percebo que, mais uma vez, sua intenção é se interpor entre Flint e seu alvo. Lachlan está zangado, mas, quando vejo o rosto de Flint, começo a tremer. Tem sangue nos olhos. Acho que se Lachlan não estivesse separando os dois, suas mãos já teriam voado até o pescoço de Lark.

— Lark — digo baixinho —, por que você fez isso comigo?

Ela desaba.

— Achei... achei que estava ajudando. Confio naquelas pessoas.

— Então confia em traidores — rosna Flint. — O que a torna uma traidora também. — Aponta o dedo para mim. — Esta garota vivia perfeitamente bem e em segurança até você contar aos seus "amigos de confiança" a respeito dela. Agora a mãe da Rowan está morta, por sua causa. O Centro a está caçando, por sua causa.

— Não foi a minha intenção!

— E os seus amigos da Beira a seguiram até aqui? Estão alertando o Centro nesse exato instante? — Ela balança a cabeça, olhando para mim desesperada.

Estou confusa, e viro o rosto para longe de Lark, mesmo quando suas lágrimas correm soltas, suplicando que eu a conforte. Nunca acreditei de fato que me trairia. E isso... não era o que ela pretendia, sei disso, mas não muda o fato de que foi por sua culpa que mamãe foi assassinada a tiros no meio de uma estrada. Confiei nela.

— Rowan, me desculpa! — geme, fazendo força contra as cordas que ainda a amarram, como se fosse se atirar em meus braços se estivesse livre. Começo a me afastar... mas não consigo.

— Ela cometeu um erro — digo com firmeza a Flint e Lachlan. — Achou que estava me ajudando. Mas não foi ela quem me entregou. Não me traiu. — Olho para seu rosto doce e cheio de tristeza. — Confio nela — afirmo, ainda que não esteja absolutamente certa de que o que digo é verdade.

— Confia — Flint cospe a palavra, fazendo cara feia. Em seguida, parece relaxar, e dá de ombros de leve. — As motivações da menina não importam. Está aqui agora, e o que está feito, está feito. Flora, mande vigias lá para cima para monitorarem as ruas nos perímetros da entrada, e coloque todos em alerta. Quero todos os residentes acima de 12 anos armados, o tempo inteiro, até nova ordem.

Ela assente com firmeza e sai para cumprir as instruções.

— Acho que você também devia ir agora, Rowan — diz Flint, e a gentileza repentina e deliberada em sua voz me faz hesitar.

— Não vou a lugar nenhum — respondo, resoluta.

— Você não precisa ver isto. Já passou por muita coisa.

Perplexa, olho para Lachlan.

— Você precisa mesmo fazer isso? — pergunta ele ao líder.

— Ela entrou no Subterrâneo, e não é uma segunda filha. Que alternativas existem? — Ele se vira para mim outra vez. — Rowan, saia. — Depois abre uma gaveta de um carrinho-gaveteiro e puxa uma seringa.

Lark compreende o que significa antes de mim.

— Não! Por favor! — grita. — Não vou contar a ninguém, eu juro! Vou dizer que menti sobre a Rowan, e que ela não era segunda filha! Vou sair da Beira para sempre. Não! Você não pode fazer isso! — Ela se contorce, ainda amarrada, tentando se afastar de Flint o máximo possível. — Rowan, por favor! Você não pode deixá-lo me matar!

Olho para Flint, incrédula.

— Sei que é difícil para você entender — diz ele —, mas não podemos deixar ninguém saber sobre nós. Nem agora, nem por um bom tempo. Conseguimos manter este lugar em segredo até o momento. Não colocarei todos nós... todas as crianças e famílias, a árvore... em perigo por causa de uma única garota estúpida. Talvez ela só tenha mesmo cometido um erro tolo. Mas tolice é mortal, e não podemos correr nenhum risco. A garota tem que morrer.

Eu me atiro em cima dela, protegendo-a com meu corpo.

— Lachlan... — imploro em um sussurro.

Ele parece dividido.

— Flint, reconheço e sou grato por tudo o que você faz para nos manter a salvo, mas... ela é só uma menina, não é uma Camisa-Verde ou oficial do Centro. Tem que ter outro jeito. Você nem sabe como ela descobriu o Subterrâneo ainda.

— Não sei — admite Flint. — Flora me relatou que ainda não tinha conseguido extrair essa informação da garota. — Ele olha para Lark com uma pontinha de respeito contrariado. — Ela resistiu bem ao interrogatório.

— Então vamos descobrir isso primeiro. Como veio parar aqui... e *por que* veio. *Sem* espancamento. Depois, quando todo mundo estiver mais calmo, decidimos o que fazer com ela.

— Você está apenas adiando o inevitável, prolongando o sofrimento para Rowan e para a menina — avisa Flint. — Só há uma opção.

— Sempre há mais opções — insiste Lachlan.

Flint concorda, com óbvia relutância, e seguro a mão de Lark enquanto ele e Lachlan fazem perguntas a ela.

* * *

O membro da Beira escalado para manter uma discreta vigilância em minha casa nos seguiu quando eu e mamãe saímos para fazer os implantes das minhas lentes. Testemunhou tudo — o bloqueio na estrada, o assassinato de mamãe — mas não tinha como me ajudar sem se entregar também. Contaram a Lark onde fui vista pela última vez, e ela saiu à minha procura, acompanhada de outros membros da Beira que sabiam da minha existência. Mas ninguém localizou nenhum rastro meu.

Desesperada, Lark subiu até a torre de observação das estrelas, o glorioso terraço onde tive a experiência do meu primeiro, e muito confuso, beijo. E foi de lá que, por uma estranha coincidência, olhou para baixo, para a cidade, e me viu.

Achou que estava imaginando coisas, sem dúvida. De todas as pessoas em Éden, como seria possível que acabasse avistando, por acaso, justamente a pessoa que estivera procurando. Quase ficou lá em cima naquele terraço, certa de que era apenas a força de seus desejos criando ilusões de ótica... Mas acabou correndo escada abaixo. Ela nos perdeu de vista por um bom tempo, mas, enfim, nos descobriu quando Lachlan e eu estávamos descendo pelo bueiro que traz ao Subterrâneo.

Como poderia ter me reconhecido de tão alto? Fiquei me perguntando. Só estive lá à noite, verdade, mas mesmo de dia, duvido que pudesse ver com distinção qualquer pessoa específica lá de cima. Sua história pode mesmo ser verdadeira? Quero acreditar que sim.

— Ninguém mais sabe — jura. — Só eu, e foi pura sorte.

— Por que você queria tanto achar a Rowan? — indaga Lachlan.

— Não era só uma questão de querer. *Precisava* achá-la!

— Você se importa tanto assim com ela? — continua Lachlan, com tom em parte respeitoso e, acho, em parte desconfiado.

— Me importo — afirma Lark em meio às lágrimas. — E tinha que contar uma coisa a ela também.

— O quê? — pergunto, me aproximando.

— É o seu irmão, Rowan. Eles o pegaram.

Meu coração parece afundar no peito com um baque nauseante.

— Quem? — indago, já sabendo a resposta.

— Os Camisas-Verdes foram procurá-lo quando você desapareceu. Simplesmente arrastaram-no para fora da sala de aula.

Não consigo acreditar. Não Ash. Não meu pobre, frágil, inocente e amoroso Ash.

— Ele já foi julgado, às pressas e em segredo. Vai ser executado em três dias.

Cubro a boca com a mão. Ele não fez nada de errado! Engolindo meus soluços, me forço a perguntar:

— E o meu pai? Foi preso também?

— Ah, Rowan — diz Lark com tanto pesar, que seria de se pensar que era *eu* quem estava amarrada em uma câmara de tortura, a morte pairando sobre minha cabeça. — Foi seu pai quem o condenou.

20

— Desamarre a Lark — digo, e quando ninguém faz qualquer movimento, grito: — Soltem-na agora! — Acho que estou enlouquecendo. Não Ash. Não o doce e gentil Ash...
— Rowan, acho que você devia... — começa Flint.
— Não — berro, e fico surpresa diante da minha força, desafiando a autoridade desses dois homens. No que diz respeito a Ash, sou capaz de fazer qualquer coisa. — Ela vai ser liberada e vai me ajudar a resgatar o Ash. — Olho para Lachlan sem hesitação. — E você também.
— Fora de questão — responde Flint no lugar dele. — Ainda que nós a deixemos continuar viva... e isso ainda é muito pouco provável... ela nunca mais sairá do Subterrâneo. Não podemos correr esse risco. E sinto muitíssimo pelo seu irmão, mas simplesmente não podemos ajudá-lo. Nem você.
— Você não pode me impedir de tentar salvar o meu irmão! — Minha voz sai como um rosnado, a fúria subindo pela garganta.
— Podemos, sim. Não será nada agradável, mas podemos trancá-la, drogá-la... o que for necessário para proteger o Subterrâneo da exposição.
— Quer dizer que sou sua prisioneira? Achei que aqui seria uma sociedade livre onde os segundos filhos podiam levar vidas normais.
— Normal é uma coisa que não existe mais nesta Terra — interrompe Lachlan.

Eu o ignoro.

— Seu objetivo maior é proteger os segundos filhos, não é isso? Bom, a minha mãe e o meu irmão me protegeram por dezesseis anos. Ela morreu para proteger uma de vocês! O meu irmão foi preso porque me manteve a salvo esse tempo todo. Vocês têm que ajudá-lo.

— Rowan — diz Lachlan com muita suavidade na voz —, seu irmão deve estar na prisão do Centro agora. Sinto muito, muito mesmo por ele, e por você. Perder todos que importam assim, de uma vez...

— Deixa a frase morrer no meio, e vejo seus olhos reluzirem com lágrimas que não caem. Pisca depressa para se livrar delas. — Mas não tem nada que a gente possa fazer. Nenhum de nós aqui teria nem como sonhar em entrar na prisão do Centro.

— Eu tenho um jeito de colocá-los lá dentro — interfere Lark.

* * *

Escutamos seu plano. Parece possível, mas...

— Não, isso nunca daria certo — refuta Lachlan. — Nós até conseguiríamos entrar assim, mas, depois disso, teríamos que nos virar para andar pelo prédio. Teríamos que ter crachás de identificação, acesso. Nenhum contato nosso tem esse tipo de poder. Seria necessário a ajuda de alguém no alto escalão lá dentro, para nos dar os códigos de segurança, passes livres.

Reflito por um instante.

— Alguém como o próximo vice-chanceler?

Eles me encaram com surpresa e informo a eles que meu pai foi escolhido a dedo pelo chanceler para ser o segundo no comando.

— Mas ele nunca ajudaria você — protesta Lachlan. — Não se o que a Lark diz for mesmo verdade. — Vira-se para ela: — Foi realmente ele quem entregou o próprio filho?

Ela assente.

— Meu pai ouviu uns oficiais do Centro comentando sobre isso, embora eu não ache que ninguém de fora do governo esteja sabendo. Não faço a menor ideia de como conseguiu se safar, mas o trabalho do seu pai, e a vida dele, estão garantidos. E foi ele mesmo quem assinou a sentença de morte do filho.

Ouço Lachlan tomar fôlego, sinto a mão pousar em meu braço. Eu me desvencilho.

— Não é da sua piedade que preciso. É da sua ajuda. Sei que meu pai é um monstro que faria qualquer coisa para se salvar. — Não, não é bem verdade. Nunca, jamais imaginei que faria algo assim a Ash, seu filho amado. Sempre soube que teria se virado contra mim, que teria me entregado, não fosse pela certeza de que seria um grande sofrimento para mamãe e meu irmão. Mas Ash? Nunca teria pensado que algo assim fosse possível, nem mesmo vindo dele.

— Não podemos ajudar — repete Lachlan, a voz muito gentil. — É uma missão impossível. Suicida. Não podemos colocar o que temos aqui, e todos os nossos planos para o futuro, em risco assim. — Posso ver o quanto dizer isso lhe custa, a tensão vinda da crença de que duas coisas opostas são absolutamente corretas. Ele quer salvar Ash, por mim, e porque Ash ajudou uma segunda filha, e, acho, porque Lachlan acredita que é seu dever ajudar as pessoas necessitadas. Mas também tem um compromisso inabalável com o Subterrâneo, de mantê-lo seguro, não importa a que preço. Abriria mão da própria vida por ele. Também abriria mão da vida de Ash.

E da minha? Fico me perguntando.

— *Não podem*, não — corrijo. — Vocês não querem. — Encaro-o sem me retrair nem hesitar, para que entenda que estou falando sério. — Se você não me ajudar, também não vou ajudá-lo.

Por um momento, enquanto tenta processar a informação, a boca de Lachlan se abre e movimenta sem produzir qualquer som, tentando pensar em um argumento. Mas penso ver algo em seus olhos que me diz que aprova minha decisão. Ele não pode aceitar e concordar com meu plano, mas se não lhe der outra escolha...

Flint me pega pelo ombro e me gira para encará-lo, e dessa vez Lachlan não intervém. Acho que compreendo por quê.

— Como é?

Fito-o com frieza.

— Simples assim: se vocês não me ajudarem a resgatar meu irmão, não vou ajudá-los a conseguir os implantes do cibercirurgião que vocês querem.

Flint começa a fumegar e gaguejar, agora tão distante do líder centrado que conheci.

— Isso é um absurdo! Acolhemos você quando não tinha mais ninguém, mais nenhum lugar para onde ir. Você depende de nós. Se não fosse por nós, você e todos os outros segundos filhos estariam mortos. E acha que pode nos desafiar?

Minha única reação é piscar uma vez.

— Você me ouviu — declaro, sem titubear.

— Garota tola, acha mesmo que não vamos *forçá-la* a nos contar o que sabe?

Arqueio as sobrancelhas de leve, embora já possa sentir meus pulmões se contraírem.

— Você já tentou isso antes — respondo, fazendo o possível para enfatizar o desdém na voz. — Não chegou muito longe, não foi? Não me lembro de você ter conseguido arrancar qualquer informação útil de mim quando eu pensava que era um oficial do Centro. O que você acha que vai conseguir agora que sei que é só um segundo filho servil, se esgueirando em uma cova subterrânea... quando é a vida do meu irmão que está em jogo? — Minhas palavras são tão mais confiantes e valentes do que me sinto por dentro.

— Você acabaria cedendo — retruca Flint, mas não soa tão seguro.

— Acabaria — concorda Lachlan, para minha surpresa. — Mas quanto tempo levaria? Precisamos daquelas lentes para já. Mais ainda se tiver alguma chance daquele traidor dentro da Beira estar sabendo de nós. Precisamos colocar o plano em ação, e só vai funcionar se eu tiver feito os implantes. Claro que você vai conseguir fazê-la falar, em algum momento. Mas e se demorar dias? E se ela morrer no processo?

Sei exatamente o que está fazendo, mas não deixo transparecer. Flint parece incerto, e a incerteza o deixa furioso. Não sei muito sobre sistemas de governo, mas não acho que se enraivecer com facilidade seja um atributo desejável em um líder.

— Você quer salvar aquilo que ama — argumento. — Eu também.

— Lá fora — ordena Flint para Lachlan, e se vira. O garoto segue atrás dele e, ao passar por mim, me lança uma piscadela.

A sós, envolvo Lark em um abraço forte. Posso sentir seu corpo tremendo e fico abraçada a ela até os tremores começarem a diminuir.

— Que lugar é este?

Talvez não devesse lhe contar mais nada. O que já sabe — ou deve ter concluído a essa altura — pode matá-la. Mas ela é minha amiga e tem o direito de saber. Cometeu um erro revelando meus segredos antes. Mas agora sabe que precisa ser mais cuidadosa.

— Eles chamam de Subterrâneo. Foi projetado como uma espécie de reserva, um backup para Éden, para o caso de alguma coisa dar errado. Agora é um santuário secreto para os segundos filhos.

Seu rosto se ilumina, como se já tivesse se esquecido da tortura a que foi submetida e de seu futuro incerto.

— Então você tem um lar! Um lugar para você! Estou tão feliz. Mas... — Sua expressão alegre desmorona, e posso ver a mente vivaz fazendo cálculos. — Mas não vou poder mais encontrar com você? Você não poderá sair, ou me deixar vir aqui visitar?

— Lark, tem tanta coisa que ainda não sei. Não sei o que a Beira faz, mas o Subterrâneo é coisa séria. A vida de muita gente depende deste lugar, e de mantê-lo em segredo.

Ela parece um pouco chateada, mas depois balança a cabeça, os cabelos batendo nas bochechas.

— Você pode sair escondida — diz com convicção, um sorriso travesso no rosto. — Vai me procurar. Sei que vai.

E mesmo em meio ao perigo e à dúvida, sinto a atração irresistível que ela exerce, e sei que, não importa o que acontecer, não importa o risco, tentarei vê-la outra vez.

Lachlan entra, parando de súbito quando nos vê abraçadas, os rostos tão próximos, os olhos de Lark brilhando. Uma expressão de cenho franzido obscurece seu rosto, mas se desfaz antes mesmo que eu a perceba de verdade.

Afasto o corpo de Lark, um pouco sem jeito, um dedo enganchando-se em uma mecha de cabelos desgrenhados. Não sei para qual dos dois olhar. Devo tanto a ambos. Mas o que sinto — por ele e por ela — não é fruto de qualquer senso de obrigação. Sentimentos, novos e estranhos, rodopiam dentro de mim, e, neste momento, só há uma coisa que posso fazer: ignorá-los. É como estar diante de uma montanha, maravilhada e assombrada frente a sua grandeza, temendo o desafio futuro que será escalá-la... enquanto ainda se está atravessando o caudaloso rio em sua base. As montanhas de Lachlan e de Lark, de seus beijos, se erguem, inescapáveis, diante de mim. Mas não são ações imediatas, e tenho que desviar os pensamentos delas.

— E aí? — pergunto, colocando as mãos nos quadris de um jeito desafiador.

— O Flint concordou — começa, e pela curvinha em sua boca, sei que as palavras mais precisas teriam sido *foi persuadido* — em me deixar ajudar no resgate do Ash.

Com um rápido suspiro de alívio, estendo a mão para ele... e me detenho.

— Sob certas condições — acrescenta. — Primeiro, a Lark vai ter que sair daqui drogada. Ficará desacordada, e quando voltar a si, provavelmente não vai conseguir se lembrar de muita coisa das últimas vinte e quatro horas. Aceitável?

Olho para Lark, e ela assente.

— Não é que não confiemos em você, mas — estreita os olhos para ela — as pessoas cometem erros. — Ela abaixa a cabeça, se retraindo. — Vou encontrá-la depois, e você vai dar um jeito de me colocar dentro do Centro, e nunca mais vai tentar encontrar o Subterrâneo, ou a Rowan, de novo.

— Mas... — começamos eu e Lark ao mesmo tempo.

— Nunca mais. Se for vista perto de qualquer uma de nossas entradas, ou com a Rowan, vai ser morta. Não há segunda chance.

— Mas ela é minha amiga — protesto.

Lark não faz objeção, apenas pega minha mão e me lança um olhar que diz: *concorde, por enquanto.*

Já saí às escondidas, já me arrisquei para estar com ela antes. Mais tarde, no futuro, qualquer coisa pode acontecer. Por ora, Ash é minha prioridade. Isso, e me certificar de que Lark deixe o Subterrâneo em segurança. Rio caudaloso primeiro. A montanha estará sempre lá, no mesmo lugar.

E depois penso: a condição de que Lark e eu nunca nos encontremos outra vez veio de Flint... ou de Lachlan?

Um jovem de aparência agradável e olhos verde-escuros de segundo filho entra na câmara com uma seringa, e Lark estica o braço, obediente.

— Vejo você do lado de fora — diz, e só quando o líquido translúcido é injetado em sua veia que o pensamento me ocorre.

Viro para Lachlan em pânico.

— Isso é mesmo só para deixá-la inconsciente, não é? Não é a injeção letal?

— Rowan, o que você acha que eu sou? — Ele parece genuinamente magoado.

— Jure! — exclamo, segurando-o pela frente da camiseta.

Ele pega minhas mãos.

— Rowan, eu juro. Confie em mim.

Por que todos insistem em me pedir isso?

Não demora muito até Lark começar a ficar mole. Com seus olhos ficando pesados, lhe dou um beijo na bochecha. Na visão periférica, noto quando Lachlan desvia os olhos. Pouco depois, um homem grande entra e levanta Lark nos braços como se fosse uma boneca sem vida. Sinto um vazio quando ele a leva embora.

— Ele vai levá-la de volta para casa. Já vai estar acordando quando chegar. E, com sorte, esquecerá essa pequena aventura pelo Subterrâneo.

— Mas vai lembrar o suficiente para nos ajudar?

Ele me encara por um longo instante.

— Acho que essa garota faria qualquer coisa por você.

Mordo o lábio, sem saber o que responder.

— Como foi que você convenceu o Flint? — indago, mudando de assunto no que espero que não seja um desvio óbvio demais.

Lachlan ri, e é um alívio vê-lo. Gosto do Lachlan sorridente e brincalhão. Ele me deixa tão à vontade, tão... alegre. Não sei como reagir diante dos outros Lachlan: o guerreiro, o líder... o homem.

Ele abaixa a voz até se tornar um sussurro de confidência:

— Acho que o incentivo maior foi pensar na possibilidade muito real de que posso morrer nessa invasão do Centro. Nós dois sempre batemos de frente, e você sabe que, na cabeça do Flint, era ele quem tinha que receber os implantes e alterar todos os planos. Então vai me deixar ajudar. Mas só eu, sozinho. A lógica dele é a seguinte: quando eu não voltar, quando fracassar nesse resgate, a nossa parte da barganha já terá sido cumprida. Tentamos, e aí você vai ter que levá-lo até aquele cibercirurgião.

Flint é um homem inclemente. A luta para salvar os segundos filhos não deveria se misturar com uma guerra pelo poder entre seus dois líderes mais carismáticos.

— Eu nunca entregaria aquelas lentes para ele se você não voltasse.

Ele toca meu ombro, mas parece se dar conta do que está fazendo e retira a mão.

— Você se manteve firme de uma maneira admirável antes, mas não se engane... ele acabaria forçando você a falar, no fim. Os métodos dele... não são os meus. Não acredito que causar dor às pessoas possa resultar em uma sociedade melhor. Morte, talvez, sob determinadas circunstâncias. Mas já tem crueldade e sofrimento de sobra neste mundo. Não vou contribuir com mais, se puder evitar.

Sinto uma espécie de afeição por ele, enchendo meu peito, estendendo-se pelos braços e pernas, fazendo as pontinhas dos dedos formigarem. Por que meu corpo reage assim, dessa maneira tão visceral? Por que dois indivíduos diferentes causam a mesma reação em mim? Será porque nunca tive a chance de conhecer outras pessoas antes? Talvez eu esteja apaixonada pela ideia que criei dos outros...

— Não tem nada que você possa fazer para dar a volta no Flint? — pergunto.

— Minha garota — diz ele com outra piscadela. Sinto as bochechas corarem. — Não tem jeito de convencer o Flint a ajudar você... ou me ajudar. Mas, com certeza, há uma forma de forçar... com a sua participação. — Ele se inclina para perto e sussurra ao pé do meu ouvido: — Então, se você concordar com a ideia, podemos virar essa mesa. Hoje à noite, a gente sai para procurar aquele cibercirurgião e fazer os implantes.

Um lampejo de suspeita me atinge. Se aceitar ajudá-lo, e ele depois se recusar a me ajudar a resgatar Ash...

Mas não. Confio nele.

— Assim, não só vai ser tarde demais para Flint conseguir pegar as lentes para ele, como terei me tornado um valioso trunfo para o Subterrâneo, e ele não vai se atrever a me deixar invadir o Centro sozinho. Terá que concordar em mandar mais algumas pessoas para me ajudar. Vou ter muito mais chances de sucesso com um pouquinho de assistência.

O plano é brilhante, e abro um sorriso radiante para ele. Mas uma coisa está errada.

— Não é só para ajudar *você* — digo. — Para *nos* ajudar. Eu também vou.

E embora ele tente por muito tempo, nada que diz consegue me dissuadir. Não deixarei que encare o perigo sozinho.

21

Tantas coisas, e tudo tão depressa. Passei dezesseis anos entorpecida, e, agora, uma vida inteira de perigos, luto, assombro e emoção foi comprimida em um período de alguns dias.

Partimos pouco depois, saindo por uma passagem diferente da que usamos para entrar. Chegamos a um labirinto de túneis confusos e sinuosos que se curvam em si mesmos. Quando alcançamos o que parece um beco sem saída, Lachlan desloca uma rocha e uma portinha baixa de pedra se abre, deslizando em silenciosas dobradiças pneumáticas. Engatinhamos por um tempo, depois entramos em uma parte onde podemos ficar de pé outra vez. Estou completamente perdida, mas Lachlan conhece o caminho como a palma de sua mão.

A uma hora dessas, era para eu estar no conforto de minha cama, enquanto Lachlan corria todos os riscos por mim. Não consigo acreditar que Flint esperasse (ou quase isso) que Lachlan fracassasse. Lachlan, porém, parece perfeitamente confiante e seguro enquanto me tira do Subterrâneo usando uma série de passagens sinuosas e inclinadas. Parece empolgado, quase saltitante, até.

— É que você não entende o que isso significa para nós. — Já deve ter repetido a mesma frase para mim uma dúzia de vezes durante a jornada até a superfície. — Ter lentes reais e legítimas vai mudar tudo.

Quero saber como, exatamente, mas sempre que pergunto ele é vago, ou muda de assunto. Sei que quer se infiltrar no alto escalão como um aluno da elite, mas o que mais? E depois? Sinto uma bolha de ressentimento inchar dentro de mim. Acreditei nele tantas vezes — depositei em suas mãos a vida de Lark, o segredo de minhas lentes. Entendo o perigo de confiar em alguém — é só pensar em tudo que aconteceu depois que Lark abriu a boca sobre mim para outras pessoas —, mas quando sou eu a excluída, dói.

— Fica no penúltimo círculo — revelo, enfim, quando saímos para a escuridão. Éden não responde a ele, tampouco a mim, e o chão sob nossos pés permanece escuro.

Ele se vira para mim, aparentemente achando graça.

— Quer dizer que agora você se lembra?

Não sei se devo continuar com o teatro ou não, de modo que olho para ele de lado.

— A minha memória está voltando. Aos pouquinhos.

Ele ri, uma risadinha baixa que me aquece.

— Contanto que esteja do meu lado, não importa quanto tempo demore para me contar a verdade. Pode acreditar, eu entendo.

É estranho como andar por Éden agora chega a ser algo praticamente natural. É verdade que temos que nos esgueirar e esconder pelas sombras, evitando as poucas almas que perambulam à noite. Mas estar aqui fora, caminhando pelas ruas, fazendo parte da cidade parece normal. O perigo existe... mas isso também me parece normal, de alguma forma. Meu corpo está vivo, ansioso, formigando de empolgação. Estou pronta.

Saímos a apenas um círculo do nosso destino, e não demoramos muito para atravessá-lo e seguir para a direita, em direção ao lado leste.

— Tem um salão de modificação em algum canto por aqui. Se chama Serpentina. — As palavras de mamãe estão gravadas a fogo na minha memória.

— Conheço esse lugar — diz Lachlan. — É bem popular entre a turma dos Bestiais. Mas não tinha ideia de que essas transações escusas também aconteciam lá. Não fica no melhor dos bairros, mas o estabelecimento tem um ar de respeitabilidade. Se tivesse me dito desde o começo que era o Serpentina que eu tinha que procurar, a uma hora dessas já poderia estar deitada na sua caminha, segura, sonhando com um mundo melhor.

— Sonhar não leva ninguém a lugar nenhum — retruco enquanto caminhamos. — Quero *criar* um mundo melhor. Mesmo que ainda não tenha muito como ajudar.

— Você está abrindo mão das suas lentes. — Lachlan para no meio de uma rua escura e vira-se para mim. A expressão em seu rosto é de respeito e, talvez, acho, um pouco de admiração. — Está abrindo mão da sua chance de fazer parte de um mundo onde deve ter passado a vida inteira desejando se encaixar. Você podia muito bem escolher se afastar do Subterrâneo, de mim, de todos nós, e vir viver aqui em Éden, com os seus novos olhos e, quem sabe até, com aquela família que sua mãe arranjou para você.

Olho para ele cheia de ceticismo.

— Fiquei com a impressão de que o Flint nunca me daria essa opção.

Um olhar duro cruza seu rosto, mas logo depois Lachlan abre um sorriso. Tenta abrandar a seriedade das situações sempre que pode.

— Acho que você já notou que eu e o Flint usamos abordagens ligeiramente diferentes. As suas lentes podem muito bem acabar salvando o Subterrâneo e mudando Éden para sempre. Mas acredito em livre-arbítrio e em autodeterminação. Essas coisas estão no centro de tudo pelo que lutamos. Se você tivesse decidido que não queria me dar as suas lentes, eu não a teria forçado. — A expressão dura volta a criar uma sombra que obscurece seu rosto. — E se o Flint tentasse fazer algo do tipo, eu o teria impedido.

Pergunto-me quando este conflito entre Lachlan e o líder do Subterrâneo vai explodir em uma guerra aberta, e o que poderia significar para o mundo secreto de segundos filhos.

Mas não posso me preocupar com isso agora, ou com as outras questões que preocupam minha mente. Chegamos ao Serpentina.

É, como mamãe o havia descrito, um prédio laranja gritante. Diferentemente das outras estruturas neste — em geral, esquálido — penúltimo círculo externo, o Serpentina tem iluminação branda, suave, um brilho dourado que afasta a escuridão.

Lá dentro eu me tornaria uma pessoa normal. Lá encontraria uma vida de verdade... mas longe da minha família, da minha primeira amiga. Uma vida, claro, mas teria sido apenas um tipo diferente de mentira. Outro tipo de esconderijo.

Não, decido, firme e resoluta. Não quero as lentes. Não quero ser parte de uma sociedade que não me quer. Uma vez que não existe qualquer cenário possível em meu futuro em que eu não seja caçada, uma pária, prefiro devotar meu coração a ser o que sou: uma segunda filha, vivendo junto dos outros segundos filhos.

Uma onda de alívio me varre por inteiro. Já estava disposta a abrir mão das lentes por Lachlan e sua causa, mas aquela tinha sido uma decisão racional. Agora é também emocional, uma escolha que meus instintos me dizem ser a correta. Dou-me conta de que estou muito mais contente com a ideia de apenas continuar sendo eu, com meus vívidos olhos de segunda filha, não algo alterado e corrompido pelo Centro, mudada para poder me encaixar em um lugar onde só agora entendo que não quero estar.

A cerca elétrica ao redor do salão de modificação faz um zumbido baixo e ameaçador. Lachlan inclina a cabeça para ela.

— Queria que você tivesse me falado sobre a eletricidade com antecedência. Vou levar um tempinho para desativá-la, e não quero ficar aqui fora nem mais um segundo do que o necessário.

— Sei como entrar — afirmo, e repito as instruções de mamãe. — Eles desligam a eletricidade no terceiro painel da esquerda no lado sudeste. — Tenho um breve momento de dúvida. — Ou sud*oeste*?

Ele me lança um olhar sarcástico.

— Você *sabe* que a voltagem aqui deve ser provavelmente fatal, não sabe?

— Sudeste. Tenho certeza. — Quase. — Fica desligada entre as três e as quatro da manhã.

Ele verifica as horas no relógio e assente.

— Acho que este lugar tem ligação com algumas pessoas que estão à margem da lei. Legal da parte deles deixar a porta dos fundos aberta para os coleguinhas. — Ele me leva até a parte traseira do prédio, e contamos três painéis de arame supercondutores a partir da esquerda.

Tento me aproximar e prestar atenção para ver se escuto aquele murmúrio característico da carga elétrica, mas tudo vibra, e não sei dizer se aquele painel em particular está desativado ou não. Procuro algum tipo de pedra ou destroço a meu redor para fazer um teste. Talvez atirando algo na cerca, poderíamos enxergar uma centelha ou coisa do gênero? Não tenho certeza de como funciona.

— A gente não pode...? — começo, incerta, mas no momento em que começo a entender a abordagem peculiar de Lachlan, ele se joga na cerca... e não é incinerado até a morte. Ele me lança um sorriso cheio de dentes por cima do ombro.

— Você vem?

Não consigo resistir e começo a rir. E depois... já estou competindo com ele para ver quem chega primeiro ao topo. Apesar da vantagem inicial de Lachlan, minha mão toca a barra primeiro. Sinto-me forte, capaz.

Pulamos para o outro lado e seguimos para a porta dos fundos. Como mamãe me instruíra, bato duas vezes no canto superior da porta, faço uma pausa breve, depois volto a bater mais três vezes perto do chão. Uma longa e tensa espera se segue, e finalmente ouvimos passos aproximando-se do lado de dentro.

Não sei bem qual era minha expectativa — ser atendida por um cientista de meia-idade, um médico de jaleco branco e postura profissional? Mas somos recebidos por uma mulher jovem de cabelos ruivos presos, bem apertados, os olhos delineados pesadamente com preto num rosto branco como osso. A palidez é ainda mais enfatizada pelas roupas brancas. Não está vestindo o tradicional jaleco que estou acostumada a ver em meu pai, mas peças modernas e ousadas cheias de ângulos estranhos, acentuadas por fivelas de metal. Em contraste a todo aquele branco ofuscante, os cabelos presos são como lava, os olhos, carvão em combustão.

Ela me encara (na verdade, me olha feio) por um momento, depois arregala levemente os olhos.

— *Bikk!* Onde foi que você se meteu? — sibila para mim. — E quem diabo é você? — Vira aquele olhar penetrante para Lachlan.

— Eu... — começa ele, mas ela obviamente não está com paciência para esperar uma resposta. Agarra nossos braços e nos puxa para dentro.

— Não quero saber quem você é. E a Rowan já conheço. Pelo menos através da sua mãe, e dos seus diagramas físicos. Meu nome é Flama. — É perfeito para ela. — Por que você não apareceu ontem? — exige saber.

Mantendo a voz o mais firme que sou capaz, conto-lhe sobre o bloqueio, o assassinato de mamãe.

— Ela me disse que tinha alguém farejando vocês — comenta a cibercirurgiã. — *Bikk!* — xinga outra vez, afastando-se de nós. Vamos atrás dela. — Devia ter destruído as lentes no segundo em que vi alguma possibilidade de perigo.

— Mas não destruiu, não é? — indaga Lachlan, e Flama olha para ele com rispidez.

— Que diferença faz para você? Quer saber, não importa. — Vira-se para mim. — Pronta? O procedimento leva cerca de uma hora, mas teremos que monitorá-la por mais um tempo depois de acabada a cirurgia. Depois disso, você terá que vir aqui para consultas de acompanhamento por mais doze semanas. Vai levar no mínimo seis meses até as lentes se integrarem totalmente aos seus neurônios, e vamos precisar fazer um exame final depois desse período. Até essa janela ter passado, se elas forem removidas ou danificadas, você terá que recomeçar do zero. Mas passados esses meses, elas serão uma parte permanente do seu corpo. Mas não faça nada que possa ferrar com elas, porque é o único par que consegui produzir com sucesso, e, francamente, depois de implantá-las, vou dar o fora deste negócio. Não preciso de toda a confusão que vem com ele. Do dinheiro, sim, mas não de ficar colocando a minha vida em risco.

Tento interromper o monólogo, mas é uma esperança vã até ela começar a perder o fôlego. Então, finalmente, digo correndo:

— Não vou fazer os implantes. Quero que o Lach... que o meu amigo faça. — No último segundo, mas ainda a tempo, me dou conta de que provavelmente não deveria revelar seu nome.

Ela sequer faz uma pausa.

— Pode esquecer. Não vai acontecer.

Corro para alcançá-la.

— Mas não quero mais isso para mim. E ele precisa delas.

Cheia de dramaticidade, ela finge tampar os ouvidos.

— Não quero nem ouvir. Me pagaram o suficiente para mudar o Serpentina para três círculos mais para dentro, e essa é a única questão social que me interessa. Você pode ir enfrentar o Centro, ou se transformar em tartaruga, dar comida aos famintos e ajudar os pobres... para mim dá tudo na mesma. É só não me *contar* nada.

— Você não precisa saber por quê — tento mais uma vez. — É só fazer o implante nele em vez de mim.

— Garota, você não entende mesmo? Essas lentes são *suas*. Só suas, de mais ninguém.

— Sei que a minha mãe pagou...

— Não tem a ver com dinheiro. — Dá uma risadinha sem graça. — Esta vai ser a primeira e última vez que essas palavras vão sair da minha boca. Você compreende que ninguém de fora do Centro jamais conseguiu produzir lentes que se conectem a um indivíduo antes? Que possam se integrar ao EcoPan, como essas? Esta é a minha obra de arte! Eu, com todo o meu treinamento e todos os meus diplomas, que passei a vida fazendo implantes de chifres e escamas em Bestiais, finalmente criei algo brilhante. Elas não são um par de lentes qualquer. Sua mãe me deu escaneamentos dos seus olhos, do seu cérebro, mais avaliações de personalidade, leituras de temperatura basal, dados metabólicos... Essas lentes foram feitas sob medida para você. Não vão funcionar em mais ninguém.

Estou perplexa. Não sei o que pensar. Em determinado ponto da vida, quis desesperadamente uma vida normal, mas quando isso se tornou impossível, decidi que não queria mais aquelas lentes. Quero continuar sendo eu. Meus olhos, minha identidade, ainda que seja obrigada a mantê-los ocultos pelo resto de meus dias. Ainda que tenha que morrer por eles.

Estou prestes a dizer *então esqueça, pode destruí-las, vamos embora...* quando Lachlan segura meu ombro. Não acho que seja sua intenção, mas está fazendo tanta pressão que chega a doer.

— Você tem que fazer esses implantes — declara entre dentes. — Tem que tomar meu lugar.

Balanço a cabeça.

— Não... — começo. Mas ele me puxa para fora da sala, resmungando um *"com licença um minuto"*, ao que a cibercirurgiã dá de ombros e faz um gesto de indiferença irritada.

— Esta é nossa única chance — sibila no instante em que ficamos sozinhos. Ele puxou meu corpo para tão perto do seu. Sinto um calor súbito que me deixa desconfortável. — Temos uma janela de tempo muito pequena. E pela maneira como arranjei tudo, uma faixa de idade muito pequena também. Alguém da nossa idade tem que se infiltrar na escola, nas famílias de elite do círculo interno, ou a operação inteira vai pelo ralo.

— Eu... não sou como você. Nem sei direito o que está acontecendo!

— Você é mais parecida comigo do que pensa. Sei que tem senso de justiça. Sei que quer que os segundos filhos, que todos os filhos de Éden, recebam tratamento justo.

— Mas não posso! Você é...

— Sou o quê? O que posso fazer que você não pode, ou que não pode aprender? Não sou nada de especial. Um garoto que foi chutado pelos cantos, puxado para baixo, até decidir que ia lutar. Você é uma guerreira, Rowan. — Ele esfrega o rosto onde o soquei. Mas aquilo foi diferente.

Balanço a cabeça.

— Eu sou só... eu.

— Nunca pense que ser "só você" não basta. Rowan, me escuta! Tudo depende disto. Eu me preparei para isso, treinei para isso, não pensei em mais nada o último ano inteiro.

— Mas eu não fiz nada disso! Nem sei o que fazer. Não quero...

Estava prestes a dizer *Não quero fazer nada disso*, mas ele me corta, provavelmente pensando que vou dizer algo nobre, como *não quero decepcioná-lo.* Mas não se trata disso. Estava acabando de me acostumar à ideia de poder ter paz, debaixo da superfície. De ter companheiros, segurança. Uma nova família.

— Vou ajudá-la. Vou estar do seu lado o tempo inteiro... ou pelo menos o mais próximo que conseguir chegar. Serei seu condutor, seu guia. — Como se quisesse ilustrá-lo, entrelaça os dedos nos meus. Sinto uma estranha mistura de êxtase e inquietação. Condutor? Como se eu fosse uma boneca, com ele manipulando os fios.

— Vai ser fácil. Tudo que vai ter que fazer num primeiro momento é ir à escola, fazer amigos, agir normalmente.

Uma risada explode da minha garganta, incontrolável.

— E *isso* é fácil? Até poucos dias eu só conhecia três pessoas, e só duas delas gostavam de mim. Fazer amigos? Agir normalmente? Se você me colocar lá dentro, a sua missão vai fracassar nos primeiros cinco minutos!

Ele sorri com gentileza e aperta meus dedos.

— Você tem mais charme do que imagina — diz com suavidade. — Acredito em você, Rowan. É só uma questão de acreditar em si mesma, e vai conseguir fazer qualquer coisa. Não pediria algo assim se não achasse que é capaz. A missão é importante demais para ser confiada a um incompetente. — Acaricia um dos nós dos meus dedos com o polegar. — E a sua vida é importante demais para colocar em risco desnecessário, nunca o faria se não tivesse certeza de que você vai se dar bem.

— Por quê? — indago. Não estou à procura de elogios, não pergunto por vaidade. Quero de fato saber por que ele acha que minha vida é tão valiosa assim.

Ele cora, fica rosado de verdade. Os olhos caem para meus dedos, nossos dedos.

— Vou escolher só um motivo — declara, erguendo o olhar para mim outra vez, mas sem largar minhas mãos. O ar parece mais quente do que nunca. — A maneira como luta pelas pessoas que são importantes para você. Pela Lark quando estava em perigo. Pelo seu irmão. Você se esquece de si mesma e só pensa nas pessoas que ama. Isso a torna extraordinária. — Solta um suspiro, e há um tremor naquele ar que escapa que é tão profundamente triste. — Só queria ter tido na minha vida alguém que lutasse por mim desse jeito, uma vez que fosse.

Tenho uma única pergunta para ele.

— Se eu disser que não, você ainda assim vai me ajudar a resgatar o Ash?

— Vou — responde sem hesitação.

E porque ele diz que sim, também digo que sim.

Em poucos minutos, estou em uma sala com iluminação ofuscante, sendo preparada para cirurgia. Algumas respirações mais tarde, resvalo para a escuridão...

22

...E acordo com o barulho de tiros. Só que não estou de fato desperta. Não posso estar, pois embora meus olhos estejam abertos, ainda vejo imagens oníricas. Meus globos oculares estão formigando. Não se trata apenas de sensação, mas movimento, uma vibração rápida enlouquecedora. Enxergo... nem sei. Pessoas, em um cômodo cromado com um brilho verde nauseante que parece ser emanado de cima. Pequenos animais, despelados e cor-de-rosa, impotentes dentro de jaulas. Cabos saindo de cilindros de gel borbulhante. As imagens fazem uma dança incoerente, mas não sei dizer se as estou vendo com os olhos ou imaginando. Há gritaria também, e outro estouro. Mais tiro? É real ou imaginário?

Não, é o som do meu corpo colidindo com o chão, socando cada osso. À exceção do crânio. A mão de alguém ampara minha cabeça, impedindo seu contato com a superfície dura. Percebo uma pressão quente em mim e me sinto inexplicavelmente segura.

Enfim, minha visão volta a entrar em foco, e vejo Lachlan. Está agarrado a mim, me mantendo rente ao chão. Sorrio. Não sei que partes são reais, mas esta me parece natural.

— Temos que tirar você daqui — diz. — Se machucou quando caiu?

— A mão que não está segurando minha cabeça começa a percorrer meu corpo. Dou uma risadinha quando passa por minhas costelas. O olhar estranho que me lança me dá uma indicação súbita do que está acontecendo e do que não está.

Tiroteio. Passei pela cirurgia de implante das lentes. Estamos sob ataque.

Olho ao redor em desespero de onde estou, prostrada. Estou praticamente debaixo da mesa de operação. Vejo estranhos instrumentos afiados espalhados por todo o chão a meu redor. Tento me levantar, mas Lachlan me impede.

— Estão lá na frente. Dois, ou talvez três, Camisas-Verdes. Por sorte, a sua talentosa cibercirurgiã também é uma hacker apta, parece que modificou alguns *bots* de segurança para obedecerem às ordens dela, e são eles que estão segurando os Camisas-Verdes agora. Consegue ficar de pé?

— Estou tentando — respondo com impaciência, lembranças visuais de algum cômodo estranho me assombrando, carimbadas atrás das minhas pálpebras.

— Nada da Flama. — Há uma arma na mão dele. Nem sei onde estava guardada antes. Não vi nem sinal dela em seu corpo.

— Temos que sair daqui.

Ele está me encarando de uma maneira esquisita, e minhas mãos sobem até meus olhos. Quero vê-los, mas não é exatamente um momento oportuno para procurar um espelho. Estão inchados e doloridos, mas o mundo me parece igual olhando através deles agora. Aquelas outras imagens devem ter sido fruto dos resquícios da anestesia.

— Os tiros estão vindo da frente — balbucio, tentando visualizar na planta do Serpentina do pouco que vi dele. — A gente consegue sair pelos fundos?

— Talvez. Mas a cerca está ligada de novo.

Estamos presos do lado de dentro pelo sistema que deveria manter as pessoas do lado de fora.

— Você não consegue desligar?

— Deve ter algum tipo de caixa de controle em algum canto, mas... Sigo a direção do seu olhar.

— Provavelmente deve ficar na parte da frente — concluo, desolada.

— O que a gente faz agora?

— *Você* vai ficar aqui. *Eu* vou lá fora dar uma ajudinha para aqueles nossos colegas robóticos.

— Mas...
Ele faz uma expressão de desagrado.
— Vai mesmo discutir comigo numa hora dessas? — Inspiro a fim de protestar mais uma vez, mas ele pousa os dedos sobre meus lábios. — Xii. Fique aqui.

E temerosa de acabar atrapalhando (e pode ser também que esteja apenas com medo, em geral), fico, enquanto ele se agacha, com a arma empunhada, baixa e pronta, e abre uma frestinha da porta. Os tiros cessaram por ora, e não consigo escutar qualquer movimento. Os Camisas-Verdes foram derrotados, ou os *bots* desativados? Se for a primeira opção, posso me alegrar. Mas é aí que imagino Rook de uniforme, estirado no chão, sangrando. Não quero que mais ninguém morra, nem mesmo as pessoas que querem me matar.

Lachlan está espiando pela abertura, atento a quaisquer sons. O corpo está imóvel e tenso, absurdamente controlado. Só consegue enxergar uma nesguinha da sala seguinte, mas sei que está usando todos os seus sentidos para perceber qualquer perigo. Após um longo instante, porém, percebo a tensão nos ombros relaxar um pouco.

Ele se vira para mim com um sorriso tranquilizador.
— Parece que a barra está limpa. Mas continue abaixada.

Vejo seu erro em câmera lenta, embora tudo aconteça em uma fração de segundo. Começa a abrir a porta um instantinho antes de virar o rosto sorridente para longe de mim, tendo se demorado por um momento fatal. É minha culpa? Fui eu quem o segurou com meus olhos, liberando-o tarde demais?

A guarda de Lachlan está abaixada, mesmo que não tenham sido mais do que alguns segundos. Mas foram os segundos errados. Ouço um tiro, próximo e ensurdecedor de tão alto, e ele cambaleia para trás. Vejo um borrifo ralo de sangue voar pelo ar, mas não consigo ver a ferida em si. Tropeça por cima de um banquinho baixo e tomba, mas chuta a porta para fechá-la ao cair.

Por um instante, tenho esperanças... Mas uma bota preta se enfia no vão, e a porta quica e se abre outra vez. O Camisa-Verde a empurra com os ombros e aponta uma arma muito, muito maior — um rifle —

para Lachlan. Não sei se tamanho importa em casos como este, mas, de repente, a de Lachlan parece um brinquedo.

O Camisa-Verde não me vê, no chão, escondida pela mesa de operações. Ainda não.

— De pé — vocifera para Lachlan.

Ele geme e rola para o lado em que foi ferido. O Camisa-Verde lhe dá um chute, e preciso de toda a minha força de vontade para não gritar quando Lachlan se retrai e encolhe o corpo inteiro. Não sei quanto sangue perdeu, qual é a gravidade do ferimento. É pior do que imaginei? Achei que tivesse sido atingido no braço — já seria ruim o suficiente —, mas será que a bala, na verdade, entrou pelo peito e saiu pelo braço? Por que não está reagindo? Está apenas deitado, sem se mover. Tenho que cobrir a boca com a mão a fim de ficar quieta.

O homem berra para Lachlan se levantar, e depois, com a boca retorcida em um rosnado enojado, pendura o rifle no ombro, tira um par de algemas do cinto e se ajoelha do lado do aparentemente desacordado Lachlan.

Faça alguma coisa, Lachlan, imploro em silêncio. Mas ele não se move. O Camisa-Verde fecha uma algema com um clique que ecoa pela sala.

Na mesma hora, Lachlan volta à vida, usando o braço algemado — que não está ferido — para puxar seu agressor para cima dele. O Camisa-Verde, pego de surpresa, não solta as algemas a tempo e cai, todo esparramado. Lachlan deixa escapar um grunhido quando o braço machucado entra em contato com o chão... mas não para de lutar nem por um único instante. Arranca as algemas do Camisa-Verde, a ajeita de modo a cobrir os nós dos dedos, como se fosse um soco-inglês, e acerta o homem na lateral da cabeça uma, duas vezes...

Mas o Camisa-Verde dá um impulso e imobiliza o braço de Lachlan no chão. Ah, Terra amada, é tanto sangue! Estão deslizando nele enquanto se enfrentam, as botas tentando encontrar tração e apoio no chão escorregadio, lutando por uma vantagem sobre o outro. Lachlan consegue rolar o Camisa-Verde e, por um momento, está por cima. Mas o homem estende a mão e afunda os dedos em garra no buraco de bala no braço de Lachlan. O rosto dele fica branco, e acho que vai desmaiar quando o brutamontes o derruba, soca seu rosto e finalmente se recorda do rifle.

Está montado em cima de Lachlan, um joelho de cada lado, mantendo-o preso no chão. O Camisa-Verde não tem mais pressa agora. Está confiante na vitória. Relaxado, como se não houvesse urgência alguma, tira a alça do rifle do ombro e o aponta para o rosto de Lachlan.

— Segundo filho, hein? — Usa o cano para virar a face do menino e examinar seus olhos. O comprimento dele cria um ângulo desajeitado, e o Camisa-Verde tem que se inclinar um pouco para trás para poder manobrar a arma. — Sabe o que vão fazer com você no Centro? — Ri, um som feio. — Estaria lhe fazendo um favor se atirasse em você agora. — Pressiona o metal na testa de Lachlan, e fecho os olhos com força. *Lachlan, por favor, faça alguma coisa!*

E então abro os olhos depressa. Por que estou esperando Lachlan agir?

O Camisa-Verde não sabe que estou aqui. E ao meu lado, jogado no chão quando Lachlan me empurrou para baixo no instante em que os tiros começaram a voar, está um bisturi. A lâmina é pequena, mas fatalmente afiada.

O homem continua falando, alto, gabando-se dos horrores que aguardam Lachlan. As coisas que diz fazem meu estômago se revirar... mas fortalecem minha resolução. Em silêncio, faço os pés deslizarem sob meu corpo, alcançando o bisturi. Parece tão fino e pequeno em minha mão, delicado demais para tamanha violência.

Mas afiado o suficiente para fazer ameaças eficazes.

O Camisa-Verde, tão concentrado nas próprias provocações, não me ouve quando chego por trás dele e pouso o fio do bisturi na lateral de sua garganta. Tenho a ameaça pronta na ponta da língua: *largue a arma, levante devagar, ou vou cortar as suas veias.* Vamos amarrá-lo. Vamos escapar.

Mas no segundo em que a lâmina toca a garganta dele, Lachlan dá um impulso para cima, e o bisturi faz um corte sem resistência, como se a pele do Camisa-Verde fosse a mais fina seda.

Recuo — me *jogo* para trás —, mas já é tarde. Um jorro de sangue escapa da carne dele, pulsando no ritmo de seus batimentos cardíacos. Enquanto Lachlan pega o rifle e o arranca das mãos do homem, o Camisa-Verde vira-se para mim com uma expressão de surpresa que me corta o coração. Os olhos estão arregalados, parece estar prestes a dizer algo... mas depois desmorona, quase gracioso. Agora o sangue pulsa mais lentamente da garganta lacerada, acumulando-se em um lago escarlate ao redor de seu corpo. Mais uma vez. Depois, tanto o Camisa-Verde quanto o sangue ficam imóveis.

Lachlan se contorce para sair debaixo dele e se coloca de pé, um pouco instável. Não consigo tirar os olhos do Camisa-Verde morto. Eu fiz isso. Tirei uma vida...

Nem tenho sangue em minhas mãos.

Lachlan está puxando meu braço.

— Anda, a gente tem que ir.

Não consigo me mover.

— A gente tem que dar o fora daqui, levar você para algum lugar seguro. — Levanta meu braço para colocar sobre o ombro dele e me carrega na direção da porta. Deveria ser o inverso. Deveria ser eu sustentando seu peso. Minhas pernas não parecem estar funcionando direito. Os pés arrastam pelo chão.

— Não posso... — começo. Mas sei que devo, preciso.

O mundo começa a ficar embaçado, os contornos se dissolvendo. Imagens como as que vi quando comecei a recobrar os sentidos ameaçam dominar minha visão, ou minha cabeça. Figuras de jalecos brancos. Um monitor supervisionando o pulso de alguém e outros sinais vitais. E, maravilhosamente, em uma visão contra a qual não quero lutar, uma floresta tão real, que chego até a sentir o aroma da terra úmida.

Mas afasto tudo dos meus pensamentos e avisto Flama à porta, acenando. Lachlan aponta o rifle, tomado do Camisa-Verde, para ela, mas a mulher o ignora.

— Muito obrigada mesmo, hein, *bikk!* — estoura ela. — Já estava prontinha para fazer um upgrade no Serpentina e mudar o esquema todo para um dos círculos chiques, e agora... isto! — Semicerra os olhos para mim, para os meus olhos. — Você não devia estar de pé.

— Não tem muita opção — diz Lachlan, entre dentes. — Onde você se meteu?

— Tive que fazer uma reprogramação de emergência nos protocolos de segurança dos meus *bots*. Achei que um pouco de letalidade criteriosa poderia vir a calhar naquela situação. Eles cuidaram do outro Camisa-Verde. *Bikk bikk bikk!* — Esfrega a testa e perambula de um lado para o outro. — Será que consigo me sair com *qualquer* história para me safar dessa? Posso derreter os corpos, claro. Temos que nos livrar de várias partes biológicas indesejadas por aqui. — Continua com o monólogo enquanto anda, cinética e intensa, e tenho a estranhíssima sensação de que, apesar de todos os xingamentos, este desastre não passa de um pequeno percalço no caminho dela. Ela olha para cima, e tem o sorrisinho mais esquisito nos lábios.

— Vocês têm para onde ir?

Lachlan assente.

— E você?

— Acha que passei a vida inteira nas raias do mercado negro sem ter um ou dois buracos onde me enfiar? Mas vão indo. Consigo dar um jeito nisto sozinha. — Franze o cenho para o Camisa-Verde morto. — Eu acho. — Então ela dá de ombros e balança um dedo para Lachlan, os demais problemas já esquecidos. Percebo que ela pode muito bem ser ligeiramente insana. — Leve-a para algum lugar onde possa descansar, pelo menos por um dia. Precisa ficar deitada para a pressão atrás dos olhos não aumentar. Não queremos nenhuma parte dela fazendo *pop* que nem pipoca, queremos? E sua rede neural vai ficar um pouco confusa por um tempo. Afinal, você está mais ou menos conectada ao EcoPan agora.

Pisco, os olhos ardendo. São tantas implicações.

— Eu a conectei com a identidade que seu amigo aí me deu, em vez da que a sua mãe tinha combinado comigo antes. O menino até que tem uns bons contatos! — Parece impressionada. — A identidade que sua mãe tinha arranjado estava comprometida, sem dúvida, considerando-se que o Centro sabe de você. Mas o rapaz tinha todas as especificações da outra identidade, tudo pronto. — Ela lança um olhar significativo para ele. — É quase como se já tivesse com tudo isso planejado há muito, muito tempo. Tive que trabalhar em alguns detalhes. Gênero, por exemplo. Agora o EcoPan vai oficialmente reconhecê-la pelo nome de Yarrow. Vai levar um tempinho até tudo se encaixar direito, então você vai perceber algumas anomalias por alguns meses. Alguns *bots* talvez não consigam fazer uma leitura completa de você. Mas, só por precaução, não vá a lugar nenhum que não queira que o EcoPan tenha conhecimento.

Engasgo. Não posso voltar ao Subterrâneo? Para onde mais poderia ir? Não posso voltar para casa. Começo a ficar em pânico. Estou só, desabrigada, à deriva.

Então, como as estranhas visões, mas ainda mais nítido, pareço ver um lampejo lilás suave diante dos olhos.

— Lark — declaro com firmeza. — A Lark vai me ajudar.

23

Em uma de nossas noites fora, ela me mostrou onde ficava sua casa. Lembro-me de ser pequenina, mas confortável. A maioria das casas em Éden é geminada, apartamentos construídos ao redor de um pátio, ou fileiras de prédios de poucos andares em distritos comerciais, mas a dela era como a nossa, destacada dos vizinhos. Era muito menor do que a da minha família, mas, paradas do lado de fora, nossos ombros tocando-se, o cabelo lilás dela em contato com as minhas mechas escuras, achei sua aparência tão calorosa e acolhedora. Mesmo já estando tarde, ainda havia uma luz dourada visível de uma das janelas, no cômodo onde, me contara Lark, o pai dela continuaria trabalhando noite adentro.

É para onde Lachlan e eu vamos quando saímos do Serpentina.

— Você tem certeza de que vai poder ficar? — pergunta ele. — Ela vai deixar mesmo, e vai mantê-la segura, escondida?

— Certeza absoluta — afirmo. — Você me garante que vai fazer o Flint voltar atrás naquela ordem de que não podemos nos ver nunca mais?

— Claro. Mas não estou completamente feliz com esta situação...

— Que escolha a gente tem? Não é como se eu tivesse um bando de amigos que sejam primeiros filhos.

— Fica com isso, só por segurança. — Levanta a barra da camiseta e tira a arma da cintura.

Recuo um passo para longe dela.

— Não posso — gaguejo. — A minha mãe...

— Eu sei — responde ele com suavidade, depois afasta uma mecha de cabelos da minha bochecha. — Mas se o pior acontecer, talvez isso possa impedir que você acabe como ela.

Fecho os olhos, bem apertados... mas estendo a mão para a arma.

— Não sei como usar — digo ao levantar seu estranho peso. É pequena, mas densa.

Ele me mostra como tirar o revólver do coldre justo (sou tão ignorante que pensei que fizesse parte da arma) e onde fica o gatilho.

— Deixe o dedo longe do gatilho até estar pronta para atirar, assim.

— Demonstra, fechando minha mão na dele, deitando o dedo indicador por cima do meu.

— Não acho que vou ser capaz de usar isto — protesto, mas ele balança a cabeça.

— Você não sabe do que é capaz. Ninguém sabe, até ser posto à prova. Mas você viu muita coisa nestes últimos dias, e brilhou. No Serpentina, quando aquele Camisa-Verde estava pronto para me matar e você...

— Não! — interrompo com rispidez. Ainda posso sentir o cheiro do sangue. Acho que sentirei para sempre. Não quero pensar no que fiz. Tento me convencer de que não foi minha culpa, que teria parado nas ameaças, que ele só morreu porque Lachlan deu um solavanco para cima. Um acidente. Perdoável.

Mas sei, no fundo, que se tivesse se recusado a abaixar a arma, que se eu realmente achasse que ia ignorar minhas palavras e matar Lachlan, teria afundado aquela lâmina na garganta dele deliberadamente, um ato de vontade.

Saber isso me assusta. Assim como o fato de que não insisto que Lachlan pegue a arma de volta, e, em vez disso, a escondo debaixo da minha camiseta, onde fica em contato com meu abdome, fria e dura.

Há coisas dentro de mim que não compreendo. De que não gosto.

Mas são coisas úteis, e vão manter a mim e as pessoas que amo vivas.

Quando Lachlan está prestes a partir, tenho um momento de pânico.

— Fica comigo.
Ele balança a cabeça.
— Você vai ser aceita pelos pais da Lark. Tem os olhos para isso.
— Pisca com seus olhos de segundo filho para mim.
— Ainda nem consegui olhar para eles — digo. Não tive muito tempo para procurar um espelho quando estávamos sob fogo cruzado. — O que você achou?
Espero ouvir que combinam comigo, talvez até diga que são bonitos. Que *sou* bonita. Mas, em vez disso, ele deixa a cabeça pender para um lado e demora tempo demais refletindo para me deixar segura.
— Eles... não são muito você.
Sinto meu espírito ruir. Não quero essas lentes idiotas. Tudo o que quero é ser *eu*, segura e feliz. Abaixo a cabeça para não deixar que veja meus olhos.
Lachlan pega meu queixo e me força a levantar o rosto, a olhar para ele.
— A Rowan está aí dentro. Você não é isso tudo. — Faz um gesto abrangente que indica meu corpo inteiro, da cabeça aos pés. — Você é isto aqui. — A palma da mão vai descansar sobre meu coração. Posso senti-lo batendo, desesperado, contra ela.
Ele me puxa para perto... mas só beija minha testa.
— É quase de manhã. Entre. Voltarei depois de escurecer.
Sem mais uma palavra, ele marcha para longe, resoluto, e em um instante já sumiu na escuridão final da noite.
Eu me viro para bater à porta, e é então que avisto uma luzinha em um dos cômodos, suavizada por uma cortina. Não é a mesma janela que vi iluminada antes, o quarto do pai de Lark. O pano se move, e vislumbro um rosto. É Lark? Viu quando Lachlan me tocou, me beijou?
Bato e espero. E espero.
Quando a porta finalmente se abre, não é Lark quem me recebe, mas uma mulher de seus quarenta e poucos anos, o rosto um pouco inchado de sono, os longos cabelos claros presos em um coque feito às pressas no topo da cabeça.
— Sim? — pergunta, mais por curiosidade do que preocupação.

— Eu... eu sou amiga da Lark — consigo dizer, estrangulada. Mesmo sabendo que me limpei completamente em um banheiro público no caminho para cá, sinto a necessidade urgente de procurar qualquer vestígio de manchinhas vermelho-escuras de sangue seco. Forço-me a olhar para ela, parecendo agradável, normal.

— Um horário estranho para uma visita. — A voz tem um tom anasalado que é comum nos círculos externos. Nunca o notei em Lark, mas, claro, ela já vem estudando em uma escola daqui há algum tempo. — Você está adiantada ou atrasada?

— O quê? — pergunto, confusa.

— Acordou cedo para estudar para a prova de amanhã, ou saiu tarde da festa de ontem à noite?

— Eu... — Engulo em seco. — Adiantada?

— Sei — diz, arrastando a palavra. — Não se preocupe, nenhum dos pais do colégio costuma conversar comigo, e com certeza os seus não são uma exceção. Não vou contar nada para eles. A festa foi boa? — Não consigo pensar em uma resposta, e ela ri, abrindo espaço e gesticulando para que entre. — Não se esqueça de pensar numa história mais bem elaborada na hora que for tentar enrolar seus pais.

Já dentro da casa, sinto uma forte pressão nos olhos. Vou chorar. Não posso. Se começar, nunca mais vou parar.

É só que... sei que não tenho muita experiência. E talvez todas as casas sejam assim. Mas a de Lark é tão obviamente um *lar*. Tem um ar aconchegante, o cheiro da refeição da noite passada. É uma *sensação* que não consigo definir. Uma aura de amor, segurança, família.

— A casa não é grande coisa... — começa a mãe de Lark, quase como se pedisse desculpas.

— É... é perfeita — retruco, de maneira tão ardorosa que ela ri.

— Vou ver se a Lark já acordou. É provável que sim, é minha cotoviazinha. Acho que ela passou os primeiros três anos de vida sem pregar o olho. Levanta com os passarinhos. Lark! — chama aos berros. — Tem uma amiga sua aqui embaixo!

O volume alto e abrupto da voz dela faz eu me retrair inteira.

— Não vai acordar o pai dela?

— Não, ele é o supervisor do turno da noite no Departamento de Reaproveitamento d'Água. A água continua correndo sob o sol e sob a lua, é o que sempre diz. — Ela revira os olhos, mas está sorrindo, pensando no marido. Aposto que se amam e que vivem falando besteiras um para o outro. Aposto que são completa e totalmente felizes. Gostaria de vê-los juntos.

Lark sai do quarto, parecendo revigorada e desperta. O único indício do suplício pelo qual passou é o fato de que está de manga comprida. Sei que o pano esconde os hematomas que recebeu durante a captura e o interrogatório.

— Esqueci que a gente ia...

— Estudar — complemento, e antes que possa me apresentar pelo antigo nome, estendo a mão para a mãe dela e digo: — Sou a Yarrow.

— River — responde.

— Tudo bem chamá-la pelo nome? — pergunto, surpresa. Recebi aulas de etiqueta, para o dia em que finalmente viveria no mundo, e não esperava poder ser tão informal.

Ela dá de ombros.

— Gente dos círculos externos como nós não costuma se prender às regras. — Há um tom de desafio em sua voz. Quer me lembrar de que ela e Lark não fazem parte do grupo privilegiado do círculo interno.

Isso faz com que eu reflita mais uma vez por que existem pobres e ricos, por que existem círculos internos e externos, por que alguns têm tudo o que jamais poderiam querer, enquanto outros literalmente morrem de fome. Éden não foi pensada para servir apenas de abrigo do mundo moribundo, um local de sobrevivência e hibernação. Deveria ser uma utopia. Não há razão para a desigualdade.

Mas Lark me puxa para o quarto, e o enigma desaparece.

No segundo em que a porta se fecha, seus braços estão envolvendo meu corpo, a cabeça aninhada entre meu pescoço e meu ombro.

— Eu lembro — murmura. — Disseram que não lembraria, e estava tudo embaçado e confuso por um tempo, mas quando o efeito passou, consegui lembrar tudo. — Vira a cabeça, pressionando os lábios na minha garganta. — Você foi tão corajosa. Tão forte. Salvou minha vida.

Ela se afasta, olha dentro dos meus olhos e exclama, surpresa:

— Seus olhos! Eles...

Não completa a frase, mas posso ver a decepção em seu rosto. Será que, para ela, eu não passava de um animal exótico, uma segunda filha de olhos estranhos? Mesmo morando em um círculo interno, ela ainda se misturava aos mais pobres, os Bestiais, os marginalizados... Eu era só mais uma criatura excêntrica em sua lista? Um motivo para se sentir especial?

Agora que posso passar por primeira filha, sou como qualquer outra pessoa?

Lark parece captar meu estado de espírito.

— Já sei o que vai animar você. Agora que perdeu um pouquinho da cor nos seus olhos, a gente vai ter que introduzir mais cor em outros lugares!

Ela me senta na cama e retira um dispositivo de um pequeno baú.

— Vivia mudando a cor do meu cabelo. Agora me encontrei neste tom de lilás. — Enrola um cachinho no dedo. — Mas às vezes ainda pinto umas mechas aqui e ali para dar uma variada. — Ela faz com que me sente no chão e se instala na beirada da cama, um joelho de cada lado dos meus ombros, meus cabelos ao seu alcance. — Você quer escolher ou confia em mim e no meu gosto?

Enrijeço. Parem de me perguntar isso, penso. Mas quando suas mãos começam a alisar meus cabelos, me entrego aos movimentos e relaxo. Ela encara isso como consentimento.

— Estou pensando em azul ultramarino, com um toque de turquesa e jade. Nada muito chamativo, vou pintar mais as camadas de baixo. Quero que a cor escura natural seja dominante. — Passa a máquina por faixas dos meus cabelos, penteando com os dedos. Queria que isto durasse para sempre, minha cabeça deitada em seu colo, a salvo, sob seus cuidados. Mas nada dura para sempre.

— Pronto! — anuncia, enfim, e pula ficando de pé para me entregar um espelho de mão. Mal noto qualquer diferença quando olho pela primeira vez. — Balança a cabeça — instrui ela. Obedeço, e as cores repentinamente emergem, feixes vívidos em meio a meus fios escuros.

— Adorei — digo com sinceridade. Mas minha atenção insiste em ser puxada para meus olhos sem graça, opacos e sem vida. Os cabelos não podem compensar algo assim. Mas não quero dizer isso a Lark depois de ela ter sido tão gentil.

Mas ela também devia estar olhando para eles, pois enquanto encara meu reflexo por cima de meus ombros, pergunta:

— Como você conseguiu as lentes?

— Eu... Melhor não falar sobre isso. Quanto mais você ficar sabendo, mais motivo eles vão ter para pensar que você é um risco desnecessário.

— Vão querer me matar por estar falando com você de novo?

— Não. O Lachlan vai tratar desse assunto.

— Lachlan — repete o nome como se fosse um gosto amargo na boca. — De onde é que ele surgiu, aliás? Você o conhece bem de verdade?

— Ele salvou minha vida.

— Mas você não o conhece há tanto tempo quanto me conhece, não é verdade? — Parece mais jovem, menor, mais frágil, não a personalidade vibrante e cheia de confiança de sempre. — Confia nele?

Fico ressentida com a pergunta.

— Não foi ele quem avisou o Centro sobre a minha mãe — estouro antes que possa me segurar. — Ele fez tudo o que podia para me manter a salvo. Você pode dizer o mesmo?

— Como você se atreve?! — rebate ela, irada, afastando-se de mim. — Recebi você na minha casa. Estou colocando meu pai, minha família inteira, eu inclusive, num enorme risco para ajudá-la! Cometi um erro confiando em pessoas erradas, sei disso, e não tenho palavras para dizer como me arrependo. Mas minha intenção era boa, e nunca mais vou confiar em ninguém. Em ninguém, fora você.

A voz vai ficando cada vez mais suave, a fúria se dissipando. Ela se aproxima, mas dessa vez sou eu quem recua um passo. Confiar é perigoso.

— Você pode confiar no Lachlan também — digo.

— Ah, posso? O que você teve que fazer para conseguir essas lentes, então?

— Nada! O que você está dizendo?

— Vi vocês da minha janela. Parecia que ele era seu dono. E que *você* não estava nem um pouco incomodada com isso. Essa não é a Rowan que conheço.

— É esse o problema? Eu e o Lachlan?

Não quero brigar. Estou cansada, tão incrivelmente cansada, e mal consigo entender por que ela está zangada. Se alguma de nós tem o direito de estar zangada, sou eu. Mas estou aqui, porque preciso dela para me ajudar a salvar Ash com Lachlan. — Não sou a Rowan que você conheceu. Nem mais Rowan eu sou. Meu nome agora é Yarrow. E vou é dormir.

Antes que possa dizer outra palavra, puxo as cobertas roxas da cama e me enfio debaixo delas. Cubro o rosto quase inteiro com elas, resoluta, e me viro para a parede.

— Vamos encontrar o Lachlan depois que escurecer — resmungo e fecho os olhos. — Esteja pronta para colocar seu plano em ação.

— Rowan, tem uma coisa que preciso contar a você. É só que nunca parece ser o momento certo.

O que poderia ter para me dizer? Como está arrependida, mais uma vez? O que sente por mim? Realmente não quero ouvir isso agora.

Finjo ter caído no sono depressa. Não ouço mais Lark se mover. Acabo adormecendo de fato. Sei, pois em algum momento, sou acordada por outro corpo deslizando para dentro das cobertas a meu lado. Ela não me abraça, não me toca. Mas está lá, o calor enchendo a cama.

Mas junto a meu estômago o revólver continua gelado como a morte.

24

Durmo o resto do dia, e, à noite, levo Lark para o local onde disse a Lachlan que me encontraria com ele — um pequeno delivery com movimento intenso o bastante para passarmos despercebidos, sem maiores suspeitas. Mas quando chegamos, não há nem sinal de Lachlan.

Enquanto aguardamos, fico olhando desejosa para a comida — kebabs perfumados graças ao sal e à gordura sintética —, pois tenho a impressão de que não como faz uma eternidade. Minha sensação é de que, a qualquer momento, nossa presença, mesmo num lugar como este, se tornará óbvia demais, paradas há tanto tempo como estamos sem comprar nada. É evidente que Lark e eu estamos esperando, impacientes.

— Achei que você tinha dito que confiava nele — estoura Lark, irritada.

— E confio — asseguro-lhe. — Talvez... — Mas a lista dos possíveis "talvez" é longa demais, e, em sua maioria, as opções são terríveis demais para querer articulá-las. Talvez tenha sido capturado. Talvez Flint tenha se voltado contra ele.

Talvez, agora que já sabe que Flama pode produzir lentes convincentes, tenha decidido não arriscar a vida me ajudando a salvar meu irmão. Talvez ele a convença a ajudar os segundos filhos. Talvez até a entregue a Flint para passar por seus métodos especialmente desagradáveis de "convencimento".

— Não dá mais para continuar esperando — digo, enfim. E é com grande relutância que deixo nosso ponto de encontro e começo a caminhar para minha antiga casa.

Sei que o coração apenas bombeia o sangue, um motor, nada além. Não é o trono das emoções, um repositório de amor e esperança e felicidade. Ainda assim, quando paro diante da base do muro do pátio, na parte mais escondida, que não é visível para as pessoas de fora, e olho para as paredes que me contiveram a vida inteira, as paredes que continham tudo que conheci e amei, juro que é meu coração que mais dói. Uma dor que só pode ser física, porque parece me apunhalar o peito.

Lar.

Sem mamãe e Ash lá dentro, é apenas uma casca vazia. Mesmo assim, era a *minha* casca.

— Me dá uns dez minutinhos — peço a Lark. — Talvez quinze. Com sorte, ele não está em casa. Costumava trabalhar até tarde antes, mas, agora, não sei mais. Vou abrir a porta da frente para você.

— E se ele estiver lá dentro?

— Aí não sei.

— Eu sei — retruca ela, e fico surpresa diante da fúria em sua voz. — Se ele estiver lá, precisa ser punido pelo que fez com o Ash... e você.

Meu pai, que me odiava, que traiu o filho em favor do Centro, merece ser castigado. Se Lachlan estivesse aqui, tão forte e capaz, com tanta violência à espreita, debaixo daquele exterior brincalhão, estaria disposto a ser o carrasco. Mas Lark estaria? Eu estaria?

Percebo que estou torcendo para que ele esteja fora. Não porque não encontraria satisfação em testemunhar Lark espancando aquele seu rosto até estar desfigurado e sangrando... mas porque *encontraria*. Isso me assusta. No que estou me transformando?

— Não importa se ele está em casa ou não, sei como entrar sem fazer barulho. Passei a vida inteira fazendo isso. Aí, depois de deixar você entrar, vou pegar as credenciais dele. Com elas, a gente vai poder ter acesso a qualquer lugar dentro do Centro.

Quando meus dedos se fecham ao redor do primeiro apoio de mão, sinto aquela pontada outra vez, mas inspiro fundo — e a inspiração acaba se transmutando em um suspiro — e começo a escalar. Posso sentir os olhos dela em mim, mas não me atrevo a olhar para baixo. Mal consigo manter o equilíbrio. Literalmente.

A face externa do muro não está tão intimamente gravada em minha memória, nas pontas de meus dedos, quanto a interna. Mas ainda assim está conectada a alguns dos momentos mais felizes da minha vida, o fim agridoce das noites clandestinas passadas com Lark. Ainda mais agridoce por conta do estado atual da nossa amizade. Cada toque de uma pedra nova sob minhas mãos parece reacender uma lembrança. Lark me mostrando as estrelas do terraço. O beijo de Lark.

Depois da noite de hoje, pode ser que nunca mais volte a vê-la. Estarei mergulhada em minha missão, com minha nova identidade. Talvez seja melhor assim. Não consigo olhar para ela sem pensar em como sua ingenuidade e confiança fácil custaram a vida da minha mãe e acabaram, de forma indireta, condenando Ash à morte. Sei que não foi sua intenção, que isso a dilacera por dentro quase tanto quanto a mim mesma. Ainda assim, talvez seja melhor para nós duas nos separarmos.

Pelo menos ainda terei Lachlan me ajudando com a missão.

Não chore, ordeno a mim mesma com firmeza enquanto desço do outro lado. Todas as lágrimas já foram derramadas. Agora é hora de ser forte.

Meus pés aterrissam no musgo dentro do pátio e, em um instante, me sinto enjaulada outra vez. E se nunca tivesse me aventurado a escapar da minha prisão familiar? O que teria mudado? Teria encontrado uma maneira de conhecer o que é felicidade? Consigo atravessar o conjunto de plantinhas úmidas que mamãe cuidava com tanto carinho sem deixar uma única gota salgada cair. Verdade, meus olhos já estão pesados e molhados, mas é só efeito da cirurgia.

Entro na casa. Tudo continua igual, como se eu jamais tivesse partido. Esperava novas trancas, um regimento de Camisas-Verdes postados do lado de dentro. No mínimo, algum indício de caos. Artefatos quebrados, uma cadeira virada. Um prato sem lavar deixado na pia em um momento de luto, ou talvez até distração. Poeira.

Mas tudo continua perfeito. Como se mamãe ainda estivesse aqui, governando a família com seu jeito tão doce.

Caminho pela casa silenciosa, tocando nas coisas, cheirando o lado do sofá que mamãe costumava preferir, o ponto no qual o rabo de cavalo ficava encostado no estofado quando ela se jogava após uma longa jornada de trabalho. E fico atenta a quaisquer sons que possam ser feitos por meu pai. A casa está quieta.

Com cuidado, vou me esgueirando na direção do quarto de casal. Lá, finalmente, um pequeno sinal de transtorno. Os lençóis estão bagunçados. Esqueceu-se de fazer a cama, atormentado pela culpa? Simplesmente não sabe como executar uma tarefa que geralmente mamãe fazia? Ou sequer vem conseguindo dormir na cama deles desde sua morte? Não sei, mas pelo menos algo está diferente.

Se não fosse quase toda de pedra, gostaria de colocar fogo nessa casa e vê-la desabada, ao chão.

O quarto está vazio, como o restante dos cômodos. Papai saiu. Talvez esteja no trabalho, talvez esteja arquitetando novos esquemas para destruir alguma outra alma desavisada. Talvez, se tiver um grama de bondade dentro dele, esteja se embebedando e criando coragem para pular do prédio mais alto de Éden. A amargura me consome, um ódio que dói, mas contra o qual não posso lutar.

Deixo Lark entrar.

— Estamos sozinhas — digo e a guio até o escritório do meu pai. Estamos procurando sua credencial de segurança. Torço para que ele não esteja trabalhando até tarde, e, sim, fazendo alguma outra coisa. Se estiver no trabalho, as credenciais estarão com ele. Não tenho ideia do que faremos se for o caso. É possível que precisemos de outros códigos de segurança para recebermos passe livre. Lachlan saberia exatamente do que precisamos. Não tenho certeza. Onde está Lachlan?

Começo a remexer os vários documentos no escritório.

— Não está achando? — indaga Lark, olhando de relance, ansiosa, à porta da frente, atenta a quaisquer ruídos que indiquem a aproximação de alguém. Estou começando a entrar em pânico, achando que não conseguirei encontrar nada. E se estiver tudo com papai? Esperamos até voltar e aí arrancamos dele à força?

Finalmente encontro o que procuramos, enfiado de maneira negligente em uma gaveta, como se quisesse ter se livrado deles depressa.

— Aqui! — grito, empolgada, mostrando a ela. — Acho que é só disso que a gente precisa. Parece que meu pai não é muito ligado em medidas de segurança.

— Então, vamos logo — responde ela com urgência. — Ele pode chegar a qualquer minuto.

— Quero ver se tem mais alguma coisa que seja útil aqui. Não sei o que mais podemos precisar depois que já tivermos entrado no Centro. — Também estou me perguntando se pode haver algo incriminador na casa, algo que possa usar contra meu pai, chantagem. Ou talvez algo que seja útil ao Subterrâneo. Passo os olhos pelas páginas o mais rápido possível.

— Anda logo! — pede Lark, irrequieta.

Mas é tarde demais. Ouço a maçaneta girar, os passos pesados de meu pai, trôpegos.

Levo a mão para baixo da camiseta e sinto a arma pressionada no umbigo.

— Não — digo, muito baixinho, lembrando a mim mesma que sou uma boa pessoa. Melhor do que meu pai, ao menos.

Se ele não entrar no escritório, se seguir direto para a cama, ainda podemos sair de fininho pela frente.

Está falando. Trouxe alguém para casa com ele? Chego mais perto da porta quase fechada (mas não completamente) e escuto.

— Não é minha culpa. — Sua voz é aduladora, patética. Jamais o ouvi falar assim antes. — Não era para acontecer desse modo.

Espero, mas não há resposta. Está sozinho, pensando alto consigo mesmo.

— Aqui, rápido — digo a Lark enquanto abro a porta disfarçada de estante sem fazer barulho graças às silenciosas dobradiças pneumáticas. Ela entra na pequena alcova secreta e fecho a portinha. Mas deixo uma fresta aberta. Depois de fechada, só pode ser reaberta por fora.

Se algo der errado, não quero Lark encurralada aqui dentro. Deslizo para fora. Estou sendo tola, sei disso, mas tenho a sensação de que preciso ver meu pai. Ainda não decidi se ele também precisa me ver.

— Era para eu ter sido o bom exemplo, o homem que coloca Éden na frente da família. O líder incorruptível que não foi maculado pelas transgressões familiares. — Ouço um baque alto, depois outro. Quando coloco a cabeça para fora, com cuidado, para espiar a cozinha, vejo-o dando tapas nas laterais da cabeça.

— Ah, Ash, o que eu fiz? Eles me prometeram!

Bate a cabeça com força no balcão, e quando volta a se endireitar, oscilando, desequilibrado, há um corte ensanguentado na testa.

Ótimo, penso. Já estou me acostumando a ver sangue agora.

Outra parte de mim se apieda dele. Seja ele o que for, amava minha mãe. E Ash, ou assim eu acreditava.

Entro na cozinha.

— O que foi que eles prometeram?

Ele se vira depressa, e o fedor do álcool me atinge com força. Por um segundo, parece exultante em me ver. Começa a se aproximar, os braços se abrindo. Ao mesmo tempo, me enrijeço, e ele parece lembrar o que sempre pensou de mim a vida inteira. Para de forma abrupta na mesma hora.

— Você está viva.

— Você também — rebato, a voz baixa e firme. Incrivelmente firme, dado meu estado interno turbulento. — Mas não devia estar. Entregou o Ash para se salvar.

— N-não — gagueja, balançando no lugar. — Não foi assim que aconteceu. O Centro precisa de estabilidade, ou os círculos não se sustentarão. Foi o que me falaram. Disseram que precisavam de um exemplo. Achei que estavam falando de mim. Um *bom* exemplo.

Continua a tagarelar, a fala arrastada e incoerente por vezes, me contando como o chanceler teria lhe dito que retirar sua candidatura seria uma medida desastrosa àquela altura dos acontecimentos. Todos já estavam sabendo que tinha sido escolhido para o cargo, e se houvesse uma mudança agora, se ele fosse abatido por um escândalo terrível assim, faria o Centro parecer fraco. De modo que decidiram pintar papai como o herói de Éden, o tipo de líder altruísta que viraria as costas para a própria família amada em favor da retidão e da lei e da preservação de nosso precioso santuário.

— Inventaram que a sua mãe era algum tipo de ativista — cospe as palavras. — Ninguém sabe que você é nossa filha. Acham que sua mãe fazia parte de uma rede subterrânea de pessoas que ajudam segundos filhos. Sua mãe e o Ash. Estão espalhando por aí que fui eu quem a entregou ao Centro. Estão... — Cai de joelhos no chão, sobrecarregado. Talvez suplicando meu perdão? — Estão me chamando de herói — continua, com dificuldade, entre soluços. — Um herói de verdade. Um segundo Aaron Al-Baz.

Que ironia, que perfeito, que papai seja comparado àquele monstro.

— E o Ash? — pergunto com frieza.

— Disseram que precisavam de um exemplo. Ah, Terra amada, não fiz perguntas! Só assinei os papéis que colocaram na minha frente. Estava com tanto medo. Podia ser executado por tê-la protegido esses anos todos.

— E em vez disso, seu filho vai ser assassinado, enquanto você assume o segundo cargo mais alto de toda a Éden. Sempre protegendo a si mesmo, não é? — Quase como se agisse por conta própria, minha mão se movimenta devagar na direção do abdome, os dedos tremelicando na barra da camiseta. Posso sentir o contorno irregular da arma sob as roupas. Papai não consegue vê-la, no entanto. Ainda não.

— Não era para ter sido assim! — geme, balançando-se para a frente e para trás nos joelhos. — Era para terem mantido o Ash na prisão só até a poeira baixar, para depois ser liberado em algum lugar longe do Centro.

— Ah, então você só queria destruir a vida dele, jogá-lo dentro de algum círculo externo onde acabaria morrendo de fome? — Mal chega a ser melhor do que uma execução direta. Balanço a cabeça devagar. — Você sempre foi um pai podre. Até para o filho que amava de verdade. Fez um buraco nele quando ainda estava no útero, e agora vai terminar o trabalho.

Ele olha para mim, horrorizado.

— Você sabia?

— Descobri recentemente. Mamãe me contou, antes dos Camisas-
-Verdes a abaterem com um tiro. — Minha voz soa tão dura e gelada.
Nem parece mais a que sempre tive. Ele se retrai, faz uma careta,
parece se encolher todo.

— O que posso fazer agora? — pergunta, estendendo as mãos com
as palmas viradas para cima, desamparado. Mas são mãos vazias,
impotentes. Não há nada que possa fazer para consertar essa situação,
exceto...

Tiro o revólver de seu esconderijo sob a blusa e aponto para sua
cabeça.

Espero ouvi-lo gritar, chorar mais, implorar, investir contra mim.
Mas apenas continua ajoelhado a meus pés, olhando para mim com
tristeza, resignação.

Se tivesse suplicado, eu teria atirado. Mas esse homem arruinado,
aguardando o fim em silêncio...

Minha atenção está tão tomada por meu pai que Lark, chegando
por trás dele, não passa de um borrão de movimento. Está carregando
um abajur pesado na mão, um de que mamãe jamais gostou, mas não
tinha jogado fora, pois pertencera a sua mãe. Com um grunhido de
esforço, Lark acerta papai com força na lateral da cabeça. Ele desmorona no chão de azulejo, inconsciente.

— Por que você não me deixou atirar nele? — pergunto a Lark. Ela
não sabe que já tinha conseguido me controlar.

— Você precisa da cabeça desanuviada hoje — responde com uma
piscadela leve e brincalhona que me faz pensar em Lachlan. — Acha
que estaria toda calma e centrada se tivesse executado o seu pai?

Tem razão, claro. Ela me entende.

— Vamos — digo, e a levo para fora.

Lachlan está lá, escondido em um aglomerado de palmeiras falsas
plantadas perto da porta da frente.

— Onde você estava? — exijo saber dele ao mesmo tempo em que
pergunta:

— Por que vocês não me esperaram?

É quando nós dois notamos que ainda estou empunhando a arma. Dou-me conta de que nem sei se é letal, ou se serve apenas para paralisar. Com o maxilar trincado, eu a guardo na cintura outra vez.

— Vou querer saber o que aconteceu lá dentro? — indaga Lachlan.

Balanço a cabeça.

— Vou querer saber por que você não apareceu na hora combinada? — rebato.

Ele me lança um sorriso torto.

— Provavelmente não. Foram só uns poucos furtos simples, aqui e ali.

— Idem — respondo, cautelosa.

Ele olha para onde o revólver está agora escondido junto a minha barriga.

— Algum outro crime para reportar?

— Não — respondo, e acrescento depois de uma pausa: — Se é que consideraria atirar nele um crime.

— Não endureça demais, Rowan — sussurra para mim, tocando meu braço de leve com as pontas dos dedos. — Se o mundo precisar de alguém endurecido... pode me chamar. Já faz tempo que faço esse tipo.

25

— Não — digo quando olho para a rota que Lark planejou para invadirmos o Centro. Sinto um choque de repulsa que me revira o estômago. — Sem chance. Nem pelo Ash eu entraria aí.
— Sei que não está falando sério — retruca Lark.
— Minha cabeça e meu coração podem até não estar, mas meu nariz e meu estômago estão. — Então pressiono os lábios (queria poder fazer algo não-óbvio-demais para tampar o nariz) e olho, estoica, para o gigantesco reservatório subterrâneo que parece conter os dejetos de toda a Éden.

Estamos no subsolo, viajamos pelos canais através dos quais a água da cidade circula. Até então, só tínhamos entrado em contato com o que Lark chamava de água cinza — líquido que foi usado pelas pessoas para tomarem banho, lavarem a louça, escovarem os dentes. Não era exatamente limpa, mas não era tão repugnante. Isto, entretanto, é tudo que foi expelido pelos vasos sanitários do círculo interno.

— Faz parte do ser humano — diz Lark, filosofando. — Ainda mais quando tem um bando de gente vivendo junto. Ricos ou pobres, excrementos corporais sempre têm o mesmo cheiro.

Lachlan parece tão calmo quanto eu tento fingir estar, mas não perde tempo em expressar uma objeção em seu usual tom irônico:

— Se tudo der certo, vamos torcer para não topar com mais ninguém quando estivermos lá dentro — diz a Lark. — Mas, pela minha experiência, as coisas raramente saem conforme o planejado. Se alguma coisa der errado, vamos torcer para as credenciais do pai dela bastarem para enganarmos os outros ao fingirmos ser funcionários ou mensageiros, pelo menos à primeira vista. — Ele funga. — Você acha mesmo que alguém vai comprar a nossa história por um segundo que seja, se chegarmos querendo passear pelo lugar mais importante e seguro de toda a Éden fedendo que nem esgoto e cobertos de fezes?

Lark lhe lança um olhar de desdém.

— Você não acredita mesmo nos meus dons furtivos, não é? Ah, verdade, nós da Beira somos só bons samaritanos diletantes que não sabem fazer nada direito. — Ela pressiona uma parte da parede, e uma porta se abre. Lá dentro estão guardados vários macacões de segurança contra contaminação esterilizados, completos com máscaras de rosto inteiro descartáveis.

Olho com desconfiança. O material não me parece à prova d'água.

— Não se preocupe. Eles são feitos para encolher e se ajustar ao seu tamanho, depois fazem uma biofusão quando estão vestidos no corpo. Também têm um *rebreather* embutido que vai garantir oxigênio suficiente por pelo menos uma hora. Nada passa pelas roupas. Pelo menos nada que esteja flutuando aí dentro. Quando chegarem ao outro lado, vocês podem tirar os macacões e enfiar em qualquer canto.

— E se a gente tiver que usar o mesmo caminho para sair, em vez da porta de entrada? — indaga Lachlan.

— Tem mais dessas roupas do outro lado. Estão guardadas em todos os lugares. Sempre que surge algum problema, ou alguma coisa entope, alguém tem que mergulhar nessa porcariada aí. É um sistema até que bem eficiente, no geral. Só não faz muita questão de levar a dignidade humana em consideração. Era esse o trabalho que meu pai fazia antes de ser promovido. Agora ele só decide quando alguém tem que fazer a tarefa.

— E vamos sair bem debaixo do Centro?

— Dentro — corrige ela. — Vocês vão ver um alçapão de acesso. Meu pai já me trouxe para andar por todo o subsolo de Éden. Sei ir a qualquer lugar, sem ser vista... Se não tiver frescura, nem problema com a ideia de me sujar um pouquinho. A maioria dos túneis nem é tão ruim assim.

— Queria ter sabido disso antes — comenta Lachlan. — Temos nosso próprio sistema, passagens que ficaram da época em que o Subterrâneo foi construído, mas o nosso conhecimento do sistema de esgoto é zero. Quando tudo estiver acabado, você estaria disposta a desenhar e compartilhar mapas com a gente?

— Claro. Supondo que vamos sobreviver.

Tento ignorar o comentário.

— Você não vem com a gente — informo a ela.

— Mas...

— Não — dizemos Lachlan e eu ao mesmo tempo. — Você já fez sua parte — prossigo. — Já se arriscou mais do que o suficiente pela gente.

— Não, não foi o suficiente. Nunca vai ser. — Está me encarando com intensidade. — Ash é meu amigo. — Vira-se para Lachlan. — E a Rowan é... mais até do que isso.

Lachlan arqueia as sobrancelhas, mas por sorte não olha para mim. Apesar de tudo o que está acontecendo, sei que corei diante da declaração.

— A Rowan tem o direito de querer ir. Ash é o irmão dela. Mas você é só mais uma pessoa que pode acabar nos entregando, ou cometendo um erro, ou se machucando... mais uma pessoa que a gente pode ter que deixar para trás. — Ele faz uma pausa para permitir que as palavras sejam digeridas. Aos olhos dele, ela é descartável. Se tiver que fazer a opção de resgatar alguém, essa pessoa serei eu, não ela. Estará abandonada à própria sorte.

Ela suspira, mas sabe que perdeu. Em vez disso, se ocupa nos ajudando a vestir os macacões subaquáticos.

Olho com repulsa para o lago de substâncias lamacentas e pestilentas.

— Você tem certeza de que a gente pode nadar nisso aí?

Ela dá uma risadinha.

— A sujeira fica só na superfície, é tipo uma camada de pouco mais de um metro de espessura flutuando no topo da água. Depois que passar por ela, só vai ter que nadar.

De repente, enxergo outro obstáculo. Jamais estive dentro de águas mais profundas do que a capacidade de uma banheira.

— Não sei nadar.

— Por sorte, nem vai precisar — diz Lachlan. — Pelo menos não no sentido pleno da palavra. Só conta como nado se tiver que voltar à superfície para respirar. Nesse caso, tudo o que precisa fazer é não entrar em pânico. Isso você consegue, não consegue?

Penso na nanoareia me soterrando, enchendo meu nariz, minha boca, infiltrando-se nos pulmões. Nadar será parecido com aquela experiência? Talvez não, mas me afogar, sim.

Mas...

— Consigo! — É o que respondo, claro. Espero não decepcionar Lachlan. Espero que nós dois não decepcionemos Ash. — Se... se não conseguir chegar do outro lado, você vai continuar mesmo assim e tentar salvar meu irmão? — pergunto a Lachlan. Mordo o lábio, tensa. Se morrer, junto com minhas lentes implantadas e a promessa da missão especial disfarçada, que motivação terá para resgatar Ash?

Insisto em julgá-lo errado. Mas o que sei das pessoas?

— Não vou *deixar* você não chegar — responde com uma piscadela relaxada. — Mas se isso acontecesse, ainda assim traria seu irmão de volta no seu lugar... ou morreria tentando.

Faz a coisa toda soar disparatadamente melodramática, mas sei que fala sério.

Lark nos ajuda com os trajes, e mesmo antes de mergulhar naquele lodo, já me sinto sufocar. A roupa é feita de algum tipo de biofilme que se funde perfeitamente a qualquer superfície com que as bordas programadas em código entrem em contato, me lacrando dentro do que me parece uma câmara de morte. Quando coloco a máscara, quase entro em pânico. No mesmo segundo que minha respiração desesperada começa a embaçar o visor, Lachlan toma uma de minhas mãos, enquanto Lark toma a outra, como se estivessem em uma corrida para ver quem é o primeiro a me tranquilizar. A competição entre os dois acaba me distraindo o suficiente para me fazer parar de me preocupar que o macacão vá me matar. O ataque de pânico para e solto um suspiro exasperado. Funciona, e descubro que já consigo respirar toleravelmente bem, mesmo dentro da minha mais nova prisão.

— Pronta? — pergunta Lachlan.

— Não — respondo. — Não mesmo.

Ele ri, achando que estou brincando, e mergulha de cabeça, certo de que o seguirei. É o que acontece quando se constrói uma reputação de valentia, imagino. É assim que as pessoas corajosas perseveram? Fazem um ato de bravura e depois são obrigadas a fazer jus àquela fama para todo o sempre? Seria tão mais fácil não passar de uma covarde. Mas também seria mais difícil de conviver comigo mesma.

Sozinha, me viro para Lark. Há algo me perturbando lá no fundo da minha mente.

— Você me disse que tinha uma coisa para me contar mais cedo. O que era? — Minha voz está abafada pela máscara.

Duas linhas de expressão se formam, depois desaparecem, entre as sobrancelhas douradas da menina.

— Não é... Nada, não. Dá para esperar. — Abre um sorriso radiante e me dá um abraço rápido. — Conto depois. Prometo. Não se preocupe. Também vou estar cuidando de você.

— Como assim?

Ela hesita um instante, com um sorrisinho secreto.

— Ora, esperando, claro, para ajudar se tiver que escapar por aqui. — Toca meu rosto, mas é algo remoto através da máscara de segurança.

Lachlan emerge em meio à imundice, gesticulando para mim com urgência.

Desajeitada, mergulho atrás dele.

A terrível escuridão me envolve e puxa para baixo, aderindo a meu corpo com toda a sua pestilência, de modo que, mesmo sabendo que nada daquilo está em contato com minha pele, ainda assim me sinto profundamente contaminada.

Depois... leveza maravilhosa. Estou limpa, pura, em um mundo cristalino sem gravidade. O canal é imenso, mas luzes fixas ao longo das paredes brilham aqui no fundo, criando um padrão estrelado de iluminação prateada. É isto que é nadar, ficar pairando aqui, no fresco e translúcido, desse jeito que parece levar para longe todas as minhas preocupações? Queria poder me desfazer do traje e sentir a água na pele.

Tento me mover e me dou conta de que este é outro mundo. Apenas a tecnologia está me mantendo viva aqui embaixo. Tenho uma noção abstrata de como nadar, claro. Já assisti a vídeos de pessoas nadando. Movimento os braços de uma maneira determinada, chuto com as pernas. Dentro da minha cabeça, faz sentido.

A primeira braçada me faz rodopiar para o lado. Tento dar impulso com a perna e acabo dando uma cambalhota pela água. Lachlan me segura e estabiliza colocando uma das mãos em minha lombar, a outra sob o braço. Prendo o fôlego e começo a subir para o teto de lodo. Lachlan me puxa de volta para baixo e faz mímica da técnica correta. Tento, mas acabo em um crawl modificado, como se estivesse escalando um tipo estranhíssimo de parede maleável. Mas me propulsiona para a frente — ainda que bizarramente —, e seguimos em direção a um túnel.

Lá dentro, consigo me movimentar tateando as paredes. É uma espécie animalesca de galope em quatro pernas, e seria até divertido, não fosse pelo nosso destino final.

A máscara de oxigênio produz um zumbido suave quando respiro. Faz algum tempo que estamos submersos. E se o equipamento der pane? Mesmo imaginando que vá conseguir nadar, ou conseguir não deixar água entrar pelo nariz, não há rota de fuga até o ar fresco.

Enfim, o túnel se abre. E depois segue *para cima*.

Há uma corrente agora, com água correndo de todos os usos que são feitos dela no Centro para o sistema de esgoto principal da cidade. Por sorte, os excrementos humanos passam por um cano separado que vai dar no lugar por onde entramos, de modo que isto é apenas escoamento das pias e afins. Durante o dia, Lark estava contando, a correnteza criada seria tão forte, que não seríamos capazes de nadar contra ela. À noite, porém, com uma equipe ínfima administrando o Centro, há pouco uso d'água, e apenas uma corrente suave a superar.

Bom sinal. Menos pessoas para nos confrontarem.

O túnel se estreita, forquilha, mas, conforme instruções prévias, nos atemos ao principal. Enfim, vai dar em uma câmara bulbosa apresentando múltiplos canos. No centro, há um alçapão.

Ficamos um longo tempo debaixo d'água. O ar que respiro me parece estagnado, e estou começando a sentir uma estranha sensação hipnótica, como se meu foco expandisse e contraísse periodicamente. Luzes dançam diante de meus olhos. Vejo água correndo na minha frente... mas é diferente. Não faz sentido. Há o líquido levemente anuviado em que estou nadando (se é que este meu estranho crawl desajeitado pode ser considerado nado), e, depois disso — não, no topo — há outro tipo, mais cristalino, com um fluxo diferente, circular.

A periferia de minha visão escurece, e tudo o que enxergo é aquela outra água. Uma luz a perfura em ângulo, criando sombras de coisas movendo-se por ela. Formas, do tamanho da palma de minha mão, silhuetas sem cor nem formato sólido, movimentando-se em harmonia tão precisa, que só pode ser mecânica. Semicerro os olhos para as imagens, confusa, tentando ver com mais clareza. Estão mesmo lá? Estou enlouquecendo?

Puxo Lachlan pelo braço, distraindo-o de suas tentativas de abrir a portinhola. Aponto para os contornos misteriosos, mas ele não parece entender. Acha que estou gesticulando para a escotilha, e levanta um dedo para mim: já vai abri-la em um minutinho só. Não consegue ver o que vejo.

Finalmente abre a porta, e, na repentina claridade vindo lá de cima, posso enxergar as formas com nitidez. São peixes, movendo-se em um cardume unido, suas cores tão extravagantes quanto as das mulheres do círculo interno saindo para a noite. Avisto-os por um segundo apenas, e logo depois já desapareceram, e tudo que resta é Lachlan na abertura redonda da escotilha aberta.

O que está havendo comigo?

O ar fresco vai clarear minha cabeça. Mal posso esperar para arrancar essa máscara do rosto. Tenho que sugar o ar em cada respiração como se ele estivesse lutando contra mim, e meus pulmões parecem pesados e doloridos.

Mas antes que minha cabeça possa perfurar a superfície do espelho d'água para tomar meu tão desejado novo fôlego, Lachlan me empurra para baixo outra vez. Toma impulso contra a porta, batendo as pernas com força contra a resistência d'água.

Faz mímica, e demora até meu cérebro embaçado concluir que está me dizendo que há alguém lá fora. Não podemos sair ainda.

Mas temos que sair! Há algo errado com meu oxigênio. Não tenho mais. Já faz uma hora que mergulhamos? Minha percepção está anuviada. Não sei o que estou fazendo. Tudo que sei é que preciso respirar e não posso com essa coisa cobrindo meu rosto. Tento arrancá-la, puxando com força bruta desesperada em um primeiro momento, depois tentando fazer meus dedos caberem entre as camadas fundidas. Em algum recesso escondido de minha mente, sei que é uma péssima ideia, mas não posso evitar.

Lachlan tenta me deter, mas luto contra ele com vigor, como se fosse ele próprio que estivesse tentando me afogar. É o que parece. Parte de mim vê seus olhos desesperados atrás da máscara, mas tudo e todos que queiram manter este filme sufocante por cima de minha cabeça viraram meus inimigos.

Finalmente, consigo desprendê-la... e quando a água atinge meu rosto, recobro a razão. Preciso de toda a minha força de vontade para não tentar inspirar. Olho através do líquido e vejo um Lachlan borrado a centímetros de mim. Está fazendo algo... tirando a própria máscara. Aproxima-se. Sinto sua boca na minha.

Está me repassando ar. Seu último fôlego. Tentando me ajudar a aguentar um pouco mais. Sinto um instante de alívio, que é imediatamente obscurecido pelos pensamentos concomitantes de que, depois dessa lufada, não há mais oxigênio disponível para mim... nem para Lachlan.

Quero lhe dizer algo. Bolhas me escapam da boca, e as palavras se perdem na água.

Nos segundos seguintes, ele abre a escotilha com violência e me empurra para cima. Agarro a beirada, minha cabeça vem à tona, e inspiro com sofreguidão, o primeiro fôlego divino fazendo meus pulmões arderem. Repito, e de novo, antes de minha mente clarear o suficiente para se lembrar de Lachlan. Acabou afundando em seu esforço de me levar para a superfície. Começo a mergulhar para ajudá-lo — sabendo que é mais provável que acabe o afogando do que salvando —, mas, sem a máscara, é como se estivesse sufocando no instante em que meu rosto encontra a água. Não consigo!

Ajoelho à beirinha da abertura e espio lá embaixo. Ele usou seu último suspiro, sua força, para me preservar. Posso enxergá-lo longe, bem abaixo da superfície, indistinto. Está se movendo? Está tentando? Foi ele quem me salvou quando estava sendo engolida pela nanoareia.

— Lachlan! — chamo em desespero, e afundo as mãos na água, impotente. Não há nada que possa fazer. Ele não passa de uma silhueta escura e difusa lá embaixo, afundando cada vez mais.

Sem aviso, há outra forma lá com ele. Em uma confusão de movimento, vejo a sombra surgir e se fundir com ele. Os contornos crescem — estão subindo! Há mais alguém lá, empurrando Lachlan para a superfície!

No segundo em que está a meu alcance, estendo a mão e agarro o que encontro, roupas, mãos, cabelos, buscando qualquer ponto de contato em que consiga segurar, e o puxo para mim. Sua salvadora faz força para cima lá de baixo, e depois sai também, tirando a máscara e se pondo de pé, pingando.

— Lark! — exclamo. — Era para você ter ficado lá, a salvo!

Ela me abre um sorriso doce.

— Acha mesmo que ia deixar você mergulhar de cabeça numa situação de perigo sozinha? — Olho para Lachlan, expelindo água aos nossos pés, e quero responder que não estava sozinha. Mas deixo passar. Com a voz mais baixa e suave, Lark acrescenta: — Foi minha culpa minha sua mãe ter sido assassinada. Foi minha culpa o Ash ter sido capturado. *Eu* cometi o erro de confiar em quem não deveria. Agora tenho que reconquistar *sua* confiança.

— Ah, Lark... — murmuro... mas não há tempo para mais do que isso. Lachlan já está ajoelhado, com certa dificuldade. Olha para Lark, uma estranha mistura de gratidão e hostilidade nos olhos.

— Não era para você estar aqui — diz. Sei que está profundamente envergonhado por ter precisado de resgate. Sempre foi o guerreiro, o forte.

Lark apenas dá de ombros.

— Bom, já estou aqui. Sorte sua, aliás.

— Você não pode entrar com a gente — insiste ele. — Não está nos nossos planos.

— Que bom que tenho meu plano, então — retruca Lark com petulância. Há uma fileira de escaninhos na parede mais distante de nós. Ela pega um pacote lacrado, abre e começa a vestir um macacão verde-claro. Esconde o cabelo lilás sob uma touca e exibe uma credencial.

— Vou na frente para pegar algumas ferramentas e outras coisas de que vou precisar em outro armário, depois fico esperando vocês dois no lugar que dá para onde ficam as celas. Não vou conseguir passar de lá, mas estarei preparada para tudo.

— Você não pode... — começa Lachlan, mas o interrompo. Sei que discutir com ela é inútil a essa altura. O que resta fazer é nos certificar de que fique bem posicionada. E segura.

— Você não pode chegar perto demais, ou vai acabar sendo afetada também. Espere a gente no saguão. Vamos precisar da sua ajuda lá. — Se tudo seguir conforme o plano, podemos entrar e sair sem alertar ninguém. Ainda tenho esperanças de não ter que envolver Lark em nada disso. Depois que Lachlan, Ash e eu sairmos, ela poderá escapar sozinha, se desfazer do disfarce e voltar para casa. Preciso que fique bem e em segurança. Não acho que consigo seguir adiante e superar todas as dificuldades que estão por vir se não puder visualizar Lark em seu quarto, deitada na cama cor de ameixa, sã e salva.

Agarro-me a esse futuro, tentando não pensar no que me aguarda nesse meio-tempo. Afinal, mal entramos e já quase morremos.

— Tudo bem — diz Lark. — Tenho alguns truques na manga. Se tiverem qualquer problema, vou poder criar uma distração.

Já consigo imaginá-la aos berros para atrair o foco dos Camisas-Verdes, ou talvez até querendo enfrentá-los.

— Não chame atenção para si mesma! — insisto.

Ela puxa a touca um pouco para baixo.

— Ninguém vai nem me notar — afirma com confiança extrema. Parece fazer parte da equipe de manutenção, uma funcionária qualquer, de modo que talvez tenha mesmo razão.

Minhas roupas estão secas, graças ao lacre automático no macacão de proteção que se colou à minha pele no instante em que a máscara se desconectou. Meu cabelo também está seco. Quando arranquei a máscara do rosto, o capuz do traje se uniu de imediato com a pele exposta. Por um segundo fico assombrada diante da tecnologia que mãos humanas têm a capacidade de criar. Como foi que nos tornamos tão poderosos, mas ao mesmo tempo tão destrutivos? Com toda essa inteligência, não fomos capazes de enxergar o ponto em que uma qualidade deu lugar à outra?

Estamos vestidos para a missão com os típicos trajes cinza da elite do Centro. As calças são justas, de uma cor de aço claro com o mais leve tom de ferro na estampa risca de giz, a jaqueta de gola alta ajustada é apenas um tom mais escuro, usada por cima de uma camisa preta, no caso dele, e prateada iridescente, quase madrepérola, no meu.

Não sei se o mesmo pode ser dito de mim, mas Lachlan se passa por qualquer um dos jovens oficiais do Centro que já vi nos vídeos de noticiários. Tirando a cicatriz no rosto. Ela pode acabar gerando suspeitas. Isso e a perpétua vivacidade em seus olhos de segundo filho. Ele os esconde atrás das lentes verdes de um par de óculos, o tipo que é popular entre os burocratas novatos ainda em ascensão, pelo que me contou.

— Você tem que fazer uma cara mais séria — insisto enquanto prendo os cabelos em um coque profissional. As cores que Lark acrescentou a eles estão quase fora de vista, e, com o penteado sóbrio, sei que posso me passar por uma mulher alguns anos mais velha.

Ele logo assume uma expressão intensamente indiferente.

— Melhor assim?

Não consigo segurar uma risadinha, meu estado de espírito padrão sempre que estou com Lachlan, não importa o horror das circunstâncias. Podemos ter acabado de escapar da morte por um triz, e o risco de captura (talvez até pior do que morrer) paira acima de nossa cabeça como uma possibilidade muito real. Mas, de alguma forma, ele sempre consegue me fazer sorrir. As outras pessoas são assim também? Por algum motivo desconhecido, não acredito que sejam. Como pode sempre me alegrar, não importando a severidade da situação?

Noto Lark observando nossa interação e abaixo a cabeça, corando. Em seguida, me aprumo, desafiadora. O que há de errado em ter *dois* amigos? Por que *duas* pessoas não poderiam me fazer feliz? Passei tanto tempo tendo tão pouco. Acho que tenho o direito de ter ambos, Lark e Lachlan, sem terem que ficar se alfinetando e competindo sempre que dou um pouquinho mais de atenção a um ou ao outro.

Mas agora não é hora de ficar pensando nisso. Eu me preparo, como aprendi a fazer, e, juntos, subimos o longo e estreito lance de escada para um nível abaixo do porão. Lá, Lark segue outro caminho, para recolher quaisquer que sejam as ferramentas que farão parte do seu disfarce e depois nos aguardar no saguão de entrada. Sopra um beijo para mim quando nos separamos. Noto Lachlan tentando esconder a expressão de irritação. Eu e ele prosseguimos para o andar de armazenamento de dados e, finalmente, para o térreo, o quartel-general de todo o sistema de lei e segurança do Centro.

Chegamos até este ponto sem incidentes. As credenciais do meu pai nos garantem passagem por qualquer barreira, e as poucas pessoas por quem passamos mal nos dirigem um olhar. Nos andares inferiores, acho que a maior parte dos presentes estava apenas tentando finalizar tarefas que levaram mais tempo do que o esperado para poder voltar para casa. Eram parte da manutenção, ou funcionários de níveis mais baixos, que provavelmente não queriam nada com as pessoas que parecíamos ser: jovens oficiais poderosos em ascensão. Pessoas que podem criar problemas para eles, lhes passar novos trabalhos, criticar os atuais. Então, abaixavam os olhos, fingiam que não existíamos e torciam para que retribuíssemos na mesma moeda.

Aqui no térreo, porém, as coisas se dificultam. Agora temos que nos certificar de que nossa história esteja perfeita.

26

Nós a repassamos tantas vezes quanto foi possível antes de nos infiltrarmos, para que eu soubesse exatamente o que tinha que fazer. Lachlan, confiante, me explicara que, mesmo sendo o lugar mais secreto e seguro de Éden, o Centro fiava-se muito mais na tecnologia do que nas pessoas.

— Se o cartão passa pela leitura, você também passa — disse ele.

— Eles confiam no EcoPan. Se o EcoPan acredita que você tem o direito de estar aqui, ninguém vai nos questionar. Graças às credenciais do seu pai, é como se um dos oficiais de mais alto escalão do Centro simplesmente estivesse fazendo um tour pelo prédio, ou cuidando de algum assunto secreto. Ninguém vai cruzar informação ou fazer escaneamentos corporais. Não vão me analisar e notar que sou uns bons dez quilos mais magro e três vezes mais jovem do que o dono da identidade.

Nas entradas principais há um sistema complexo de múltiplos escâneres e verificações — leituras biométricas, escâneres óticos, todo tipo imaginável de detectores —, mas pulamos tudo isso entrando pelo esgoto. Uma vez dentro das instalações, isso deixa de ser uma preocupação. As pessoas simplesmente consideram que o EcoPan cumpriu sua tarefa. Todos os admitidos aqui dentro são privilegiados, da elite. Então, mesmo que nossos rostos sejam desconhecidos, Lachlan me prometera, seremos aceitos. Pensarão que trabalhamos em outros turnos, ou que somos novatos, ou filhos de alguém importante e, portanto, nem vão se atrever a fazer perguntas. Alunos que são filhos da elite costumam fazer estágios aqui, ou vêm direto trabalhar em cargos altos ao se graduarem, de maneira que ninguém vai se surpreender com a nossa juventude.

— As pessoas subestimam o poder das expectativas — sussurra Lachlan enquanto seguimos para a ala onde ficam as celas no piso da segurança. — Não temos que provar que temos o direito de estar aqui. Tudo o que precisamos fazer é *estar*. — Nessa estranha lógica, nossa presença aqui é prova de que merecemos estar onde estamos.

Subimos a escada em espiral para o segundo piso. É um toque arquitetônico estranhamente belo, ampla e deslumbrante em seu formato de concha que foi partida pela metade. Uma forte iluminação é filtrada do saguão — a única parte do Centro que a maioria dos cidadãos pode ver —, e tudo é branco, brilhante, com detalhes em azul e toques de verde, como se fosse um litoral. Uma cachoeira decorativa flui do segundo piso, bem ao lado da escada em caracol, criando uma cascata azul-piscina inacreditável. Três pequeninos *bots* de limpeza zunem ao redor da piscina na base, secando as poucas gotas d'água que espirram no piso.

Até o momento, tudo certo.

Quando a espiral faz uma curva e nos leva para a seção de segurança, todo aquele branco litorâneo se dissipa. Este lugar é estéril, seco. Poderia chamar de arenoso, se não fosse tão limpo. O tom mudou totalmente, tanto no que diz respeito à construção quanto à população. Viro os olhos para baixo, para o saguão, e vejo um inofensivo faxineiro empurrando um carrinho cheio de materiais e baldes pelo átrio. Apenas a constituição esbelta me revela que é, na verdade, Lark. Queria que olhasse para cima, me desse o breve conforto e tranquilidade de seu olhar vívido. Mas ela é sensata demais para isso, e viro o rosto depressa.

Passamos por um balcão de verificação sem que Lachlan precise de mais do que uma palavra e um aceno de mão. Sóbrios, sérios, caminhamos pelos corredores que Lachlan mapeara com a ajuda das informações obtidas pelo Subterrâneo e dos esquemas do sistema de escoamento fornecido por Lark.

Agora atravessamos um corredor que vai dar em uma câmara ampla. Ouço os sons de sofrimento humano, contido, mas evidente. Sinto o cheiro de algo que não consigo identificar, sutil e pungente, que faz minha pele arder, pinicar. Talvez seja o cheiro do medo.

Paro abruptamente. Há celas ao longo de todas as paredes.

— Não se esqueça de quem você é — sussurra Lachlan. E com isso quer, na verdade, dizer "não se esqueça de quem você está fingindo ser". Uma jovem aluna de psicologia com seu guia do Centro, que veio entrevistar o renegado Ash acerca de suas motivações para trair seu lar, sua espécie. Meu conhecimento, adquirido através do meu pai, do funcionamento da medicina no alto escalão do Centro, me permitirá responder ao menos as perguntas mais básicas que queiram me fazer.

— Acho que até a pessoa que estou fingindo *ser* se surpreenderia com isso tudo.

Vi o lado violento de Éden, mas ainda não o tinha visto institucionalizado.

Paredes e barras. No vão entre algumas delas noto dedos tensionando. Por quê? Implorando por ajuda, comida, liberdade?

Videoaulas de educação cívica discorrem sobre como as taxas de criminalidade são baixas em Éden. Quem iria roubar, ou matar, quando roubar significa tirar comida das mãos da espécie humana como um todo, matar é o mesmo que exterminar uma porcentagem estatisticamente espantosa da população sobrevivente? Suponho que não haja tantos prisioneiros assim quando comparados ao número total de residentes de Éden. Posso ver coisa de, talvez, uma centena de celas espalhadas pelo longo retângulo, tornando-se cada vez menores a distância. Mas há muitos, demais, para uma sociedade que se proclama uma utopia. Pergunto-me quantas pessoas, pessoas normais, sabem desse lugar?

Dois guardas robustos estão postados diante da entrada. Espero vê-los armados, mas, estranhamente, não estão.

— Viemos falar com o prisioneiro oitenta e nove — declara Lachlan com rispidez, girando uma caneta nos dedos com eficiência. Há uma segunda atrás de sua orelha.

— Vocês não constam na lista — responde um dos homens sem se mover.

— O pedido deveria ter sido enviado enquanto estávamos a caminho. — Lachlan soa extremamente entediado e ainda adiciona um bocejo para complementar. — Já estou fazendo hora extra aqui, demitiram minha secretária. — Dá de ombros e aponta para mim por cima do ombro com o polegar. — Tenho que guiar a moça para agradar o chefe. — Abaixa a voz em tom conspiratório. — Queridinha do chefe. — Pisca, e faço expressão de quem está desconfortável. Não é difícil sob as atuais circunstâncias.

— Ele vai precisar sair da cela? — pergunta o guarda.

Lachlan olha para mim, e represento meu personagem, dizendo com afetação:

— A psicologia da mente deturpada não pode ser devidamente explorada através de barras. — Mexo na prancheta em minhas mãos, tirando a caneta afixada a ela do lugar e depois a recolocando lá. — É importante compreender o que inspira essas aberrações da sociedade para podermos cortar o mal pela raiz. — Espero soar como uma acadêmica seca, sem qualquer motivação que não seja provar meu valor a meu professor. Pratiquei bastante o tom pedante.

Vejo Lachlan revirar os olhos.

— Quer reabilitá-lo, aposto.

— É tarde para esse caso — rebato —, mas talvez possamos ajudar outros indivíduos antes de se perderem.

Lachlan fecha a mão e soca a palma aberta da outra.

— Só tem uma maneira de corrigir gente assim. Com o punho, se forem pegos cedo, e uma solução mais definitiva caso o primeiro método falhe.

Os guardas riem e, reconhecendo o jovem oficial que Lachlan finge ser como farinha do mesmo saco, nos deixam passar e seguir para um terceiro homem, que percorre uma maquininha portátil por nossos corpos, verificando que não escondemos quaisquer armas. Achei que as traríamos conosco, mas Lachlan disse que não. Não são permitidas nessa área, nem mesmo empunhadas pelos guardas. Lachlan diz que isso torna tudo mais fácil. Quando há armas de fogo envolvidas, pessoas morrem... e essas pessoas poderiam muito bem sermos nós.

Tudo que precisamos fazer é tirar Ash da cela.

O guarda nos leva até uma sala fria e quase sem mobília, exceto por duas cadeiras e uma mesa com algemas fixas, e uma janela de vidro escuro através da qual não consigo enxergar.

— Esperem aqui — diz ele. — Trarei o prisioneiro para vocês.

— Lachlan — sussurro —, vai ter alguém vigiando. — Inclino a cabeça de leve para a vidraça. — E se ele estiver preso a essa mesa...

— Shh — adverte ele. — Isso só quer dizer que vamos ter que agir imediatamente. — O plano original era fingir que estávamos interrogando Ash até estarmos certos de que os guardas estavam posicionados da maneira ideal. Pensei que teria alguns minutos para me preparar, para inspirar fundo mais algumas vezes. Não estou pronta para isto!

Mas tenho que estar.

— Vamos ter que fazer isso lá fora, no espaço principal — instrui Lachlan, de modo que saímos da sala de entrevista.

— Psiu! — Ouço de uma cela próxima. Lachlan balança a cabeça. Não se envolva, foco, ele parece dizer. Mas não consigo deixar de olhar.

É um homenzinho pequeno e corpulento que não reconheço. Veste o uniforme cinza da prisão, e há marcas na pele exposta do rosto e mãos que parecem queimaduras. Chega mais perto e diz as palavras mais assustadoras que poderia dizer:

— Sei quem você é.

Meus olhos se arregalam em horror. Está falando em voz baixa, mas tudo o que precisaria fazer é gritar, atrair a atenção dos guardas, e estará tudo acabado para nós.

— O que você quer? — sibilo.

Para minha surpresa, ele começa a chorar.

— Sinto muito. Não foi a minha intenção contar nada, eu juro.

Pode saber quem sou, mas não faço ideia de quem ele poderia ser.

— Quem é você?

Ele diz um nome que não conheço.

— Clayton Hill. — Depois acrescenta: — Você se parece tanto com sua mãe e com seu irmão. Sinto tanto, mas tanto, por ela ter morrido daquele jeito. Foi tudo culpa minha. — Lágrimas escorrem pelas bochechas redondas. — Nem durei muito tempo. Não consegui. Eles... Eles... — Levanta as mãos, mostrando as queimaduras. — Aí, depois vieram me dizer que ela tinha sido morta. Foi pior do que a tortura. Era uma pessoa tão doce. Com um coração tão grande, tão gentil. Será?

— Você é... o oficial do Centro que estava ajudando minha mãe? Leva as mãos para fora das barras, suplicante agora.

— Me perdoe, por favor. Me perdoe por não ter sido forte o bastante.

Não foi Lark. Não foi culpa dela. A amargura que vinha me consumindo por pensar que foi ela, ainda que inadvertidamente, quem criou a situação que acabou resultando na morte de mamãe se evapora.

Tenho que me forçar para virar o rosto, pois o guarda está escoltando Ash para fora agora. As mãos estão presas atrás das costas, o rosto pálido e confuso, machucado. Está mancando; o outro homem tem que ampará-lo. Está drogado? Por um segundo, os olhos embaçados não vêem. Depois, parece despertar, e em um momento terrível, antes que possa lhe fazer um gesto de advertência qualquer, antes que ele mesmo possa conectar os pontinhos, acaba deixando escapar:

— Rowan? O que você está fazendo aqui?

Bikk! Os guardas flanqueando Ash parecem confusos. Talvez pudéssemos dar um jeito na situação, dizer que está drogado, confuso, ou até tentando algo, que nunca me viu antes. Mas suspeitas, após levantadas, são difíceis de extinguir, e só temos uma chance.

Tínhamos um plano. Um plano tão bom. Mas se há algo que aprendi nos últimos dias é que planos podem ser alterados.

Lachlan abaixa os óculos da moda e olha para mim por cima das lentes verdes com aqueles seus lindos olhos de segundo filho.

— Pronta? — pergunta com movimentos labiais. Levo a mão até as pérolas ao redor da minha garganta e faço um aceno de cabeça quase imperceptível.

Como se tivéssemos coreografado os movimentos ao longo de semanas, em vez de apenas falado sobre eles por algumas horinhas, Lachlan investe contra Ash com a caneta com a qual estivera brincando aquele tempo todo. Os guardas, provavelmente pensando que Lachlan está tentando assassinar o prisioneiro, tentam deter a caneta... mas, de repente, já não é mais uma caneta.

No mesmo segundo, meus dedos se fecham ao redor do curto colar de pérolas e o arrancam com violência do pescoço. Atiro as contas no chão, e elas quicam por toda a ampla câmara margeada por celas. Algumas vão rolando até a entrada, onde mais guardas esperam. Vejo homens e mulheres uniformizados olharem para baixo, para as perolazinhas tão inocentes... até também deixarem de ser pérolas.

Tiro a caneta que não é caneta da prancheta e a pressiono no rosto, em contato com o qual ela se desenrola e transforma-se em um filme bioadesivo similar à máscara que vinha com o traje de proteção de antes. Ele se adere a meu rosto, lacrando olhos, nariz e boca, permitindo apenas um espacinho entre material e pele para garantir que eu possa enxergar e não sinta como se estivesse sufocando. Uma reação química me fornecerá ar por cerca de 10 minutos, que deve ser o suficiente. Através do filme ligeiramente fosco e embaçado, vejo que Lachlan também já vestiu a máscara.

Em seguida, com uma série de estouros sutis, as pérolas detonam e liberam lufadas de gás tóxico.

Posso senti-lo na pele, frio e agudo como se tivesse entrado em um freezer. Mas a absorção da droga não é feita através da pele, apenas dos pulmões e olhos. Como os guardas estão começando a descobrir.

Lembro bem o cheiro, e quase desejo poder senti-lo uma vez mais. Com meus novos olhos e minha nova missão, pode ser que jamais volte a ver aquela canforeira gloriosa que oferece aos segundos filhos do Subterrâneo esperança, alegria... e, após um pouquinho de manipulação química, um veneno aerossol natural que é capaz de deixar inconscientes várias pessoas de uma só vez.

A natureza traz vida, e a natureza traz morte. E o que somos nós, seres humanos, senão parte da natureza?

Tudo parece correr perfeitamente. Lachlan tinha certeza de que conseguiríamos entrar com nossa tecnologia disfarçada de maneira tão sagaz, e tinha razão. Também estava certo de que a droga extraída da canforeira seria capaz de nocautear quem quer que a respirasse, e também tinha razão. Os guardas estão sufocando, vomitando, tombando. Ele me garantiu que se recuperariam, mais tarde, mas diante da rapidez com que vão de saudáveis a angustiados e inertes, me pergunto se só estaria falando da boca para fora, para que eu não precisasse suportar o peso de mais mortes na minha consciência.

Em segundos, todos os guardas em nosso campo de visão estão caídos. É nossa oportunidade. Precisamos correr, já, descer as escadas e chegar à entrada, apenas três funcionários em pânico fugindo de um ataque terrorista. Entraremos no carro que o pessoal de Lachlan já terá furtado e deixado estacionado do lado de fora do Centro, para escaparmos o mais rápido possível. Dentro de uma hora, Ash deveria estar no Subterrâneo, a salvo.

Mas há um fator que não considerei. Surras, drogas, estresse, terror... Ash nunca foi forte, nem em suas melhores condições. Agora, através do filme bioadesivo cobrindo sua face, posso ver o pânico nos olhos que anuncia um de seus ataques corriqueiros. Está começando a ofegar, a respiração é um mero assovio abafado atrás da máscara. Ele me encara por um instante como se pedisse perdão... E os joelhos cedem.

Nosso plano dependia de uma saída rápida. Agora, um de nós não consegue correr.

Lachlan não hesita. Tira a jaqueta de um dos guardas caídos e cobre Ash com ela, ocultando as mãos algemadas para que, na correria, pareça que é membro da equipe de segurança, não um de seus prisioneiros.

— Vai! — grita Lachlan, e levanta Ash como se não pesasse nada, atirando-o por cima do ombro.

Corremos, passando pelos guardas caídos, até a escada em espiral. A essência da canforeira deixa minha pele formigando. Pelo corrimão, posso ver pessoas no primeiro andar olhando para cima, alarmadas.

— Ajudem! — berro, e minha expressão desesperada, aterrorizada, não tem nada de ensaiada enquanto gesticulo loucamente para trás.
— Foi um ataque! Estão todos mortos!

Desço os degraus correndo, rumo à porta da frente. A quantidade de funcionários presentes não é tão grande quanto seria se fosse durante o dia, mas ainda há um número considerável para criar um grupo agitado, a maioria vai para a saída e umas poucas cabeças seguem para cima, em direção à origem de todo o caos.

Ninguém parece me notar. Devo estar parecendo tão alarmada e confusa quanto todo o resto. Mas alguns olham com suspeita para Lachlan, prosseguindo com dificuldades um pouco mais atrás de mim, carregando Ash por cima do ombro. Vejo uma mulher apontar para ele, dizer algo a um homem próximo. Olham ao redor, e a mulher gesticula com urgência para alguém que não consigo avistar.

A velocidade de Lachlan é prejudicada pelo peso de Ash, ainda estão na metade da escada. Estamos longe o suficiente para que ninguém sequer considere que estejamos juntos. Quero olhar para ele e gritar *anda logo!* Mas não me atrevo a chamar mais atenção para nós. Continuo caminhando, devagar, pelo vasto saguão, seguindo para a porta, me movendo quase de lado, fingindo olhar para a comoção no segundo piso, como quase todos estão fazendo.

É, então, que vejo para quem a mulher estava gesticulando. Um Camisa-Verde surge do nada, caminhando para o casal enquanto sonda o espaço à frente para descobrir do que estão falando. Porta uma arma presa ao cinto, mas não tenho como saber se é do tipo letal.

Não importa. Mortos ou paralisados, se formos atingidos, estamos acabados.

O que quer que lhe tenham dito, ele se convence. Começa a marchar pelo saguão, até a escada que Lachlan tenta laboriosamente vencer.

— Parado aí! — Quando Lachlan não reage, o Camisa-Verde começa a correr.

Não sei o que fazer. Dou um passo para eles, sem saber se vou correr para ajudar Lachlan e Ash, ou se para atacar o homem. Hesito tempo demais. Não vou conseguir chegar a tempo. Lachlan está quase no fim dos degraus. O Camisa-Verde está quase na cola dele. As mãos vão procurar a arma.

Então vejo a faxineira perto da piscina na base da cachoeira do primeiro piso. Levanta a cabeça, encontrando meus olhos com um rápido olhar preocupado e cheio de amor que, de alguma forma, me faz pensar em mamãe. Meu coração parece se dissolver, me deixando fraca. Conheço aquela expressão. Estava estampada no rosto de mamãe pouco antes de sacrificar a vida para preservar a minha.

— Não! — grito, certa de que, fatalmente, Lark fará algo tolo e heroico para nos salvar.

E vai. Mas subestimo sua engenhosidade.

Em um movimento ágil e fluido, ela tira uma chave inglesa pesada de seu carrinho de materiais e a fixa a um painel de controle escondido do outro lado da cachoeira. Com um grunhido de esforço, gira na direção anti-horária.

Por um segundo nauseante, nada acontece.

Em seguida, ouço um ruído trepidante vindo de algum lugar lá em cima. De repente, a água no topo da cascata explode em uma correnteza espumosa, dez vezes o seu volume usual, jorrando em um arco poderoso até o primeiro piso. Toma o saguão como se fosse um rio agitado, derrubando o Camisa-Verde e o levando de costas para o meio do salão. Mais uma dúzia de pessoas também é arrastada, todas se debatendo dentro da água que já chega aos joelhos. Estou distante o suficiente para que alcance apenas os dedinhos dos meus pés.

Lachlan, ainda na escada com Ash, observa o Camisa-Verde flutuar para longe, achando graça. Depois olha para Lark e abre um sorriso largo. O rosto dela está escondido pela touca, quase que por inteiro, salvo pelos lábios retorcidos para cima. Vejo-a responder com um sorriso um instante antes de se agachar e fingir estar consertando a anomalia, em vez de agir como a sabotadora que na verdade é.

De alguma forma, aquela rápida interação entre os dois deixa meu coração mais leve. Conseguimos chegar à porta antes de atrair mais atenção indesejada. Todos estão ocupados com o gás tóxico e a enchente. Um alarme ressoa, mas ninguém parece saber qual é o motivo.

Vejo um guarda descendo a escada. *Bikk!* É o homem que nos deixou entrar. Está ainda sufocando, as mãos agarrando a garganta, mas de pé. Devia estar mais distante da área de alcance mais significativa das toxinas. Aponta para nós, berra, mas a confusão é grande demais, e ninguém parece entender o que diz. Começa a nos perseguir por conta própria, segurando-se com força no corrimão à medida que desce os degraus, cambaleando.

A única coisa a nosso favor é que a equipe responsável pelas celas não porta armas. Senão, já teria atirado em nós.

Lachlan me alcança, mas já perdemos segundos preciosos.

— Onde foi que eles deixaram o carro? — pergunto.

Não o vejo em lugar algum.

E agora temos outro problema.

— Lachlan, acho que Ash não está respirando!

Não tenho certeza. É difícil ver neste ângulo estranho em que está, atirado por cima do ombro de Lachlan. Mas não o vejo inspirar e expirar, não consigo ver os movimentos do peito. Retiro a máscara dele, depois a minha, ofegando enquanto caminhamos para a rua, procurando, em desespero, o automóvel. Os olhos de Ash estão fechados, está pálido. Dou um tapa na bochecha dele, mas não há reação. Se estiver de fato respirando, é de forma superficial e fraca.

— Temos que levá-lo ao médico! — Sei que Lachlan tem contatos. Tem que saber de algum lugar seguro aonde possamos levar Ash. Talvez Flama possa ajudá-lo. Talvez... — O meu pai pode ajudar!

— Não, vamos nos ater ao plano — diz, arfando. — O Subterrâneo.

— Mas ele precisa de ajuda! Isso tudo foi por ele.

— Estão perto demais. Temos que descer logo, e rápido. Se continuarmos na superfície, vão rastrear o carro e nos pegar.

— Se ele morrer, não vou mais ajudar vocês! — grito, desesperada.

Lachlan trinca os dentes, mas não responde.

Já estamos na lateral do Centro agora, e não há ninguém por perto. Estão todos na frente, escapando, olhando, se demorando.

— Ali! — berra Lachlan, e segue com dificuldades para o carro. Posso ouvir o guarda em nosso encalço, mas não me atrevo a desperdiçar os segundos necessários para virar e verificar qual é sua proximidade. Lachlan enfia Ash dentro do automóvel e mergulha para o lado do motorista. Está esperando que eu siga seu exemplo, e coloca o carro no manual sem olhar para trás.

Tem razão. O guarda está perto, e se aproximando cada vez mais. Se não conseguir nos deter, vai alertar o Centro, dando uma descrição do veículo, e dentro de pouco tempo toda a Éden estará atrás de nós. Ash nunca terá oportunidade de receber assistência médica. Nem por parte dos contatos secretos de Lachlan nem de Flama, tampouco do nosso pai. Precisamos levar Ash embora sem que este guarda revele à cidade o que exatamente tem que procurar e caçar.

— Já entrou? — grita Lachlan sem se virar, esquentando o motor.

— Já! — respondo.

Ouve a porta bater e deslancha.

Mas não entrei.

Estou correndo a toda velocidade na direção do guarda. Colidimos um com o outro.

Ele é grande, sólido como o tronco da canforeira, e se esta fosse qualquer outra situação, eu teria simplesmente quicado nele e sido atirada para trás. Mas ele respirou pelo menos algumas lufadas do veneno, e está fraco, desequilibrado. Caímos os dois. Por um segundo, ele está por cima, e é tão pesado que acho que não tenho mais saída. As mãos se fecham ao redor de minha garganta, frias da cânfora no ar, e abaixo o queixo, tentando empurrá-lo, em vão. Mas ele começa a tossir com tanta violência que é obrigado a me soltar, e consigo tirá-lo de cima de mim e levantar.

Talvez acabe desmaiando. Talvez não seja obrigada a ferir mais alguém.

Mas o universo não é tão generoso assim. A crise passa. Ele se põe de joelhos, fraco, estendendo o braço para me alcançar.

— Desculpe — murmuro antes de chutá-lo na lateral da cabeça. O impacto é nauseante.

Ele desmorona no chão, de frente. Não sei se está vivo ou morto. O que importa, tenho que dizer a mim mesma, é que não pode mais oferecer qualquer descrição daquele carro. O pequeno veículo já está longe. Dei a Lachlan a chance de escapar. Dei a Ash a chance de conseguir ajuda médica.

Consegui. Salvei meu irmão.

Imagino se Lachlan já sequer notou que não estou lá com os dois, ou se está concentrado demais na direção para isso.

Sinto-me estranhamente liberada, como se tivesse feito tudo que era esperado de mim e pudesse, enfim, descansar. Sinto até — e é algo que jamais teria esperado — certo alívio por Lachlan ter seguido adiante, que Lark já tenha, a uma altura dessas, encontrado sua própria saída na surdina, e que eu esteja sozinha outra vez. É normal para mim estar assim. O *status quo*. Sempre esperei que minha solidão chegasse ao fim algum dia, mas este tempo todo passado em meio a outras pessoas foi exaustivo. Agora Lark está longe, e Ash, e Lachlan, e todos que já tiveram importância para mim nesta vida.

Estou sozinha, mas me sinto forte.

Não dura muito tempo, porém. Segundos depois, cinco ou seis Camisas-Verdes viram a esquina, me avistam parada ao lado do guarda caído e começam a atirar.

E, como sempre, começo a correr.

Escuto um som trepidante, e o mundo inteiro ao redor de mim parece estremecer. Ignoro-o. Já tive experiências demais com visões estranhas dançando diante dos meus olhos ultimamente para dar atenção a mais essa nesse momento. Pode ser real, pode não ser. Não importa. Correr é a única coisa que importa.

27

O Centro está alvoroçado o bastante para me permitir escapar depressa e me esconder antes que possam me alcançar. Depois disso, sigo com rapidez para os círculos externos. Não sei como encontrar a entrada para o Subterrâneo, e, de qualquer forma, não tenho certeza se deveria tentar chegar lá. Não há qualquer sinal imediato de perseguidores, mas acabarão me encontrando em algum momento. Não posso arriscar levá-los direto ao esconderijo dos segundos filhos. Posso tentar ir ao Serpentina, talvez. Não, já está comprometido. A casa de caridade? Sim, é a melhor opção. Se sobreviver a essa noite, pode ser que tenha uma chance de me misturar, e aquelas pessoas têm alguma conexão com o Subterrâneo.

Mas minhas chances de chegar até lá são pequenas.

Morrerei hoje. Estou quase certa disto. A pausa e trégua da perseguição não me enganam. Quantas vezes já me safei, contra todas as probabilidades, correndo por Éden? Essa é a noite em que minha sorte vai se esgotar. Mas não tem problema, digo a mim mesma. Salvei Ash, e parte de mim continuará viva em meu irmão. E todos aqueles segundos filhos também vão seguir vivendo. Talvez Lachlan acabe me perdendo, e as minhas lentes, mas é um garoto engenhoso e dedicado. Vai sempre encontrar uma maneira de manter os segundos filhos vivos e seguros.

Aceitar a própria mortalidade é libertador. Começo a arriscar. Se já estou condenada mesmo, por que não poupar meus pés e pegar um autoloop? Tenho os olhos para isso agora. Inconsequente, desço as escadas aos pulos para a estação e deixo que o escâner faça a leitura das minhas lentes. Pisco, liberando minha passagem. Quem quer que eu seja agora, quem quer que devesse ser, devo ter fundos na conta bancária. Sou aceita.

Sorrio para as poucas pessoas no vagão, as encarando, sem medo, nos olhos. Parecem desconfortáveis diante da minha ousadia. Nunca sequer passa pela cabeça delas que sou uma impostora. Vou até o penúltimo círculo e saio com uma sensação de leveza. Peso e preocupação são para pessoas cujo destino é incerto.

A aurora está chegando, clareando o leste, e olho ao redor, maravilhada frente à beleza que me cerca. Sim, beleza, embora não fosse tê-la notado em qualquer outro estado de espírito. Na última vez em que estive aqui, temendo por minha vida, enxerguei apenas a miséria e a pobreza. Agora noto como a luz nova e rosada toca as beiradas das construções, como a brisa crescente levanta a poeira em correntes que parecem pertencer ao fundo do mar. Agora que estou resignada com a ideia de deixá-lo para trás, o mundo me parece tão cheio de graça. Deveria me deixar triste, não? Agora, só estou feliz por ter feito parte dele. Ainda que tenha sido uma parte pequenina, por tão pouco tempo.

Lá está a casa de caridade, mas avisto alguém que me parece suspeito. Não deve passar de um homem faminto esperando o desjejum ser servido, mas também poderia muito bem ser um agente do Centro disfarçado. De modo que sequer olho para a construção, apenas continuo andando. Ele não me segue. Ótimo. Porque também não é que eu *queira* morrer ou nada parecido. Até tenho alguma esperança de chegar a um lugar seguro, de poder entrar em contato com Lachlan, voltar a ver meu irmão, passar horas conversando com Lark, retomar minha missão de espionagem. Mas é uma esperança desesperançosa.

Penso em me virar e ver se consigo chegar até a casa sem que me vejam. Logo, logo já será dia, e perderei a vantagem que as sombras e o alvorecer escuro me ofereceram até o momento. Depois, uma ideia melhor me ocorre. Vou embora de Éden. Por que não passar o dia naquela floresta de árvores sintéticas? Estarei a salvo e no fresquinho. Talvez Lachlan chegue até a concluir que eu esteja lá. Talvez vá me encontrar.

Sei que estão vindo antes de vê-los ou até de ouvi-los. Como? É algo parecido com um interruptor que se ativa no cérebro. Como se estivesse observando a cena de algum outro lugar, em uma tela de datablock, quem sabe. Estou perto, mas distante. Vejo a mim mesma, uma figurinha diminuta. Vejo quando sou identificada por um grupo de Camisas-Verdes virando-se devagar com seus escâneres portáteis. Como se estivesse assistindo de cima, vejo quando seu foco recai sobre mim e começam todos a se mover na minha direção.

É só paranoia, digo a mim mesma. Como é que poderia vê-los como se fosse através do olho de um *bot* ou câmera de segurança?

Devo estar imaginando coisas... mas começo a correr ainda assim. Lá está o muro de detritos, alto, mais uma parede para me manter presa... do lado de dentro, ou de fora? Reconheço o túnel por onde consegui entrar da última vez, e já estou deitada de barriga e me esgueirando para dentro quando os Camisas-Verdes gritam.

— Ela está lá, em algum lugar.

— Está vendo a garota?

— O escâner está dizendo que está a noventa metros daqui, ou menos.

Claro, podem fazer leituras de mim agora. Tenho lentes, lentes legítimas que se conectam ao EcoPan. Não sabem que sou na verdade Rowan, mas devem ter recebido os escaneamentos feitos de mim no Centro, e agora é uma tarefa relativamente simples colocar todas as câmeras e todos os *bots* ligados ao EcoPan buscando por mim. Quando me tornei primeira filha, perdi meu anonimato.

— Ali! — grita um deles no instante em que minhas pernas passam para dentro de toda a pilha de escombros. Vou me movendo o mais depressa possível, mas devo ter tomado um caminho ligeiramente diferente do primeiro e agora estou bloqueada. Volto, mas começaram a me perseguir mesmo aqui dentro.

Ouço um zumbido, e acho que deve estar dentro de minha cabeça, mais outro sintoma estranho. Minhas lentes deram para fazer ruídos agora, não bastam as visões?

Por longos momentos me arrasto em meio ao lixo de dejetos retorcidos, os restos da civilização. Ouço tinidos e confusão atrás de mim, mas ainda há esperança. Podem acabar se perdendo no labirinto de escombros. Podem acabar presos.

Mas, pensando assim, o mesmo pode acontecer comigo. Perdi todo o senso de direção. Só estou me arrastando para longe dos sons de perseguição. Parece a melhor estratégia no momento.

Então ouço novos ruídos, reverberação em toda a minha volta. Estou cercada? Mas como?

Finalmente avisto uma abertura à frente, e vou me contorcendo até ela. Se puder sair antes deles e correr...

O solo começa a se mover sob mim. Não há como ignorar, nem negá-lo. A Terra inteira se eleva como se estivesse liberando um enorme suspiro de exasperação diante dos seres humanos rastejando por sua superfície. O primeiro movimento é quase gentil.

É a última coisa gentil que me acontece há um bom tempo.

Com um soco violento e arrebatador, a Terra parece me atirar para cima contra o lixo, depois para baixo outra vez. Objetos começam a cair em cima da minha cabeça.

Pelos berros e gemidos cheios de agonia atrás de mim, sei que os Camisas-Verdes não têm a mesma sorte que eu. Um grito é interrompido de forma abrupta. Alguém pergunta por outra pessoa, Wolf, e não recebe resposta.

Pateticamente, um deles chama pela mãe.

Tiro metade do corpo de dentro da parede de lixo, e então outro fôlego potente da Terra me levanta, a mim e a todo o resto, bem alto, para depois nos lançar para baixo outra vez. Ouço o *craque* terrível de uma rachadura acima de mim e sigo me arrastando o resto do caminho, não ousando olhar para cima. Depois disso, um estrondo ensurdecedor, e uma viga imensa se move e prende minha perna.

Grito, meus berros de dor juntando-se ao coro dos Camisas-Verdes sobreviventes. Num primeiro momento estou certa de que minha perna está quebrada, talvez até decepada, tamanha é a dor que sinto. Mas quando tento puxar, me dou conta de que está apenas dolorosamente presa pela coxa. Não que seja uma opção muito melhor. Se meus perseguidores não me encontrarem, morrerei lentamente por desidratação...

Minha cabeça já está do lado de fora. A floresta de pés de feijão está logo adiante, as construções que imitam árvores colossais balançando com gentileza com o sopro do vento.

Não, não é o vento. Algumas das estruturas gigantescas se movem desde as raízes. Assisto quando o solo cede, se liquefaz ao redor de um aglomerado delas próximo de mim. Depois vejo com horror o que está acontecendo. Em câmera lenta, três dos colossos mecânicos começam a se inclinar. Devagar, com sons metálicos, rangidos, elas desabam... na minha direção.

Volto a gritar, implorando por socorro que sei que não virá, e puxo a perna com toda a força que me resta, mas ela permanece presa sob a viga. Com os lábios recurvados em um rosnado de medo primitivo e de ira diante do fim iminente, observo as três árvores ganharem velocidade ao tombarem para mim. Duas delas se cruzam, quicando e deslizando uma sobre a outra, atirando os troncos extraordinários em direções opostas. Mas a terceira continua vindo direto para mim.

Quero confrontar meu destino de frente, com força ou, no mínimo, com fúria, mas para minha vergonha cubro a cabeça no último segundo. O ruidoso estrondo me ensurdece, o som já é tão doloroso que quase me faz pensar que fui esmagada. Em vez disso, o peso milagrosamente deixa de massacrar minha perna e, por instinto, rastejo para fora do túnel. É apenas quando já me arrasto para longe, sem fôlego, que olho e vejo que a árvore caiu no ângulo exato para suspender a viga do contato com minha coxa.

Mas ainda não acabou. Nem de longe. Troncos desabam ao redor por toda a parte. Com dificuldade, me ponho de pé e tento correr, mas o chão dá pinotes sob mim, desaparecendo debaixo dos meus pés, e tenho que rastejar outra vez.

A Terra está cuspindo as árvores artificiais, arrancando as estruturas falsas de seu seio e as atirando longe. Debaixo do solo vejo cabos e fios, todos inúteis diante do poder supremo da própria Terra. Enfeitiçada, de joelhos como se fosse uma suplicante, assisto enquanto tombam.

Em toda a minha volta elas desmoronam, cada vez mais e mais perto enquanto me esforço para me estabilizar no chão turbulento. Tento dar saltos, mas a Terra parece ter se liquefeito, tão difícil quanto a nanoareia no deserto. Eu me debato e me agito, sem sucesso, tentando me distanciar quando um enorme tronco retorcido voa na minha direção, mas não consigo driblá-lo. Dobro o corpo inteiro em uma bolinha e protejo a cabeça com os braços. Já esperava morrer hoje, mas não dessa forma.

Sinto a rajada de ar, ouço um estouro tão alto, que fico surda para quaisquer outros sons durante alguns minutos, quando a árvore vai se enganchar nas cepas de outra árvore e aterrissar a poucos centímetros de mim. Outro lance de sorte! Uso as folhas monstruosas para me arrastar para fora da Terra convulsionante, voraz, e subir no tronco. Os tremores diminuíram, mas o solo a minha volta é como um oceano, e as árvores continuam despencando. Corro, escorregando e deslizando na madeira artificial larga e nodosa, desviando das outras estruturas cadentes.

Quando o calor do deserto me acerta o rosto, viro para trás e encontro uma ruína. Pelo menos metade dos pés sintéticos está no chão. Não quero nem pensar no que isso significará para Éden. As torres de alga e o material fotossintético impregnado em todos os prédios também produzem oxigênio, mas será suficiente? Sem essa vegetação artificial aqui, Éden sufocará?

Percebo movimento no extremo oposto à massiva devastação criada por árvores desabadas. Dois dos Camisas-Verdes conseguiram entrar e estão abrindo caminho em meio ao emaranhado de troncos e cepas. Não sei se deveria sentir alívio ou decepção. Penso no homem chamando pela mãe e sinto vontade de correr para os sobreviventes, me certificar de que estão bem, perguntar se posso ajudar no resgate dos colegas.

Mas não faço nada disso. Pois não é assim que o mundo funciona, e não é assim que as pessoas pensam. Não somos altruístas. Seres humanos guerreiam e matam e obedecem ordens, e a única maneira de sobreviver é agir como todos os outros, mas ainda pior. Eles não pedem socorro, nem pensam em perguntar se estou bem. Não forjamos uma aliança diante do terremoto catastrófico. Apenas continuamos combatendo uns aos outros, correndo, ferindo, matando.

Abrem fogo contra mim, e fujo para o deserto. Não há mais para onde ir.

É tão terrível quanto me lembro. O calor me atinge como se fosse uma explosão. Cada respiração escalda meus pulmões, mas sigo em frente, pois os Camisas-Verdes não param de atirar. Por que ainda se importam com ordens e obrigações em um momento como este, com o chão tremendo sob nossos pés? Ou são persistentes assim por me culparem pela morte dos companheiros? Mas não têm que me perseguir, atirar. Não sou *eu* quem os está obrigando a fazer isso. Não se dão conta de que poderiam simplesmente parar?

Mas *eu* não posso. Tenho que continuar correndo para dentro desse forno brutal, enquanto eles se esforçam para me matar por razões que nenhum de nós compreende de fato.

E a nanoareia está a caminho.

Agora que sei o que procurar, posso detectá-la. Cintila um pouquinho, diferenciando-a da cor marrom-acinzentada opaca do restante da areia. Há um segmento logo atrás de mim, outro à esquerda. Talvez um terceiro à frente, não sei dizer. Estão se movendo com agilidade, nadando pelo mar de areia na minha direção. Os tremores cessaram por ora, e consigo me mover mais depressa do que as poças de nanoareia, por enquanto. Mas há mais delas agora, duas vindo da direita, e sei que, por mais rápido que esteja correndo no momento, em pouco tempo o calor me fará diminuir o passo. Vão me cercar, me engolir.

Minha pele já está rosada, tão quente que nem chego a suar. Caio de joelho, mas volto a levantar no instante seguinte. Perco um segundo olhando para os dois Camisas-Verdes parados nos limites do deserto. Não se atrevem a me seguir. Homens espertos.

E se começar a caminhar para eles? Vão abrir fogo no instante em que estiver dentro de sua área de alcance? Vão querer começar um debate filosófico a respeito de como é ridículo que nós, três dos poucos seres humanos sobreviventes no planeta, queiramos matar uns aos outros? A nanoareia serpenteia inexoravelmente mais para perto.

Incerta, levanto a mão para as distantes figurinhas diminutas, paradas nos limites da floresta arruinada. Vejo um deles começar a erguer o braço também. Para acenar, me chamar mais para perto? Ou voltar a disparar?

Antes que eu possa decidir, a Terra decide por mim. Ouço um som arranhado terrível, de rachadura, explosão, e, no tremor mais poderoso de todos, o solo se eleva pelo menos 3 metros no ar, me fazendo cair de barriga. Dessa minha nova perspectiva no alto, penso ver a Terra começar a sorrir, um sorriso feroz cheio de dentes afiados e rochosos. Outra visão das lentes? Não, o chão está mesmo se partindo, abrindo-se em uma fissura de quinze metros de largura. Enquanto observo, ela vai se estendendo do deserto na direção de Éden, viajando como uma flecha para o Centro. Vejo um lampejo verde brilhante no coração da cidade, tão forte que a imagem fica gravada em minhas retinas.

E então, num piscar de olhos, o mundo muda.

Como se num passe de mágica, todo o calor é sugado do ar. A luz branca ofuscante diminui e se transforma em raios de sol em uma manhã rosada e reconfortante. Quando o chão estremece e volta a se aquietar, observo o deserto implacável se converter em uma mera faixa de areia. Está frio sob minhas mãos. Olho para as palmas, queimadas e cobertas de bolhas por terem tocado a mesma areia apenas segundos mais cedo. Um vento suave começa a soprar, vindo de um ponto além do deserto, refrescando minha pele.

Olho ao redor. A nanoareia cintilante desapareceu.

Sinto o cheiro de algo, pungente, estranho e envolvente, carregado pela brisa fresca. É um pouco reminiscente da canforeira, selvagem e tranquilo ao mesmo tempo. Viro para o aroma, cheia de ansiedade. Nessa calma repentina, todo o terror do terremoto, da minha fuga e perseguição, é esquecido.

Lá longe, no horizonte, onde antes só conseguia enxergar a cintilância causada pelo calor subindo do deserto, vejo um borrão de verde.

Dou um passo para ele. Mais outro.

Em seguida, já estou correndo, não de algo, pela primeira vez em uma eternidade, mas para algo. Há em mim uma centelha, algum nervo escondido bem no fundo tem esperança de saber — não, sabe — o que é. Mas minha mente consciente não consegue ter o mesmo alcance. Só sei que preciso chegar até lá.

Ouço gritos indistintos atrás de mim. Os dois Camisas-Verdes sobreviventes me perseguem, movendo-se depressa agora que a areia está sólida, o calor se foi, a terra está calma e o ar, gentil. Não importa. Tenho que chegar à linha do horizonte. Algo primitivo e atávico dentro de mim tomou o controle.

Os grânulos sob meus pés mudam. Não são os mesmos das dunas do deserto, espessos e ondulantes, mas apenas um salpico por cima de algo mais. Chuto-os para cima ao correr. Terra! Terra preta e rica, do tipo que ninguém em Éden jamais viu. Solo selvagem. Rindo enquanto corro, quero rolar nela, esfregá-la nos braços, sentir seu gosto.

Mas diante de mim a mancha verde está se cristalizando e se transmutando em algo maravilhoso.

Quanto já corri? Mais de um quilômetro, mais de três, sobre um solo que até recentemente era deserto. Mas percebo agora que era falso, fabricado como tantas outras coisas em Éden. Onde a brisa sopra areia para longe, noto grades que só podem ser de aquecimento. Deviam servir para elevar a temperatura, criando um ambiente desértico onde na verdade não existia.

Para dissuadir quem se aventurasse pela região morta e seca, teria sido meu palpite antes. Para nos manter a salvo, não nos expormos aos venenos que liberamos em nosso próprio mundo.

Isso foi antes de ver a floresta.

Isso faz aquela mata de pés de feijão falsos parecer uma piada. Quando a vi pela primeira vez, achei que era gloriosa, pois não tinha parâmetros de comparação. Até a canforeira, gigantesca e deslumbrante e incrível como é, empalidece diante do que estou testemunhando agora. A canforeira é uma árvore deslocada, presa como eu estive minha vida inteira. Fizeram mágica para mantê-la viva, crescendo e prosperando até, mas como uma árvore pode ter uma existência adequada, plena, aprisionada no subsolo?

Estou parada na grama, que chega a alcançar meus joelhos, permeada de flores e frutos secos que pinicam. Ouço um zumbido baixo e penso que outro tremor de terra está para começar, mas não, é apenas uma abelha voando, sonolenta, de flor em flor.

Depois da pequena faixa de gramado, a floresta se eleva de forma abrupta, densa e escura. Pássaros voam por entre os galhos e ramos. Um animal, tão alto quanto eu, esguio e elegante, pisa com cautela em cascos pequenos e pontudos, testando o ar com o nariz preto. Uma galhada projeta-se de sua cabeça. Sente meu cheiro, mas não parece me ver. Estou perfeitamente imóvel, e minha espécie deve ser desconhecida para ele.

Tudo que já li, vi ilustrado em datablocks, ou animado em vídeos... existe, está bem diante de meus olhos. Não é outra visão. Não é truque.

O truque consistia em manter tudo isso secreto, fora de nosso alcance.

O mundo sempre esteve, esse tempo todo, curado? Por que não nos contaram? Eles sabem?

Quero que Lachlan veja isso, e Lark. E, ah, minha mãe! O que não daria para tê-la a meu lado, admirando tudo que pensamos estar perdido. Quantas vezes Ash não foi ao templo para se redimir, demonstrar arrependimento, em nome da humanidade, por todas as coisas terríveis que fizemos ao planeta, aos animais, à própria Terra? Como era grande a culpa que todos sentimos por termos destruído nosso lar, assassinado quase todos os demais seres vivos, à exceção de uns poucos de nossa espécie. Quero ter aqui comigo as pessoas que amo, sabendo que podem deixar aquela culpa ser soprada para longe pelo vento.

Talvez tenhamos ferido o mundo. Talvez tenhamos até o matado. Mas a vida já voltou.

Deixo escapar um suspiro, e o cervo levanta a magnífica galhada, me encara por um longo momento com uma pata erguida, depois vira e, com um impulso dos músculos, salta para longe. Sinto uma pontada de arrependimento quando parte. Mas não importa. O mundo está bem aqui, e não está morto!

Sorrio, e o sorriso se transforma em risada. Tonta de empolgação, giro para procurar os Camisas-Verdes. Ainda estão longe, mas têm que estar vendo também. Aceno, rindo como se fosse uma louca. Espere até que se aproximem! Até poderem ver direito! Nada mais terá importância para eles. Espere até todos os cidadãos de Éden poderem testemunhar isso. Os ricos e os pobres. Política, miséria, segundos filhos — tudo se dissipará depois que as pessoas ficarem sabendo que o mundo renasceu.

— Olha! — grito cheia de alegria para os Camisas-Verdes. — Dá para acreditar? Olha só para isso! — Vou correndo para eles. Quero abraçá-los, dançar com eles. Estão compartilhando essa incrível descoberta comigo, já não são mais inimigos.

Meus movimentos são leves pela grama, depois areia, de volta ao deserto artificial.

— Venham ver só! — chamo.

É neste momento que o ar ao redor me acerta de todos os ângulos com um *whoosh,* e sou envelopada pelo calor assassino, cega por luz branca. Posso ver a quentura subindo, saindo das grades quase ocultas. O que quer que tenha sido que o terremoto quebrara, foi reativado.

Não importa. Os Camisas-Verdes vão se juntar a mim aqui. Conseguiremos sair de alguma forma, dar esta notícia milagrosa a todos lá fora. Os oficiais do Centro vão desativar este muro-sem-muros escaldante que nos manteve ignorantes do mundo exterior por tanto tempo. Poderemos recomeçar nele.

Nesse belo mundo verde de pássaros, cervos, árvores e terra rica e fértil atrás de mim.

Viro... e não há mais floresta.

Tudo que enxergo é a ondulação prateada cintilante do calor subindo da areia do deserto.

O grito que escapa dos meus lábios não contém palavras, apenas dor, crua e lancinante.

Desapareceu.

Esteve mesmo lá?

Sim. Sim! Sei que sim. Vi, senti seu cheiro, senti-a sob meus pés. Era real.

É real.

Tento correr para o lugar onde estava, mas topo com uma parede de calor tão intenso que não consigo fazer a travessia. Quando tento atravessá-la com a mão, as pontas dos dedos voltam cheias de bolhas.

Os Camisas-Verdes sabem. Também viram. Podemos voltar ao Centro e...

Eles me derrubam por trás, me esmagando com seu peso combinado, pressionando meu rosto na areia ardente, não me deixando respirar, nem enxergar. Tento gritar, implorar por ajuda, argumentar que o maravilhoso mundo arborizado e vivo que encontramos é mais importante do que punir uma segunda filha. Mas minhas palavras acabam sufocadas na areia.

Um deles me acerta na parte posterior da cabeça, e, um segundo depois, tudo fica preto.

Mas, naquele instante, me dou conta da verdade. O Centro sabe de tudo isto. Eles vêm escondendo, deliberadamente, de todos em Éden que a Terra se renovou há muito tempo. Talvez nem sequer tenha sido de fato destruída. Agora, por razões desconhecidas, estão mantendo todos os seres humanos restantes no planeta encarcerados em uma jaula gigante.

* * *

Acordo em conforto fresco. Estou deitada numa cama, vestindo algo leve e limpo. O deserto torturante é passado. Abro os olhos para paredes cinza. Para uma porta com uma janelinha cheia de barras.

Um rosto me encara através delas. É uma mulher, com a cabeça cheia de cachos escuros e olhos marrons reconfortantes. Sorri para mim.

— Ótimo. Nossa amiga acordou.

— Onde estou? — Minha voz está rouca, a garganta arranha, seca.

— Num lugar seguro.

Estou no Subterrâneo? Inspiro fundo, mas não detecto o aroma forte e fresco da canforeira.

— A floresta — começo, mas ela me cala.

— Vamos ter tempo para isso depois, durante a sua sessão. — Sessão? — Você devia comer primeiro. — Abre uma fenda na base da porta e desliza uma bandeja para dentro.

— Onde estou? — repito. Quando não responde, tento me colocar de pé, desajeitada, só agora notando que os calcanhares estão presos por uma corrente. Os pulsos também.

— Você está na prisão do Centro, Rowan. Mas é só por um tempinho. — Sua voz é suave e hipnoticamente tranquilizadora. — Temos um lugar para você. Um lugar seguro onde poderá ser reconstruída e voltar a ser uma pessoa inteira. Sabemos que enfrentou uma quantidade enorme de provações nessa vida. Tiraram de você seu direito legítimo de primeira filha. Mas agora, depois de um breve tratamento, vai poder reingressar na sociedade e tomar seu merecido lugar em Éden.

Inclina a cabeça para o lado, as barras cortando seu rosto com sombras diagonais.

— Estamos contentes por tê-la de volta, Rowan. Não se preocupe. Vamos deixá-la bem de novo rapidamente. Quando der por si, os delírios já vão ser passado.

— Não entendo — confesso. Quanto tempo passei desacordada? Meu cérebro está anuviado, os olhos embaçados por causa das novas lentes.

— Sabemos que você foi a primogênita, que seu irmão tomou seu lugar. Mentiram para você a vida inteira. Sabemos que foi torturada por membros de um movimento rebelde perigoso, que fizeram uma lavagem cerebral em você para persuadi-la a ajudá-los, que foi drogada, convencida de coisas impossíveis. Você está há dias delirando. Falando sobre árvores subterrâneas e coisa ainda pior.

— Pior? — pergunto.

Ela ri baixinho.

— Não precisa ter vergonha. Não é culpa sua. Eles lhe deram alguma droga psicotrópica estranha. Você deve tê-la inalado. Continuamos sentindo o cheiro dela na sua pele por vários dias, não importa quantas vezes a lavássemos e esfregássemos. Você não parava de falar numa floresta depois do deserto. Abelhas e pássaros e animais. Descreveu tudo com muita vividez. Na sua cabeça, a alucinação era totalmente real. Você se lembra? Mas está bem melhor agora. Algumas sessões mais, e todas as lembranças horríveis de como foi maltratada vão desaparecer.

Não. Não é verdade. As pessoas no Subterrâneo não me torturaram. Bom, torturaram, mas não foi dessa maneira. Foi? Minha memória está balançada. Lavagem cerebral? Não, Lachlan apenas dialogou comigo, me explicou tudo. Drogada? Lembro o perfume doce e marcante da canforeira. Lachlan disse que sua essência podia ser transformada em veneno. Fui drogada?

Não! Sei o que é real e o que não é. Essa mulher, com sua voz aveludada e persuasiva e jeito apaziguador, está mentindo.

— A Terra não está morta — afirmo com firmeza, me aproximando da porta gradeada.

— Ora, Rowan, ouça a voz da razão...

— A Terra não morreu! — grito o mais alto que sou capaz. — Eu vi... a floresta, os animais! Fica logo depois daquele deserto! — Invisto contra as barras, agarrando-as, sacudindo com toda a minha força. — O deserto é falso. É tudo mentira... tudo mentira! — Minha voz se elevou em um tom agudo e estridente que nem sequer reconheço. As palavras parecem estar sendo arrancadas da minha garganta rouca. — Temos que sair daqui! — insisto. — Temos que ir para a floresta! Está viva! O mundo continua vivo! É Éden que está morta!

A mulher balança a cabeça com tristeza.

— Achei que você estava mais perto da recuperação. — Dá de ombros. — Tudo bem. Temos todo o tempo do mundo.

Ela se vira e vai embora. Através das barras posso ver a prisão de onde resgatamos Ash... há quanto tempo? Longas paredes de celas com barras.

Levo a boca ao espaço entre as barras.

— Está me ouvindo? — Chuto a bandeja prateada polida para o lado e soco as paredes até rasgar a pele e sangrar. — Estão mentindo para você! Estão mentindo para todos nós!

Mas ninguém responde. Absolutamente ninguém.

Mais tarde — um minuto, uma hora, nem sei —, caio de joelhos, sem voz. A bandeja está ao meu lado, a comida derramada pelo piso. Deixo a cabeça pender em desespero... e vislumbro meu reflexo na bandeja reluzente. Quando me inclino, o pingente de quartzo rosa escorrega para fora da camiseta e dança em seu cordão.

Pego a bandeja e olho para meu rosto. Para os olhos que não me são familiares.

Encaro. Os olhos são cinza e sem graça, quase do mesmo tom de aço que o objeto em minhas mãos. Não são meus olhos. Não sou mais eu.

Mas luto contra o desânimo que quer me dominar. Não deixarei que vençam. Vou escapar, contar a toda a Éden a respeito da floresta. Seja o que for que estão fazendo comigo, o que quer que as "sessões" envolvam, não deixarei que me forcem a esquecer. Vou me agarrar à verdade e, de alguma forma, um dia, vou dividi-la com os outros.

Não abra mão de si mesma, digo a meu reflexo, segurando meu precioso pedaço de cristal do Subterrâneo. *Mesmo que seus olhos não sejam os originais, você continua sendo Rowan aí dentro, não importa o que lhe façam. Apegue-se à verdade — a Lachlan e Lark, ao Subterrâneo e à canforeira e à floresta.*

Faço um pacto comigo. Todos os dias, olharei para meu reflexo. Vou memorizar a mim mesma, lembrar a mim mesma e tudo o que descobri. O Centro não pode me tirar isso.

Olho para mim agora. Em voz alta, embora seja o mais baixo dos sussurros, que é o que resta de minha voz, declaro a minha imagem:

— Eu vejo você, Rowan.

E, vinda de algum lugar, não bem de dentro de mim, ouço outra voz, fria, metálica e mecânica, dizer:

— E eu também a vejo, Rowan.

AGRADECIMENTOS

Obrigado aos meus leitores por sempre serem os melhores amigos que jamais poderia ter desejado. Obrigado, Laura Sullivan, por me ajudar a desvendar o mundo de Éden e dar vida a minha visão. Obrigado, Rakesh Satyal, por me desafiar e corrigir todos os meus erros. Obrigado a todos em UTA e Addition por sempre me apoiarem e ajudarem a alcançar meus sonhos. Obrigado, Whitney, por sempre acender minha imaginação. E obrigado a meu namorado, Daniel — estaria perdido para sempre sem seu amor e apoio constantes. Amo você, sempre.

Este livro foi composto na tipografia Sabon LT Std
em corpo 11/16, e impresso em
papel off-white no Sistema Cameron da
Divisão Gráfica da Distribuidora Record.